A conserver

LES MARTYRS,

OU

LE TRIOMPHE

DE LA RELIGION CHRÉTIENNE.

LES MARTYRS,

OU

LE TRIOMPHE

DE LA RELIGION CHRÉTIENNE;

PAR

F. A. DE CHATEAUBRIAND.

TROISIÈME ÉDITION,

PRÉCÉDÉE D'UN EXAMEN, AVEC DES REMARQUES SUR CHAQUE
LIVRE, ET DES FRAGMENS DU VOYAGE DE L'AUTEUR EN
GRÈCE ET À JÉRUSALEM.

TOME DEUXIÈME.

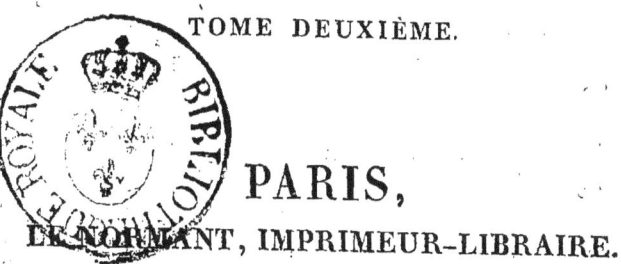

PARIS,

LE NORMANT, IMPRIMEUR-LIBRAIRE.

LYON,

BALLANCHE, PÈRE ET FILS, LIBRAIRES.

1810.

SOMMAIRE DU LIVRE SEPTIÈME.

—

Suite du récit. Eudore devient esclave de Pharamond. Histoire de Zacharie. Clothilde, femme de Pharamond. Commencement du christianisme chez les Francs. Mœurs des Francs. Retour du printemps. Chasse. Barbares du Nord. Tombeau d'Ovide. Eudore sauve la vie à Mérovée. Mérovée promet la liberté à Eudore. Retour des chasseurs au camp de Pharamond. La déesse Hertha. Festin des Francs. On délibère sur la paix ou sur la guerre avec les Romains. Dispute de Camulogènes et de Chlodéric. Les Francs se décident à demander la paix. Eudore devenu libre, est chargé par les Francs d'aller proposer la paix à Constance. Zacharie conduit Eudore jusque sur la frontière de la Gaule. Leurs adieux.

LES MARTYRS,

OU

LE TRIOMPHE

DE LA RELIGION CHRÉTIENNE.

~~~~~~~~~~~~~~~~~~~~~~~~~~~~~~~~~~~~~~~

LIVRE VII.

———

«·Par Hercule, s'écria Démodocus en interrompant le récit d'Eudore, j'ai toujours
aimé les enfans d'Esculape! Ils sont pieux envers les hommes, et connoissent les choses
cachées. On les trouve parmi les dieux, les
centaures, les héros et les bergers. Mon fils,
quel étoit le nom de ce divin Barbare, pour
qui Jupiter, hélas, ne me semble pas avoir

1 *

puisé dans l'urne des biens ? Le maître des
nuées dispose à son gré du sort des mortels :
il donne à l'un la prospérité, il fait tomber
l'autre dans toute sorte de malheurs. Le roi
d'Ithaque fut réduit à sentir un mouvement
de joie, en se couchant sur un lit de feuilles
séchées qu'il avoit amoncelées de ses propres mains. Jadis, chez les hommes plus vertueux, un favori du dieu d'Epidaure eût été
l'ami et le compagnon des guerriers; aujour-
d'hui, il est esclave chez une nation inhospi-
talière. Mais hâte-toi, fils de Lasthénès, de
m'apprendre le nom de ton libérateur, car
je veux l'honorer comme Nestor honoroit
Machaon. »

« Son nom, parmi les Francs, étoit Harold,
reprit Eudore en souriant. Il vint me retrouver aux premiers rayons du jour, selon sa
promesse. Il étoit accompagné d'une femme
vêtue d'une robe de fil teinte de pourpre ;
elle portoit le haut de la gorge et les bras dé-
couverts, à la manière des Francs. Ses traits
offroient, au premier coup d'œil, un mélange inexplicable de barbarie et d'humanité :
c'étoit une expression de physionomie natu-

rellement forte et sauvage, corrigée par je ne sais quelle habitude étrangère de pitié et de douceur.

« Jeune Grec, me dit l'esclave, remerciez Clothilde, femme de Pharamond mon maître. Elle a obtenu votre grâce de son époux : elle vient elle-même vous chercher pour vous mettre à l'abri des Francs. Quand vous serez guéri de vos blessures, vous vous montrerez sans doute esclave reconnoissant et fidèle. »

» Plusieurs serfs entrèrent alors dans la caverne. Ils m'étendirent sur des branches d'arbre entrelacées, et me portèrent au camp de mon maître.

» Les Francs, malgré leur valeur et le soulèvement des flots, avoient été obligés de céder la victoire à la discipline des légions; heureux d'échapper à une entière défaite, ils se retiroient devant les vainqueurs. Je fus jeté dans les chariots avec les autres blessés. On marcha quinze jours et quinze nuits en s'enfonçant vers le Nord, et l'on ne s'arrêta que quand on se crut à l'abri de l'armée de Constance.

» Jusqu'alors j'avois à peine senti l'horreur de ma situation. Mais aussitôt que le repos commença à cicatriser mes plaies, je jetai les yeux autour de moi avec épouvante. Je me vis au milieu des forêts, esclave chez des Barbares, et prisonnier dans une hutte qu'entouroit comme un rempart un cercle de jeunes arbres qui devoient s'entrelacer en croissant. Une boisson grossière, faite de froment, un peu d'orge écrasée entre deux pierres, des lambeaux de daims et de chevreuils qu'on me jetoit quelquefois par pitié, telle étoit ma nourriture. La moitié du jour j'étois abandonné seul sur mon lit d'herbes fanées; mais je souffrois encore plus de la présence que de l'absence des Barbares. L'odeur des graisses mêlées de cendres de frêne dont ils frottent leurs cheveux, la vapeur des chairs grillées, le peu d'air de la hutte, et le nuage de fumée qui la remplissoit sans cesse, me suffoquoient. Ainsi, une juste Providence me faisoit payer les délices de Naples, les parfums et les voluptés dont je m'étois enivré.

» Le vieil esclave, occupé de ses devoirs, ne pouvoit donner que quelques momens à mes peines. J'étois toujours étonné de la sé-

rénité de son visage, au milieu des travaux
dont il étoit accablé :

« Eudore, me dit-il un soir, vos blessures
sont presque guéries. Demain vous commen-
cerez à remplir vos nouveaux devoirs. Je
sais que l'on doit vous envoyer avec quelques
serfs chercher du bois au fond de la forêt.
Allons, mon fils et mon compagnon, rap-
pelez votre vertu. Le ciel vous aidera si
vous l'implorez. »

» A ces mots, l'esclave s'éloigna, et me
laissa plongé dans le désespoir. Je passai la
nuit dans une agitation horrible, formant et
rejetant tour à tour mille projets. Tantôt je
voulois attenter à mes jours, tantôt je songeois à la fuite. Mais comment fuir, foible et
sans secours ? Comment trouver un chemin
à travers ces bois ? Hélas, j'avois une res-
source contre mes maux, la religion ; et
c'étoit le seul moyen de délivrance auquel
je ne songeois pas ! Le jour me surprit au
milieu de ces angoisses, et j'entendis tout à
coup une voix qui me cria :

« Esclave romain, lève-toi ! »

» On me donna une peau de sanglier pour
me couvrir, une corne de bœuf pour puiser

de l'eau, un poisson sec pour ma nourriture, et je suivis les serfs qui me montroient le chemin.

» Lorsqu'ils furent arrivés à la forêt, ils commencèrent à ramasser parmi la neige et les feuilles flétries les branches d'arbre brisées par les vents. Ils en formoient çà et là des monceaux qu'ils lioient avec des écorces. Ils me firent quelques signes pour m'engager à les imiter, et voyant que j'ignorois leur ouvrage, ils se contentèrent de mettre sur mes épaules un paquet de rameaux desséchés. Mon front orgueilleux fut forcé de s'humilier sous le joug de la servitude, mes pieds nus fouloient la neige, mes cheveux étoient hérissés par le givre, et la bise glaçoit les larmes dans mes yeux. J'appuyois mes pas chancelans sur une branche arrachée de mon fardeau; et, courbé comme un vieillard, je cheminois lentement entre les arbres de la forêt.

» J'étois prêt à succomber à ma douleur, lorsque je vis tout à coup auprès de moi le vieil esclave, chargé d'un poids plus pesant que le mien, et me souriant de cet air paisible qui ne l'abandonnoit jamais. Je ne me

pus défendre d'un mouvement de honte. »
« Quoi, me dis-je en moi-même, cet homme accablé par les ans, sourit sous un fardeau triple du mien ; et moi, jeune et fort, je pleure ! »

« Eudore, me dit mon libérateur en m'abordant, ne trouvez-vous pas que le premier fardeau est bien lourd ? Mon jeune compagnon, l'habitude et surtout la résignation rendront les autres plus légers. Voyez quel poids je suis venu à bout de porter à mon âge.» -

» Ah, m'écriai-je, chargez-moi de ce poids qui fait plier vos genoux. Puissé-je expirer en vous délivrant de vos peines ! »

« Eh mon fils, repartit le vieillard, je n'ai point de peines. Pourquoi désirer la mort ? Allons, je veux vous réconcilier avec la vie. Venez vous reposer à quelques pas d'ici ; nous allumerons du feu, et nous causerons ensemble. »

» Nous gravîmes des monticules irréguliers, formés, comme je le vis bientôt, par les débris d'un ouvrage romain. De grands chênes croissoient dans ce lieu, sur une autre génération de chênes tombés à leurs pieds.

Lorsque nous fûmes arrivés au sommet des monticules, je découvris l'enceinte d'un camp abandonné.

« Voilà, me dit l'esclave, le bois de Teuteberg et le camp de Varus. La pyramide de terre que vous apercevez au milieu, est la tombe où Germanicus fit renfermer les restes des légions massacrées. Mais elle a été rouverte par les Barbares; les os des Romains ont été de nouveau semés sur la terre, comme l'attestent ces crânes blanchis, cloués aux troncs des arbres. Un peu plus loin vous pouvez remarquer les autels sur lesquels on égorgea les centurions des premières compagnies, et le tribunal de gazon d'où Arminius harangua les Germains. »

» A ces mots le vieillard jeta sa ramée sur la neige. Il en tira quelques branches dont il fit un peu de feu, puis m'invitant à m'asseoir auprès de lui, et à réchauffer mes mains glacées, il me raconta son histoire :

« Mon fils, vous plaindrez-vous encore
» de vos malheurs? Oseriez-vous parler
» de vos peines à la vue du camp de Varus?
» Ou plutôt ne reconnoissez-vous pas

» quel est le sort de tous les hommes, et
» combien il est inutile de se révolter contre
» des maux inséparables de la condition hu-
» maine? Je vous offre moi-même un exem-
» ple frappant de ce qu'une fausse sagesse
» appelle les coups de la fortune. Vous gé-
» missez de votre servitude! Et que direz-
» vous donc, quand vous verrez en moi un
» descendant de Cassius, esclave, et esclave
» volontaire?

» Lorsque mes ancêtres furent bannis de
» Rome pour avoir défendu la liberté, et
» qu'on n'osa même plus porter leurs images
» aux funérailles, ma famille se réfugia dans
» le Christianisme, asile de la véritable in-
» dépendance.

» Nourri des préceptes d'une loi divine,
» je servis long-temps comme simple soldat
» dans la légion thébaine, où je portois le
» nom de Zacharie. Cette légion chrétienne
» ayant refusé de sacrifier aux faux dieux,
» Maximien la fit massacrer près d'Agaune
» dans les Alpes. On vit alors un exemple à
» jamais mémorable de l'esprit de douceur
» de l'Evangile. Quatre mille vétérans, blan-
» chis dans le métier des armes, pleins de

» force, et ayant à la main la pique et l'épée,
» tendirent, comme des agneaux paisibles,
» la gorge aux bourreaux. La pensée de se
» défendre ne se présenta pas même à leur
» esprit : tant ils avoient gravées au fond du
» cœur les paroles de leur maître, qui ordonne
» d'obéir et défend de se venger! Maurice
» qui commandoit la légion tomba le pre-
» mier. La plupart des soldats périrent par le
» fer. On m'avoit attaché les mains derrière
» le dos. Assis parmi la foule des victimes,
» j'attendois le coup fatal; mais je ne sais par
» quel dessein de la Providence je fus oublié
» dans ce grand massacre. Les corps en-
» tassés autour de moi me dérobèrent à la
» vue des centurions; et Maximien ayant
» accompli son œuvre, s'éloigna avec l'ar-
» mée.

    » Vers la seconde veille de la nuit, n'en-
» tendant plus que le bruit d'un torrent dans
» les montagnes, je levai la tête et je fus à
» l'instant frappé d'un prodige. Les corps de
» mes compagnons sembloient jeter une vive
» lumière, et répandre une agréable odeur.
» J'adorai le Dieu des miracles qui n'avoit
» pas voulu accepter le sacrifice de mes

» jours ; et comme je ne pouvois donner la
» sépulture à tant de Saints, je cherchai du
» moins le grand Maurice. Je le trouvai à
» demi recouvert de la neige tombée pen-
» dant la nuit. Animé d'une force surnatu-
» relle, je me dégageai de mes liens, et
» avec le fer d'une lance, je creusai à mon
» général une fosse profonde. J'y réunis le
» tronc et le chef de Maurice, en priant le
» nouveau Machabée d'obtenir bientôt pour
» son soldat une place dans la Milice céleste.
» Ensuite je quittai ce champ de triomphe
» et de larmes ; je pris le chemin des
» Gaules, et je me retirai vers Denis, pre-
» mier évêque de Lutèce.

» Ce saint prélat me reçut avec des pleurs
» de joie, et m'admit au nombre de ses dis-
» ciples. Quand il me crut capable de le se-
» conder dans son ministère, il m'imposa les
» mains, et me créant prêtre de Jésus-Christ,
» il me dit : « Humble Zacharie, soyez cha-
» ritable, voilà toutes les instructions que
» j'ai à vous donner. » Hélas, j'étois tou-
» jours destiné à perdre mes amis, et toujours
» par la même main ! Maximien fit trancher
» la tête à Denis et à ses compagnons, Rus-

» tique et Eleuthère. Ce fut son dernier ex-
» ploit dans les Gaules qu'il céda bientôt
» après à Constance.

   » J'avois sans cesse devant les yeux le
» précepte de mon saint évêque. Je me sen-
» tois pressé du désir de rendre quelque ser-
» vice à des misérables ; et j'allois souvent
» prier Denis de m'obtenir cette faveur , par
» son intercession auprès du Fils de Marie.

   » Les Chrétiens de Lutèce avoient ense-
» veli leur évêque dans une grotte, au pied
» de la colline sur laquelle il avoit été déca-
» pité. Cette colline s'appeloit le mont de
» Mars , et elle étoit séparée de la Sequana
» par des marais. Un jour, comme je tra-
» versois ces marais, je vis venir à moi
» une femme chrétienne tout éplorée , qui
» s'écria : « O Zacharie, je suis la plus in-
» fortunée des femmes! Mon époux a été
» pris par les Francs; il me laisse avec trois
» enfans en bas âge, et sans aucun moyen
» de les nourrir! » Une rougeur subite cou-
» vrit mon front: je compris que Dieu m'en-
» voyoit cette grâce par les prières du géné-
» reux martyr que j'allois implorer. Je cachai
» cependant ma joie, et je dis à cette femme :

« Ayez bon courage, Dieu aura pitié de
» vous. » Et, sans m'arrêter, je me mis en
» route pour la colonie d'Agrippina.

» Je connoissois le soldat prisonnier. Il étoit
» chrétien, et j'avois été quelque temps son
» frère d'armes. C'étoit un homme simple et
» craignant Dieu pendant la prospérité, mais
» les revers le décourageoient aisément, et
» il étoit à craindre qu'il perdît la foi dans le
» malheur. J'appris à Agrippina qu'il étoit
» tombé entre les mains du chef des Saliens.
» Les Romains venoient de conclure une
» trève avec les Francs. Je passai chez ces
» Barbares. Je me présentai à Pharamond,
» et m'offris en échange du Chrétien : je ne
» pouvois payer autrement sa rançon, car
» je ne possédois rien au monde. Comme
» j'étois fort et vigoureux, et que l'autre
» esclave étoit foible, ma proposition fut
» acceptée. J'y mis pour seule condition,
» que mon maître renverroit son prisonnier,
» sans lui dire par quel moyen il étoit racheté.
» Cela fut fait ainsi, et ce pauvre père de
» famille rentra plein de joie dans ses foyers,
» pour nourrir ses enfans, et consoler son
» épouse.

» Depuis ce temps, je suis demeuré es-
» clave ici. Dieu m'a bien récompensé : car,
» en habitant parmi ces peuples, j'ai eu le
» bonheur d'y semer la parole de Jésus-
» Christ. Je vais surtout le long des fleuves
» réparer , autant qu'il est en moi, le mal-
» heur d'une expérience funeste : les Bar-
» bares, afin d'éprouver si leurs enfans se-
» ront vaillans un jour, ont coutume de les
» exposer aux flots sur un bouclier. Ils ne
» conservent que ceux qui surnagent et lais-
» sent périr les autres. Quand je puis réussir
» à sauver des eaux ces petits Anges, je les
» baptise au nom du Père , du Fils et du
» Saint-Esprit, pour leur ouvrir le ciel.

» Les lieux où se livrent les batailles m'of-
» frent encore une abondante moisson. Je
» rôde , comme un loup ravissant , dans les
» ténèbres, au milieu du carnage et des morts.
» J'appelle les mourans qui croient que je
» les viens dépouiller ; je leur parle d'une
» meilleure vie ; je tâche de les envoyer
» dans le repos d'Abraham. S'ils ne sont pas
» mortellement blessés, je m'empresse de les
» secourir, espérant les gagner par la cha-
» rité au Dieu des pauvres et des misérables.

» Jusqu'à présent ma plus belle con-
» quête est la jeune femme de mon vieux
» maître Pharamond. Clothilde a ouvert son
» cœur à Jésus-Christ. De violente et cruelle
» qu'elle étoit, elle est devenue douce et
» compatissante. Elle m'aide à sauver tous
» les jours quelques infortunés. C'est à elle
» que vous devez la vie. Lorsque je courus
» lui apprendre que je vous avois trouvé
» parmi les morts, elle songea d'abord à
» vous tenir caché dans la grotte, afin de
» vous soustraire à l'esclavage. Elle décou-
» vrit ensuite que les Francs alloient conti-
» nuer leur retraite. Alors il ne lui resta plus
» qu'à révéler le secret à son époux, et à
» obtenir votre grâce de Pharamond : car
» si les Barbares aiment les esclaves sains et
» vigoureux, leur impatience naturelle et le
» mépris qu'ils ont eux-mêmes pour la vie,
» leur font presque toujours sacrifier les
» blessés.

» Mon fils, telle est l'histoire de Zacharie.
» Si vous trouvez qu'il a fait quelque chose
» pour vous, il ne vous demande en récom-
» pense que de ne pas vous laisser abattre
» par les chagrins, et de souffrir qu'il sauve

» votre ame, après avoir sauvé votre corps.
» Eudore, vous êtes né dans ce doux climat
» voisin de la terre des miracles, chez ces
» peuples polis qui ont civilisé les hommes,
» dans cette Grèce où le sublime Paul a porté
» la lumière de la foi : que d'avantages n'a-
» vez- vous donc pas sur les hommes du
» Nord, dont l'esprit est grossier et les mœurs
» féroces , et seriez-vous moins sensible
» qu'eux à la charité évangélique ? »

» Les dernières paroles de Zacharie entrèrent dans mon cœur comme un aiguillon.
L'indigne secret de ma vie m'accabloit. Je
n'osois lever les yeux sur mon libérateur. Moi
qui avois soutenu sans trouble les regards
des maîtres du monde, j'étois anéanti devant
la majesté d'un vieux prêtre chrétien, esclave
chez des Barbares! Retenu par la honte de
confesser l'oubli que j'avois fait de ma religion, poussé par le désir de tout avouer,
mon désordre étoit extrême. Zacharie s'en
aperçut. Il crut que mes blessures s'étoient
rouvertes. Il me demanda la cause de mon
agitation avec inquiétude. Vaincu par tant
de bonté, et les larmes malgré moi se fai-

sant un passage, je me jetai aux pieds du vieillard :

« O mon père, ce ne sont pas les blessures
de mon corps qui saignent : c'est une plaie
plus profonde et plus mortelle ! Vous qui faites
tant d'actes sublimes au nom de votre religion,
pourrez-vous croire, en voyant entre nous si
peu de ressemblance, que j'ai la même religion que vous. »

« Jésus-Christ, s'écria le Saint levant les
mains vers le ciel, Jésus-Christ, mon divin
maître, quoi, vous auriez ici un autre servi-
teur que moi ! »

« Je suis chrétien, répondis-je. »

» L'homme de charité me prend dans ses
bras, m'arrose de ses larmes, me presse
contre ses cheveux blancs, en disant avec
des sanglots de joie :

« Mon frère ! Mon cher frère ! J'ai trouvé
un frère ! »

» Et je répétois :

« Je suis chrétien, je suis chrétien. »

» Pendant cette conversation, la nuit étoit
descendue. Nous reprîmes nos fardeaux, et
nous retournâmes à la hutte de Pharamond.
Le lendemain, Zacharie vint me chercher à

la pointe du jour. Il me conduisit au fond d'une forêt. Dans le tronc d'un vieux hêtre, où Sécovia, prophétesse des Germains, avoit jadis rendu ses oracles, je vis une petite image qui représentoit Marie, mère du Sauveur. Elle étoit ornée d'une branche de lierre chargée de ses fruits mûrs, et nouvellement placée au pied de la mère et de l'enfant ; car la neige ne l'avoit point encore recouverte.

« Cette nuit même, me dit Zacharie, j'ai appris à l'épouse de notre maître, que nous avions un frère parmi nous. Pleine de joie, elle a voulu venir au milieu des ténèbres parer notre autel, et offrir cette branche à Marie, en signe d'allégresse. »

» Zacharie avoit à peine achevé de prononcer ces mots, que nous vîmes accourir Clothilde. Elle se mit à genoux sur la neige au pied du hêtre. Nous nous plaçâmes à ses côtés, et elle prononça à haute voix l'oraison du Seigneur dans un idiome sauvage. Ainsi, je vis commencer le Christianisme chez les Francs. Religion céleste, qui dira les charmes de votre berceau ! Combien il parut divin dans Bethléem aux pasteurs de la Judée ! Qu'il me sembla miraculeux dans les cata-

combes, lorsque je vis s'humilier devant lui
une puissante impératrice! Et qui n'eût versé
des larmes, en le retrouvant sous un arbre
de la Germanie, entouré, pour tout adorateur, d'un Romain esclave, d'un prisonnier
grec, et d'une reine barbare!

» Qu'attendois-je pour retourner au bercail? Les dégoûts avoient commencé à m'a-
vertir de la vanité des plaisirs; l'hermite du
Vésuve avoit ébranlé mon esprit; Zacharie
subjuguoit mon cœur; mais il étoit écrit que
je ne reviendrois à la vérité que par une
longue suite de malheurs et d'expériences.

» Zacharie redoubla de zèle et de soin auprès de moi. Je croyois, en l'écoutant, entendre une voix sortie du ciel. Quelle leçon
n'offroit point la seule vue de l'héritier chrétien de Cassius et de Brutus! Le stoïque meur-
trier de César, après une vie courte, libre,
puissante et glorieuse, déclare que la vertu
n'est qu'un fantôme; le charitable disciple de
Jésus-Christ, esclave, vieux, pauvre, ignoré,
proclame qu'il n'y a rien de réel ici bas que
la vertu. Ce prêtre, qui ne paroissoit savoir
que la charité, avoit toutefois l'esprit de
science et un goût pur des arts et des lettres.

Il possédoit les antiquités grecques, hébraïques et latines. C'étoit un charme de l'entendre parler des hommes des anciens jours, en gardant les troupeaux des Barbares. Il m'entretenoit souvent des coutumes de nos maîtres; il me disoit :

« Quand vous serez retourné dans la Grèce,
» mon cher Eudore, on s'assemblera autour
» de vous, pour vous ouïr conter les mœurs
» des rois à la longue chevelure. Vos mal-
» heurs présens vous deviendront une source
» d'agréables souvenirs. Vous serez parmi
» ces peuples ingénieux un nouvel Hérodote,
» arrivé d'une contrée lointaine pour les
» enchanter de vos merveilleux récits. Vous
» leur direz qu'il existe dans les forêts de la
» Germanie, un peuple qui prétend descen-
» dre des Troyens (car tous les hommes,
» ravis des belles fables de vos Hellènes,
» veulent y tenir par quelque côté); que ce
» peuple formé de diverses tribus de Ger-
» mains, les Sicambres, les Bructères, les
» Saliens, les Cattes, a pris le nom de Franc,
» qui veut dire libre, et qu'il est digne de
» porter ce nom.

» Son gouvernement est pourtant essen-
» tiellement monarchique. Le pouvoir par-
» tagé entre différens rois se réunit dans la
» main d'un seul, lorsque le danger est pres-
» sant. La tribu des Saliens, dont Pharamond
» est le chef, a presque toujours l'honneur
» de commander, parce qu'elle passe parmi
» les Barbares pour la plus noble. Elle doit
» cette renommée à l'usage qui exclut chez
» elle les femmes de la puissance, et ne confie
» le sceptre qu'à un guerrier.

» Les Francs s'assemblent une fois l'an-
» née, au mois de mars, pour délibérer
» sur les affaires de la nation. Ils viennent
» au rendez-vous tout armés. Le roi s'assied
» sous un chêne. On lui apporte des présens
» qu'il reçoit avec beaucoup de joie. Il
» écoute la plainte de ses sujets, ou plutôt
» deses compagnons, et rend la justice avec
» équité.

» Les propriétés sont annuelles. Une
» famille cultive chaque année le terrain
» qui lui est assigné par le prince, et après
» la récolte ; le champ moissonné rentre
» dans la possession commune.

» Le reste des mœurs se ressent de cette

» simplicité. Vous voyez que nous parta-
» geons avec nos maîtres la saye, le lait,
» le fromage, la maison de terre, la couche
» de peaux.

» Vous fûtes hier témoin du mariage de
» Mérovée. Un bouclier, une francisque,
» un canot d'osier, un cheval bridé, deux
» bœufs accouplés ont été les présens de
» noces de l'héritier de la couronne des
» Francs. Si dans les jeux de son âge, il saute
» mieux qu'un autre au milieu des lances et
» des épées nues ; s'il est brave à la guerre,
» juste pendant la paix, il peut espérer après
» sa mort un bûcher funèbre, et même une
» pyramide de gazon pour couvrir son tom-
» beau. »

» Ainsi me parloit Zacharie.
» Le printemps vint enfin ranimer les forêts
du Nord. Bientôt tout changea de face dans
les bois et dans les vallées : les angles noircis des rochers se montrèrent les premiers
sur l'uniforme blancheur des frimas, les
flèches rougeâtres des sapins parurent ensuite, et de précoces arbrisseaux rempla-
cèrent par des festons de fleurs les cristaux

glacés qui pendoient à leurs cimes. Les beaux jours ramenèrent la saison des combats.

» Une partie des Francs reprend les armes ; une autre se prépare à aller chasser l'uroch et les ours dans des contrées lointaines. Mérovée se mit à la tête des chasseurs, et je fus compris au nombre des esclaves qui devoient l'accompagner. Je dis adieu à Zacharie, et me séparai pour quelque temps du plus vertueux des hommes.

» Nous parcourûmes avec une rapidité incroyable les régions qui s'étendent depuis la mer de Scandie jusqu'aux grèves du Pont-Euxin. Ces forêts servent de passage à cent peuples barbares qui roulent tour à tour leurs torrens vers l'Empire romain. On diroit qu'ils ont entendu quelque chose au midi qui les appelle du septentrion et de l'aurore. Quel est leur nom, leur race, leur pays ? Demandez-le au ciel qui les conduit, car ils sont aussi inconnus aux hommes que les lieux d'où il sortent et où il passent. Ils viennent ; tout est préparé pour eux : les arbres sont leurs tentes, les déserts sont leurs voies. Voulez-vous savoir où ils ont campé ?

Voyez ces ossemens de troupeaux égorgés, ces pins brisés comme par la foudre, ces forêts en feu, et ces plaines couvertes de cendres.

» Nous eûmes le bonheur de ne rencontrer aucune de ces grandes migrations; mais nous trouvâmes quelques familles errantes auprès desquelles les Francs sont un peuple policé. Ces infortunés, sans abri, sans vêtement, souvent même sans nourriture, n'ont, pour consoler leurs maux, qu'une liberté inutile et quelques danses dans le désert. Mais lorsque ces danses sont exécutées au bord d'un fleuve dans la profondeur des bois, que l'écho répète, pour la première fois, les accens d'une voix humaine, que l'ours regarde du haut de son rocher ces jeux de l'homme sauvage, on ne peut s'empêcher de trouver quelque chose de grand dans la rudesse même du tableau, de s'attendir sur la destinée de cet enfant de la solitude, qui naît inconnu du monde, foule un moment des vallées où il ne repassera plus, et bientôt cache sa tombe sous la mousse des déserts, qui n'a pas même conservé l'empreinte de ses pas.

» Un jour, ayant passé l'Ister vers son em-

bouchure, et m'étant un peu écarté de la troupe
des chasseurs, je me trouvai à la vue des flots
du Pont-Euxin. Je découvris un tombeau de
pierre sur lequel croissoit un laurier. J'arrachai les herbes qui couvroient quelques
lettres latines, et bientôt je parvins à lire ce
premier vers des Elégies d'un poëte infortuné :

« Mon livre, vous irez à Rome, et vous
» irez à Rome sans moi. »

» Je ne saurois vous peindre ce que
j'éprouvai en retrouvant au fond de ce
désert le tombeau d'Ovide. Quelles tristes
réflexions ne fis-je point sur les peines de
l'exil, qui étoient aussi les miennes, et sur
l'inutilité des talens pour le bonheur ! Rome
qui jouit aujourd'hui des tableaux du plus
ingénieux de ses poëtes, Rome a vu couler
vingt ans d'un œil sec les larmes d'Ovide.
Ah, moins ingrats que les peuples de l'Au-
sonie, les sauvages habitans des bords de
l'Ister, se souviennent encore de l'Orphée
qui parut dans leurs forêts ! Ils viennent danser
autour de ses cendres ; ils ont même retenu
quelque chose de son langage : tant leur est

douce la mémoire de ce Romain, qui s'ac-
cusoit d'être le Barbare, parce qu'il n'étoit
pas entendu du Sarmate !

» Les Francs n'avoient traversé de si
vastes contrées, qu'afin de visiter quelques
tribus de leur nation, transportées autrefois
par Probus au bord du Pont-Euxin. Nous
apprîmes en arrivant que ces tribus avoient
disparu depuis plusieurs mois, et qu'on ignoroit ce qu'elles étoient devenues. Mérovée
prit à l'instant la résolution de retourner au
camp de Pharamond.

» La Providence avoit ordonné que je
retrouverois la liberté au tombeau d'Ovide.
Lorsque nous repassâmes auprès de ce monument, une louve qui s'y étoit cachée pour y
déposer ses petits, s'élança sur Mérovée. Je
tuai cet animal furieux. Dès ce moment mon
jeune maître me promit de demander ma
liberté à son père. Je devins son compagnon
pendant le reste de la chasse. Il me faisoit dormir à ses côtés. Quelquefois je lui parlois de la
bataille sanglante où je l'avois vu traîné par
trois taureaux indomptés ; et il tressailloit de
joie au souvenir de sa gloire. Quelquefois
aussi je l'entretenois des coutumes et des tra-

ditions de mon pays; mais de tout ce que je lui
racontois, il n'écoutoit avec plaisir que l'histoire des travaux d'Hercule et de Thésée.
Quand j'essayois de lui faire comprendre nos
arts, il brandissoit sa framée, et me disoit
avec impatience : « Grec, Grec, je suis ton
» maître ! »

» Après une absence de plusieurs mois,
nous arrivâmes au camp de Pharamond.
La hutte royale étoit déserte. Le chef à
la longue chevelure avoit eu des hôtes :
après avoir prodigué en leur honneur tout
ce qu'il possédoit de richesses, il étoit allé
vivre dans la cabane d'un chef voisin, qui,
ruiné à son tour par le monarque barbare,
s'étoit établi avec lui chez un autre chef.
Nous trouvâmes enfin Pharamond goûtant,
assis à un grand repas, les charmes de cette
hospitalité naïve, et il nous apprit le sujet
de ces fêtes.

» Au milieu de la mer des Suèves, se
voit une île, appelée Chaste, consacrée à la
déesse Hertha. La statue de cette divinité est
placée sur un char toujours couvert d'un voile.
Ce char, traîné par des génisses blanches,
se promène à des temps marqués au milieu

des nations germaniques. Les inimitiés sont
alors suspendues , et pour un moment les
forêts du Nord cessent de retentir du bruit
des armes. La déesse mystérieuse venoit de
passer chez les Barbares , et nous étions
arrivés au milieu des réjouissances que cause
son apparition. Zacharie eut à peine un
moment pour me serrer dans ses bras. Tous les
chefs étoient convoqués au banquet solennel :
on devoit y traiter de la conclusion de la paix ,
ou de la continuation de la guerre avec les
Romains. Je fus chargé du rôle d'échanson,
et Mérovée prit sa place au milieu des
guerriers.

» Ils étoient rangés en demi-cercle, ayant
au centre le foyer où s'apprêtoient les
viandes du festin. Chaque chef, armé comme
pour la guerre, étoit assis sur un faisceau
d'herbes, ou sur un rouleau de peaux ; il avoit
devant lui une petite table séparée des
autres, sur laquelle on lui servoit une por-
tion de la victime , selon sa vaillance ou sa
noblesse. Le guerrier reconnu pour le plus
brave (et c'étoit Mérovée) occupoit la
première place. Des affranchis, armés de
lances et de boucliers, portoient çà et là

des trépieds chargés de viande , et des cornes
d'uroch pleines de liqueur de froment.

» Vers la fin du repas, on commença à
délibérer. Il y avoit dans la ligue des Francs
un Gaulois, appelé Camulogènes , descendant du fameux vieillard qui défendit Lutèce
contre Labiénus , lieutenant de Jules. Élevé
parmi les quarante mille disciples des écoles
d'Augustodunum (1), il avoit perfectionné
une éducation brillante sous les rhéteurs les
plus célèbres de Marseille et de Burdigalie (2);
mais l'inconstance naturelle aux Gaulois, et
un caractère sauvage, l'avoient jeté d'abord
dans la révolte des Bagaudes. Ces paysans
soulevés furent domptés par Maximien, et
Camulogènes passa chez les Francs , qui
l'adoptèrent à cause de sa valeur et de ses
richesses. Les prêtres du banquet de Pharamond ayant fait faire silence , le Gaulois
se leva , et peut-être lassé secrètement d'un
long exil, il proposa d'envoyer des députés à
César. Il vanta la discipline des légions ro-

(1) Autun.
(2) Bordeaux.

maines, les vertus de Constance, les charmes de la paix , et la douceur de la société.

« Qu'un Gaulois nous parle de la sorte, répondit Chlodéric chef d'une tribu des Francs, cela ne doit pas nous surprendre : il attend quelques récompenses de ses anciens maîtres. J'avoue que le cep de vigne d'un centurion est plus facile à manier que ma framée, et qu'il est moins périlleux d'adorer César sur la pourpre au Capitole, que de le mépriser dans cette hutte sur une peau de loup. Je les ai vus dans Rome même ces avides possesseurs de tant de palais, qui sont assez à plaindre pour désirer encore une cabane dans nos forêts : croyez-moi, ils ne sont pas si redoutables que la frayeur d'un Gaulois vous les représente. Conquis par cette nation de femmes, les Gaulois peuvent demander la paix s'ils le veulent ; pour Chlodéric, il sent en lui quelque chose qui le porte à brûler le Capitole, et à effacer le nom romain de la terre. »

» L'assemblée applaudit à ce discours, en agitant les lances et en frappant sur les boucliers.

« Allez, allez donc à Rome, repartit le Gau-

lois avec impétuosité. Que faites-vous ici cachés dans vos forêts? Quoi, braves, vous par-
lez de passer le Tibre, et vous n'avez pu
encore franchir le Rhin! Les serfs gaulois,
conquis par une nation de femmes, n'étoient
pas assis tranquillement à un repas lorsqu'ils
ravageoient cette ville que vous menacez de
loin. Ignorez-vous que l'épée de fer d'un Gaulois a seule servi de contre-poids à l'empire
du monde? Partout où il s'est remué quelque
chose de grand, vous trouverez mes ancêtres.
Les Gaulois seuls ne furent point étonnés à
la vue d'Alexandre. César les combattit dix
ans pour les soumettre, et Vercingétorix auroit soumis César si les Gaulois n'eussent été
divisés. Les lieux les plus célèbres dans l'univers ont été assujettis à mes pères. Ils ont
ravagé la Grèce, occupé Byzance, campé
sur les ruines de Troie, possédé le royaume
de Mithridate, et vaincu au delà du Taurus
ces Scythes qui n'avoient été vaincus par
personne. Le destin de la terre paroît attaché à mes ancêtres, comme à une nation
fatale et marquée d'un sceau mystérieux.
Tous les peuples semblent avoir ouï succes-
sivement cette voix qui annonça l'arrivée

2.   3

de Brennus à Rome, et qui disoit à Céditius, au milieu de la nuit: « Céditius, va dire aux » tribuns que les Gaulois seront demain ici. »

» Camulogènes alloit continuer, lorsque Chlodéric l'interrompant par de bruyans éclats de rire, frappant du pommeau de son épée la table du festin, et renversant son vase à boire, s'écria :

« Rois chevelus, avez-vous compris quelque chose aux longs propos de cette prophétesse des Gaules. Qui de vous a entendu parler de cet Alexandre, de ce Mithridate? Camulogènes, si tu sais faire de grands discours dans la langue de tes maîtres, épargne-toi la peine de les prononcer devant nous. Nous défendons à nos enfans d'apprendre à lire et à écrire, cet art de la servitude : nous ne voulons que du fer, des combats, du sang. »

» Des cris tumultueux s'élevèrent dans le conseil des Barbares. Le Gaulois, se vengeant de l'insulte par le mépris :

« Puisque le fameux Chlodéric ne connoît pas Alexandre, et n'aime pas les longs discours, je ne lui dirai qu'un mot : Si les Francs n'ont pas d'autres guerriers que lui pour porter la flamme au Capitole, je leur conseille d'accepter la paix à quelque prix que ce puisse être. »

» Traître, s'écria le Sicambre écumant de rage, avant que peu d'années se soient écoulées, j'espère que ta nation changera de maître. Tu reconnoîtras alors en cultivant la terre pour les Francs, quelle est la valeur des rois chevelus. »

« Si je n'ai que la tienne à craindre, repartit ironiquement le Gaulois, je ne me donnerai pas la peine de recueillir l'œuf du serpent à la lune nouvelle, afin de me mettre à l'abri des malheurs que me prépare Teutatès. »

» A ces mots, Chlodéric furieux tendit à Camulogènes la pointe de sa framée, en lui disant d'une voix étouffée par la colère :

« Tu n'oserois seulement y porter la vue. »

« Tu mens, repartit le Gaulois, tirant son épée, et se précipitant sur le Franc. »

» On se jeta entre les deux guerriers. Les prêtres firent cesser ce nouveau festin des Centaures et des Lapithes. Le lendemain, jour où la lune avoit acquis toute sa splendeur, on décida dans le calme ce qu'on avoit discuté dans l'ivresse, alors que le

3 *

cœur ne peut feindre, et qu'il est ouvert aux
entreprises généreuses.

» On se détermina à faire des propositions
de paix aux Romains; et comme Mérovée,
fidèle à sa parole, avoit déjà obtenu ma
liberté de son père, il fut résolu que j'irois à
l'instant porter les paroles du conseil à Constance. Zacharie et Clothilde vinrent m'annoncer ma délivrance. Ils me conjurèrent de
me mettre en route sur-le-champ, pour éviter
l'inconstance naturelle aux Barbares. Je fus
obligé de céder à leurs inquiétudes. Zacharie
m'accompagna jusqu'à la frontière des Gaules. Le bonheur de recouvrer ma liberté
étoit balancé par le chagrin de me séparer
de ce vieillard. En vain je le pressai de me
suivre, en vain je m'attendris sur les maux
dont il étoit accablé. Il cueillit en marchant
une plante de lis sauvage, dont la cime
commençoit à percer la neige, et il me dit :

« Cette fleur est le symbole du chef des Saliens et de sa tribu; elle croît naturellement
plus belle parmi ces bois que dans un sol
moins exposé aux glaces de l'hiver; elle efface
la blancheur des frimas qui la couvrent, et
qui ne font que la conserver dans leur sein,

au lieu de la flétrir. J'espère que cette rude saison de ma vie, passée auprès de la famille de mon maître, me rendra un jour comme ce lis aux yeux de Dieu : l'ame a besoin, pour se développer dans toute sa force, d'être ensevelie quelque temps sous les rigueurs de l'adversité. »

» En achevant ces mots, Zacharie s'arrêta, me montra le ciel où nous devions nous retrouver un jour, et, sans me laisser le temps de me jeter à ses pieds, il me quitta après m'avoir donné sa dernière leçon. C'est ainsi que Jésus-Christ dont il imite l'exemple, se plaisoit à instruire ses disciples, en se promenant au bord du lac de Génésareth, et faisoit parler l'herbe des champs et le lis de la vallée. »

FIN DU LIVRE SEPTIÈME.

REMARQUES

SUR LE SEPTIÈME LIVRE.

PREMIÈRE REMARQUE.

(Pag. 4. Le roi d'Ithaque fut réduit à sentir un mouvement de joie, en se couchant sur un lit de feuilles séchées.)

Τὴν μὲν ἰδὼν γήθησε πολύτλας δῖος Ὀδυσσεύς.
Ἐν δ' ἄρα μέσσῃ λέκτο, χύσιν δ' ἐπεχεύατο φύλλων.

ODYSS. libr. V.

IIᵉ.

(Pag. 4. Il étoit accompagné d'une femme vêtue d'une robe, etc.)

Nec alius feminis quàm viris habitus, nisi quòd feminœ sœpius lineis amictibus velantur, eosque purpurâ variant, partemque vestitûs superioris in manicas non extendunt, nudœ brachia ac lacertos : sed et proxima pars pectoris patet. TAC., *de Mor. Germ.* **XVII.**

IIIᵉ.

(Pag. 5. Je ne sais quelle habitude étrangère, etc.)

Est - il nécessaire d'avertir que cette habitude

étrangère avoit été produite par la religion chrétienne ?

IVe.

(Pag. 5. Remerciez Clothilde.)

Encore un nom historique emprunté, ou un anachronisme d'accord avec les anachronismes précé-
dens.

V^e.

(Pag. 6. Dans une hutte qu'entouroit.... un cercle de jeunes arbres.)

*Colunt discreti ac diversi, ut fons, ut campus,
ut nemus placuit.......* Suam quisque domum spatio
circumdat (TACITE, de Mor. Germ. XIV). Voyez
aussi HÉRODIEN, liv. VII.) Dans quelques cantons
de la Normandie, les paysans bâtissent encore leurs
maisons isolées au milieu d'un champ qu'environne
une haie vive plantée d'arbres.

VIe.

(Pag. 6. Une boisson grossière, faite de froment.)

C'est la bierre : Strabon, Ammien-Marcellin,
Dion-Cassius, Jornandès, Athénée, sont unanimes
sur ce point. Au rapport de Pline, la bierre étoit
appelée *cervisia* par les Gaulois. Les femmes se
frottoient le visage avec la levure de cette boisson.
PLINE, libr. XXII.

VIIe.

(Pag. 6. L'odeur des graisses mêlées de cendres de frêne dont ils frottent leurs che-veux.)

C'étoit pour leur donner une couleur rousse. On peut voir là-dessus Diodore de Sicile, livr. V; Ammien-Marcellin, livr. XVII; S. Jérôme, *Vit. Hilar.*, etc.

VIIIe.

(Pag. 6. Le peu d'air de la hutte, etc.)

« Je suis, dit Sidoine, au milieu des peuples » chevelus, forcé d'entendre le langage barbare des » Germains, et obligé d'applaudir aux chants d'un » Bourguignon ivre, qui se frotte les cheveux avec » du beurre...... Dix fois le matin je suis obligé de » sentir l'ail et l'ognon, et cette odeur empestée » ne fait que croître avec le jour. » Sid. Apoll., *Carm.* 12. *ad Cat.* Voilà nos pères.

IXe.

(Pag. 7. Une corne de bœuf pour puiser de l'eau.)

C'est la corne de l'uroch; on y reviendra.

X^e.

(Pag. 10. Voilà, me dit l'esclave..... le camp de Varus.)

L'emplacement de ce camp porte encore le nom de bois de Teuteberg. Voici l'admirable morceau de Tacite, dont mon texte est la traduction abrégée : *Prima Vari castra, lato ambitu et dimensis princi-piis trium legionum manus ostentabant : dein semi-ruto vallo, humili fossâ, accisæ jam reliquiæ con-sedisse intelligebantur. Medio campi albentia ossa, ut fugerant, ut restiterant, disjecta vel aggerata. Adjacebant fragmina telorum, equorumque artus, simul truncis arborum antefixa ora : lucis propin-*

quis barbaræ aræ, apud quas tribunos, ac primo-
rum ordinum centuriones mactaverant : et cladis
ejus superstites pugnam aut vincula elapsi, refere-
bant, hic cecidisse legatos, illic raptas aquilas; pri-
mum ubi vulnus Varo adactum ; ubi infelici dextrâ
et suo ictu mortem invenerit; quo tribunali concio-
natus Arminius ; quot patibula captivis, quæ scrobes ;
utque signis et aquilis per superbiam inluserit. Ann.
I. 61.

XIᵉ.

(Pag. 11. On n'osa même plus porter leurs
images aux funérailles.)

Et Junia sexagesimo quarto post Philippensem
aciem anno supremum diem explevit, Catone avun-
culo genita, C. Cassii uxor, M. Bruti soror......
Viginti clarissimarum familiarum imagines ante-
latæ sunt, Manlii, Quinctii, aliaque ejusdem nobi-
litatis nomina : sed præfulgebant Cassius atque
Brutus, eo ipso quòd effigies eorum non visebantur.
Tacite, *Ann.,* III, 76.

XIIᵉ.

(Pag. 11. La légion thébaine.)

Tout ce qui suit dans le texte est tiré d'une lettre
de saint Euchère, évêque de Lyon, à l'évêque
Salvius. On trouve aussi cette lettre dans les Actes
des Martyrs.

XIIIᵉ.

(Pag. 12. Les corps de mes compagnons
sembloient jeter.)

L'autorité pour ce miracle se trouve dans le martyre de saint Taraque. *Act. Mart.*

Le Tasse a aussi imité ce passage dans l'épisode de Suénon.

XIVᵉ.

(Pag. 13. Vers Denis, premier évêque de Lutèce.)

Je place avec Fleury, Tillemont et Crevier, le martyre de saint Denis, premier évêque de Paris, sous Maximien, l'an 286 de notre ère.

XVᵉ.

(Pag. 14. Cette colline s'appeloit le mont de Mars.)

On voit que j'ai choisi entre les deux sentimens qui font de Montmartre, ou le mont de Mars, ou le mont des Martyrs.

XVIᵉ.

(Pag. 16. Depuis ce temps, je suis demeuré esclave ici.)

Notre religion, féconde en miracles, offre plusieurs exemples de Chrétiens qui se sont faits esclaves pour délivrer d'autres Chrétiens, surtout quand ils craignoient que ceux-ci perdissent la foi dans le malheur. Il suffira de rappeler à la mémoire du lecteur saint Vincent de Paul, et saint Pierre Pascal, évêque de Jaën en Espagne. Voy. *Gén. du Christ.*, tom. IV.

XVIIᵉ.

(Pag. 16. De les exposer aux flots sur un bouclier.)

« On lit, dit Mézerai, en deux ou trois poëtes, » dans le scoliaste Eustathius, et même dans les » écrits de l'empereur Julien, que ceux qui habi- » toient proche du Rhin les exposoient (les enfans)

» sur les ondes de ce fleuve, et ne tenoient pour lé-
» gitimes que ceux qui n'alloient point au fond:
» Quelques auteurs modernes se sont récriés contre
» cette coutume, et ont maintenu que c'étoit une
» fable inventée par les poëtes ; mais ils ne se fus-
» sent pas tant mis en peine de la réfuter, s'ils
» eussent pris garde qu'une épigramme grecque dit
» que le père mettoit ses enfans sur un bouclier. »
Avant Clov., pag. 34.

XVIIIe.

(Pag. 17. Ma plus belle conquête est la
jeune femme, etc.)

Le christianisme, à cause de son esprit de douceur et d'humanité, s'est surtout répandu dans le
monde par les femmes. Clothilde, femme de Clovis,
amena ce chef des Français à la connoissance du vrai
Dieu. Voy. GREG. TUR.

XIXe.

(Pag. 18. Vous êtes né dans ce doux climat, voisin, etc.)

La Grèce étoit voisine de la Judée, comparative-
ment aux pays des Francs.

XXe.

(Pag. 20. Sécovia.)

Le nom de cette prophétesse germaine se trouve
dans Tacite.

XXIe.

(Pag. 21. D'un Romain esclave, etc.).

On voit ici un grand exemple de la difficulté de
contenter tous les esprits. Un critique plein de
goût, que j'ai souvent cité dans l'Examen et dans
ces notes, trouve cet épisode de Zacharie peu inté-

ressant. La reine des Francs, à genoux sous un vieux chêne, ne lui présente qu'une copie affoiblie de la scène de Prisca et de Valérie. D'autres personnes, également faites pour bien juger, aiment beaucoup au contraire l'opposition du christianisme naissant au milieu des forêts, chez des Barbares, et du christianisme au berceau, dans les catacombes, chez un peuple civilisé.

XXIIᵉ.

(Pag. 21. Déclare que la vertu n'est qu'un fantôme.)

« Brutus s'arrêta dans un endroit creux, s'assit
» sur une grande roche, n'ayant avec lui qu'un
» petit nombre de ses amis et de ses principaux offi-
» ciers; et là, regardant d'abord le ciel qui étoit fort
» étoilé, il prononça deux vers grecs. Volumnius
» en a rapporté un qui dit : « Grand Jupiter, que
» l'auteur de tous ces maux ne se dérobe point à
» votre vue ! » Il dit que l'autre lui étoit échappé.
» Le sens de cet autre vers étoit : « O Vertu, tu
» n'es qu'un vain nom ! »

XXIIIᵉ.

(Pag. 22. Un nouvel Hérodote.)

« Hérodote se rendit aux jeux olympiques. Vou-
» lant s'immortaliser, et faire sentir en même temps
» à ses concitoyens quel étoit l'homme qu'ils avoient
» forcé de s'expatrier, il lut dans cette assemblée,
» la plus illustre de la nation, la plus éclairée qui
» fût jamais, le commencement de son Histoire, ou
» peut-être les morceaux de cette même Histoire
» les plus propres à flatter l'orgueil d'un peuple qui
» avoit tant de sujets de se croire supérieur aux
» autres. » LARCHER, *Vie d'Hérodote.*

XXIVᵉ.

(Pag. 22. Un peuple qui prétend descendre des Troyens.)

Dans le second chapitre de l'Epitome de l'Histoire des Francs, on lit toute une fable racontée, dit l'auteur, par un certain poëte appelé Virgile. Priam, selon ce poëte inconnu, fut le premier roi des Francs ; Friga fut le successeur de Priam. Après la chute de Troie, les Francs se séparèrent en deux bandes : l'une, commandée par le roi Francio, s'avança en Europe, et s'établit sur les bords du Rhin, etc. *Epit. Hist. Franc.*, cap. II, *in* D. Bouq. Coll.

Les Gestes des rois des Francs racontent une fable à peu près semblable (cap. I et II). C'est sur ces vieilles chroniques qu'Annius de Viterbe a composé la généalogie des rois des Gaules et des rois francs. Dans ses deux livres supposés, il donne vingt-deux rois aux Gaulois avant la guerre de Troie : Dis ou Samothès ; Sarron, fondateur des écoles druïdiques ; Boardus, inventeur de la poésie et de la musique ; Celtès, Galatès, Belgicus, Lugdne, Allobrox, Paris, Remus. Sous ce dernier roi arriva la prise de Troie ; et Francus, fils d'Hector, s'échappa de la ruine de sa patrie, se réfugia dans les Gaules, et épousa la fille de Remus.

XXVᵉ.

(Pag. 22. Que ce peuple formé de diverses tribus de Germains.)

Véritable origine des Français. J'ai expliqué le mot *Franc* d'après le génie de notre langue, et non d'après l'étymologie que veut lui donner Libanius, et qui signifieroit habile à se fortifier. *In Basilico.*

XXVIe.

(Pag. 23. Le pouvoir.... se réunit.)

Ceci n'est exprimé formellement par aucun auteur, mais se déduit de toute la suite de l'histoire.
On voit dans Tacite (*de Mor. Germ.*) que l'on éli-
soit des *chefs* dans les assemblées générales ; et l'on
trouve, dans le même auteur (Ann. et Hist.), des
Germains conduits par un seul chef. On remarque
la même chose dans les Commentaires de César.
Enfin, sous Pharamond, Clodion, Mérovée et
Clovis, les Francs paroissent marcher sous les ordres
d'un seul roi.

XXVIIe.

(Pag. 23. La tribu des Saliens.)

Il y a des auteurs qui ne veulent faire des Saliens
que des grands ou des seigneurs attachés au service
des salles de nos rois. Il est vrai que le mot *sala* remonte très-haut dans la basse latinité. Dans un édit
de Lothaire, roi des Lombards, on lit : *Si quis bo-
volam de sala occiderit, componat. Sol.* 20.

    « Qui en la *sale* Baudouin Lagernie,
    » Avoit de Foise envoié une espic. »

                    DU CANGE , *gloss. voce sala.*

Mais il est plus naturel de considérer les Saliens
comme une tribu des Francs, puisqu'on les trouve
comme tels dans l'histoire. Les Francs appelés les
Saliens, dit Ammien-Marcellin, s'étoient cantonnés
près de Toxandrie. Sidoine leur donne aussi ce nom.
Au rapport de Libanius, Julien prit les Saliens au
service de l'Empire, et leur donna des terres. Au
reste, on trouve des Saliens gaulois sur le territoire
desquels les Phocéens fondèrent Marseille. Il y avoit
chez les Romains des prêtres de Mars et des prêtres
d'Hercule, appelés Saliens ; comme si tout ce qui
s'appeloit Salien devoit annoncer les armes et la
victoire.

XXVIIIᵉ.

(Pag. 23. Elle doit cette renommée.)

Je place ici l'origine de la fameuse loi salique.
L'histoire la fait remonter jusqu'à Pharamond.
Les meilleurs critiques font venir comme moi la
loi salique de la tribu des Saliens. La loi salique,
telle que nous l'avons, ne parle point de la succes-
sion à la couronne ; elle embrasse toutes sortes de
sujets. Du Cange distingue deux lois saliques: l'une
plus ancienne, et du temps que les Français étoient
encore idolâtres ; l'autre plus nouvelle, et que l'on
suppose rédigée par Clovis après sa conversion.
Voy. PITTION, JÉRÔME BIGNON, DU CANGE et
DANIEL.

XXIXᵉ.

(Pag. 23. Les Francs s'assemblent.)

Les premières éditions portoient : « Les Francs
s'assemblent *deux* fois l'année, *aux mois* de mars
et de mai. » J'avois voulu indiquer par là le chan-
gement survenu dans l'époque de l'assemblée générale des Francs; mais cela étoit inexact, et ne
disoit pas ce que je voulois dire : j'ai corrigé,
comme on le voit ici. Le premier exemple d'une
assemblée générale des Francs remonte à Clovis :
ce roi y tua de sa main un soldat qui l'avoit insulté
l'année précédente. GRÉGOIRE DE TOURS.

Tacite dit que les Germains tenoient leurs assemblées à des jours fixes, au commencement de la
nouvelle et de la pleine lune (*de Mor. Germ.*). Nos
états-généraux, que l'on croit être nés des assemblées du Champ-de-Mars, me paroissent plutôt
avoir une origine gauloise. Voy. les *Commentaires
de César.*

XXXe.

(Pag. 23. Ils viennent au rendez-vous tout armés.)

C'est ce que disent tous les auteurs.

XXXIe.

(Pag. 23. Le roi s'assied sous un chêne.)

« Maintes fois ay veu que le bon saint, après qu'il
» avoit ouy messe en esté, il se alloit esbattre au
» bois de Vicennes, et se seoit au pié d'un chesne :
» et nous faisoit seoir tous emprès lui : et tous ceulx
» qui avoient affaire à lui venoient à lui parler,
» sans ce que aucun huissier ne autre leur donnast
» empeschement. Et demandoit haultement de sa
» bouche, s'il y avoit nul qui eust partie. Et quant
» il y en avoit aucuns, il leur disoit : « Amis, taisez-
» vous, et on vous délivrera l'un après l'autre.....»
» Aussi plusieurs foiz ay veu que audit temps d'esté
» le bon roy venoit au jardin de Paris, une cotte
» de camelot vestuë, ung surcot de tiretaine sans
» manches, et un mantel par-dessus de sandal noir :
» et faisoit là estendre des tappiz pour nous seoir
» emprès lui, et là faisoit despescher son peuple
» diligemment, comme vous ay devant dit du bois
» de Vicennes. » (JOINVILLE, *Hist. du Roy Saint-
Loys.*) L'usage de faire des présens au chef des peuples germaniques remonte jusqu'au temps de Tacite.
*Mos est civitatibus ultro ac viritim conferre princi-
pibus vel armentorum vel frugum, quod pro honore
acceptum, etiam necessitatibus subvenit. Gaudent
præcipuè finitimarum gentium donis, quæ non
modò à singulis, sed publicè mittuntur.* TACITE, *de
Mor. Germ.*, 15.

XXXIIe.

(Pag. 23. Les propriétés sont annuelles.)

Arva per annos mutant (TAC, *de Mor. Germ.*, 26).

2.   4

Neque quisquam agri modum certum aut fines
proprios habet : sed magistratus ac principes in annos
singulos, gentibus cognationibusque hominum qui
una coierint, quantum et quo loco visum est, agri
attribuunt, atque anno post alio transire cogunt.
Cesar, *de Bello Gall.*, libr. **VI.**

XXXIIIe.

(Pag. 24. Le lait, le fromage, etc.)

Vóy. Cesar, *de Bell. Gall.*, libr. **IV** ; Pline,
libr. **II** ; Strabon, libr. **VII.** Tacite dit : *Lac con-*
cretum.

XXXIVe.

(Pag. 24. Un bouclier.... un cheval bridé.)

Munera non ad delicias muliebres quæsita, nec
quibus nova nupta comatur, sed boves et frenatum
equum, et scutum cum frameâ gladioque. Tacite,
de Mor. Germ., 18.

XXXVe.

(Pag. 24. Il saute.... au milieu.... des épées
nues.)

Nudi juvenes, quibus id ludicrum est, inter gla-
dios se atque infestas frameas saltu jaciunt. Tacite.,
de Mor. Germ., 24.

XXXVIe.

(Pag. 24. Une pyramide de gazon.)

Funerum nulla ambitio..... sepulcrum cespes eri-
git. Tacite. *de Mor. Germ.*, 27.

XXXVIIe.

(Pag. 25. Chasser l'uroch et les ours.)

César, Tacite et tous les auteurs, parlent de la

passion des Barbares pour la chasse. Quant à l'uroch ou bœuf sauvage, en voici la description : *Tertium est genus eorum qui Uri appellantur. Ii sunt magnitudine paulò infra elephantos ; specie et colore et figura tauri. Magna vis est eorum et magna velocitas ; neque homini neque feræ quam conspexerint parcunt. Hos studiosè foveis captos interficiunt......* *Amplitudo cornuum et figura et species multum à nostrorum boum cornibus differt. Hæc studiosè conquisita ab labris argento circumcludunt atque in amplissimis epulis pro poculis utuntur.* CÆSAR, *de Bello. Gall.*, libr. VI.

XXXVIIIe.

(Pag. 26. Nous eûmes le bonheur de ne rencontrer aucune de ces grandes migrations, etc. ; jusqu'à l'alinéa.)

Tout ce passage est nouveau. Je l'avois supprimé sur les épreuves de la première édition. Les personnes qui le connoissoient l'ont réclamé ; j'ai cru devoir le rétablir.

XXXIXe.

(Pag. 27. Mon livre, vous irez à Rome.)

Parve, nec invideo, sine me, liber, ibis in Urbem.

Ovide mourut dans son exil à Tomés : on a prétendu avoir retrouvé son tombeau en 1508, près de Slain en Autriche, avec ces vers :

Hic situs est vates quem divi Cæsaris ira
Augusti patriâ cedere jussit humo.
Sæpe miser voluit patriis occumbere terris ;
Sed frustra ! hunc illi fata dedére locum.

Ces vers sont modernes. Le poëte avoit fait lui-même l'épitaphe que l'on connoît :

Hic ego qui jaceo tenerorum lusor amorum,
Ingenio perii Naso poeta meo, etc.

4 *

Je ne sais si le vers que j'ai choisi, pour l'épitaphe d'un poëte mort exilé dans un désert, n'est
pas plus touchant.

· XLe.

(Pag. 28. Qui s'accusoit d'être le Barbare.)

Barbarus hìc ego sum, quia non intelligor illis.

XLIe.

(Pag. 28. Ces tribus avoient disparu.)

Elles s'étoient embarquées. « Une petite tribu
» de Francs, sous Probus, dit Eumène, se signala
» par son audace. Embarquée sur le Pont-Euxin,
» elle attaqua la Grèce et l'Asie, prit Syracuse,
» désola les côtes de l'Afrique, et rentra victorieuse
» dans l'Océan. » EUMÈNE, *Panég. Const.*

XLIIe.

(Pag. 28. La Providence avoit ordonné que je retrouverois la liberté au tombeau d'Ovide.)

Ainsi ce livre est motivé, et il y a une raison pé-
remptoire pour la description des mœurs et de la
chasse des Francs. Cet incident, fort naturel d'ailleurs, et employé par plus d'un poëte, va faire
changer la scène.

XLIIIe.

(Pag. 29. La hutte royale étoit déserte.)

Quemcumque mortalium arcere tecto nefas habe-
tur. Pro fortunâ quisque apparatis epulis excipit.
Cum defecére, qui modò hospes fuerat, monstrator
hospitii et comes, proximam domum non invitati

adeunt : nec interest ; pari humanitate accipiuntur. Notum ignotumque , quantum ad jus hospitii, nemo discernit. TACITE, *de Mor. Germ.* , XXI.

XLIVᵉ.

(Pag. 29. Une île.... consacrée à la déesse Herta.)

Voyez TACITE, *Mœurs des Germains*, ch. XL. Mon texte est la traduction abrégée de tout le morceau.

XLVᵉ.

(Pag. 30. Ils étoient rangés en demi-cercle, etc. ; jusqu'à l'alinéa.)

« Ils ne prennent point leurs repas assis sur des
» chaises ; mais ils se couchent par terre sur des
» couvertures de peaux de loups et de chiens , et ils
» sont servis par leurs enfans de l'un et de l'autre
» sexe qui sont encore dans la première jeunesse.
» A côté d'eux sont de grands feux garnis de chau-
» dières et de broches, où ils font cuire de gros
» quartiers de viande. On a coutume d'en offrir les
» meilleurs morceaux à ceux qui se sont distingués
» par leur bravoure....... Souvent leurs propos de
» table font naître des sujets de querelles , et le mé-
» pris qu'ils ont pour la vie est cause qu'ils ne se
» font point une affaire de s'appeler en duel. »
(DIOD., lib. V, traduct. de Terrasson.) Toutes ces
coutumes , attribuées aux Gaulois par Diodore, se
retrouvoient chez les Germains. Quant à la circonstance de la table séparée que chaque convive avoit
devant soi, elle est prise dans Tacite, *de Mor. Germ.*
Voici un passage curieux d'Athénée : *Celtæ, inquit
(Posidonius), fœno substrato, cibos proponunt
super ligneis mensis à terrâ parum exstantibus.
Panis ; et is paucus, cibus est : caro multa, elixa in*

aqua, vel super prunis aut in verutis assa. Mensæ
quidem hæc pura et munda inferuntur, verum leo-
num modo ambabus manibus artus integros tollunt,
morsuque dilaniant : et si quid ægrius divellatur,
exiguo id cultello præcidunt, qui vagina tectus et
loco peculiari conditus in propinquo est..............
Convivæ plures ad cœnam si conveniant, in orbem
consident. In medio præstantissima sedes est, veluti
cœtus principi· ejus nimirùm qui cœteros vel bellica
dexteritate, vel nobilitate generis anteit, vel divi-
tiis. Assidet huic convivator : ac utrinque deinceps
pro dignitate splendoris qua excellunt. Adstant à
tergo cœnantibus, qui pendentes clypeos pro armis
gestent, hastati vero ex adverso in orbem sedent ac
utrique cibum cum dominis capiunt. Qui sunt à po-
culis, potum ferunt in vasis ollæ similibus, aut fic-
tilibus, aut argenteis. (ATHEN., libr. IV, cap. XIII.)
Il y auroit bien quelque chose à dire sur cette version du texte grec ; mais après tout elle est assez
fidèle ; elle ne manque pas d'une certaine élégance,
et elle a été revue par Casaubon, très-habile homme,
quoiqu'on en dise. Le texte par lui-même n'ayant
aucune beauté, j'ai préféré citer cette version de
Dalechamp, accessible à plus de lecteurs.

XLVIe.

(Pag. 31. Camulogènes.)

Souvenir historique. (Voy. les *Commentaires de
César.*) Tout le monde sait que Lutèce est Paris.

XLVIIe.

(Pag. 31. Les quarante mille disciples des écoles d'Augustodunum.)

Les écoles d'Autun étoient très – florissantes.
Eumène les avoit rétablies. Lors de la révolte de
Sacrovir, il y avoit quarante mille jeunes gens de la
noblesse des Gaules, rassemblés à Autun. (TACITE,

Ann. III, 43.) On sait que Marseille, du temps de
Cicéron et d'Agricola, étoit appelée l'Athènes des
Gaules. Sur Bordeaux, on peut consulter Ausone,
qui nomme les professeurs célèbres de cette ville.

XLVIIIe.

(Pag. 31. La révolte des Bagaudes.)

Il y a plusieurs opinions sur les Bagaudes. J'ai
adopté celle qui fait de ces Gaulois des paysans ré-
voltés contre les Romains.

XLIXe.

(Pag. 31. Les prêtres du banquet... ayant
fait faire silence.)

*Silentium per sacerdotes quibus tùm et coercendi
jus est, imperatur.* TACIT. *de Mor. Germ.* XI.

L^e.

(Pag. 32. Ces avides possesseurs de tant
de palais, qui sont assez à plaindre, etc.)

C'est le mot du Breton Caractacus, prisonnier à
Rome. (Voy. ZONARE.)

LIe.

(Pag. 32. Il sent en lui quelque chose qui
le porte à brûler le Capitole.)

C'est un roi des Barbares, je ne sais plus si c'est
Alaric, Genseric ou un autre, qui a dit un mot à
peu près semblable.

LIIe.

(Pag. 32. L'assemblée applaudit à ce discours, en agitant des lances.)

*Si displicuit sententia, fremitu aspernantur : sin
placuit, frameas concutiunt.* TAC. *de Mor. Germ.* XI.

LIIIe.

(Pag. 33. Ignorez-vous que l'épée de fer d'un Gaulois.)

Allusion à l'histoire de ce Gaulois qui mit son épée dans la balance où l'on pesoit l'or qui devoit racheter les Romains après la prise de leur ville par Brennus.

LIVe.

(Pag. 33. Les Gaulois seuls ne furent point étonnés à la vue d'Alexandre.)

Voy. la note LVIII du livre VI. Pour le reste de ce paragraphe, jusqu'à l'alinéa, on peut avoir recours à l'Histoire Romaine de Rollin, tom. VII, p. 330, où l'auteur a tracé toutes les conquêtes des Gaulois. On peut remarquer que j'ai sauvé l'invraisemblance du discours de Camulogènes, en faisant étudier ce Gaulois aux écoles d'Autun, de Marseille et de Bordeaux.

LVe.

(Pag. 34. Nous défendons à nos enfans d'apprendre à lire.)

Selon Procope, les Goths ne vouloient point qu'on instruisît leurs enfans dans les lettres ; car, disoient-ils celui qui est accoutumé à trembler sous la verge d'un maître ne regardera jamais une épée sans frayeur. *De Bello Goth.* libr. I.

LVIe.

(Pag. 35. Je ne me donnerai pas la peine de recueillir l'œuf du serpent à la lune nouvelle.)

Angues innumeri æstate convoluti, salivis fau-

•ium corporumque spumis artifici complexu glome-
rantur, anguinum appellatur. Druidœ sibilis id
dicunt in sublime jactari, sagoque oportere intercipi,
ne tellurem attingat. Profugere raptorem equo : ser-
pentes enim insequi, donec arceantur amnis alicujus
interventu. Experimentum ejus esse, si contra aquas
fluitet vel auro vinctum. Atque ut est magorum soler-
tia occultandis fraudibus sagax, certa luna capien-
dum censent. . . . . . . Ad victorias litium ac
regum aditus, mirè laudatur. PLIN. libr. XXIX,
cap. 3. 12.

LVIIe.

(Pag. 36. Tu mens.)

C'est le démenti des Barbares qui mène encore
aujourd'hui deux hommes à se couper la gorge. La
vérité des mœurs dans tout ce livre, et surtout
dans la scène qui le termine, m'a toujours paru
faire plaisir aux juges instruits et faits pour être
écoutés.

LVIIIe.

(Pag. 36. Le lendemain, jour où la lune avoit acquis toute sa splendeur, on décida dans le calme ce qu'on avoit discuté dans l'ivresse.)

Coeunt, nisi quid fortuitum et subitum inciderit
certis diebus, cum aut inchoatur luna aut impletur
(TACITE, *de Mor. Germ.* XI). *De reconciliandis invi-*
cem inimicis, et jungendis affinitatibus, et adscis-
cendis principibus, de pace denique ac bello plerum-
que in conviviis consultant........ Gens non astuta
nec callida, aperit adhuc secreta pectoris, licentiâ
joci. Ergo detecta et nuda omnium mens posterâ die

retractatur : et salva utriusque temporis ratio est.
Deliberant, dum fingere nesciunt; constituunt, dum
errare non possunt. TACITE, *de Mor. Germ.* , **XXII.**

FIN DES REMARQUES DU LIVRE SEPTIÈME.

SOMMAIRE DU LIVRE HUITIÈME.

—

INTERRUPTION du récit. Commencement de l'a—
mour d'Eudore pour Cymodocée, et de Cymodocée
pour Eudore. Satan veut profiter de cet amour pour
troubler l'Eglise. L'Enfer. Assemblée des Démons,
Discours du Démon de l'homicide. Discours du
Démon de la fausse sagesse. Discours du Démon de
la volupté. Discours de Satan. Les Démons se ré-
pandent sur la terre.

LIVRE VIII.

Déjà le récit d'Eudore s'étoit prolongé jusqu'à la neuvième heure du jour. Le soleil
dardoit ses rayons brûlans sur les montagnes
de l'Arcadie, et les oiseaux muets étoient
retirés dans les roseaux du Ladon. Lasthénès
invita les étrangers à prendre un nouveau
repas, et leur proposa de remettre au jour
suivant la fin de l'histoire de son fils. On
quitta l'île et les deux autels, et l'on regagna
en silence le toit hospitalier.

A peine quelques mots interrompus se
firent entendre le reste de la journée. L'évêque de Lacédémone paroissoit profondément
occupé de l'histoire du fils de Lasthénès.
Il admiroit la peinture de l'état de l'Eglise
et de ses progrès dans tout le monde. Il
voyoit figurer au milieu de ce tableau les
hommes que les fidèles avoient à craindre,
et dont les caractères tracés par Eudore ne

promettoient qu'un sombre avenir. Cyrille
reçut même de Rome des nouvelles alar-
mantes, qu'il ne crut pas devoir communiquer à la vertueuse famille.

Eudore à son tour étoit loin d'être tranquille. Il portoit au pied de la Croix des tribulations intérieures ; il ignoroit encore qu'elles
étoient une suite des desseins de Dieu. Il redoubloit de prières et d'austérités ; mais au
travers des pleurs de la pénitence, ses yeux
apercevoient malgré lui les beaux cheveux,
les mains d'albâtre, la taille élégante et les
grâces ingénues de la fille d'Homère. Il
voyoit sans cesse ses doux et timides regards
attachés sur lui, ses traits charmans où se
venoient peindre tous les sentimens qu'il
exprimoit, et même ceux qu'il n'exprimoit
point encore. Quelle naïve pudeur embellissoit la vierge innocente, lorsqu'il racontoit
les coupables plaisirs de Rome et de Baïes !
Quelle pâleur mortelle couvroit ses joues,
lorsqu'il décrivoit des combats, ou qu'il parloit de blessures et d'esclavage !

La prêtresse des Muses éprouvoit de son
côté des sentimens confus et une émotion nouvelle. Son esprit et son cœur sortoient en

même temps de leur double enfance. L'ignorance de son esprit s'évanouissoit devant la
raison du Christianisme ; l'ignorance de son
cœur cédoit à cette lumière qu'apportent toujours les passions. Chose extraordinaire, cette
jeune fille ressentoit à la fois le trouble et les
délices de la sagesse et de l'amour !

« Mon père, disoit-elle à Démodocus, quel
divin étranger nous a conviés à ses banquets !
Combien le fils de Lasthénès est grand par
le cœur et par les armes ! N'est-ce point un de
ces premiers habitans du monde que Jupiter
a transformés en dieux favorables aux mortels? Jouet des cruelles destinées, que de
combats il a livrés! Que de maux il a soufferts!
O Muses chastes et puissantes, ô mes divinités
tutélaires, où étiez-vous lorsque d'indignes
chaînes pressoient de si nobles mains ? Ne
pouviez-vous faire tomber les liens de ce
jeune héros au son de vos lyres? Mais, prêtre
d'Homère, toi qui sais toutes choses et qui
as la sage retenue des vieillards, dis : quelle
est cette religion dont parle Eudore ? Elle est
belle cette religion ! Elle approche le cœur
de la justice, elle apaise les folles amours.
Celui qui la suit est toujours prêt à secourir

le malheur, comme un voisin généreux sans se donner le temps de prendre sa ceinture. Allons dans les temples immoler des brebis à Cérès qui porte des lois, au Soleil qui voit l'avenir. La robe traînante, la coupe des libations à la main, faisons le tour des autels arrosés de sang; pétrissons les gâteaux sacrés, et tâchons de découvrir quel est le Génie inconnu qui protége Eudore.... Je sens qu'une divinité mystérieuse parle à mon cœur.... Mais une vierge doit-elle pénétrer les secrets des jeunes hommes, et chercher à connoître leurs dieux? La pudeur lèvera-t-elle son voile pour interroger les Oracles? »

En achevant ces mots, Cymodocée remplit son sein des larmes qui couloient de ses yeux.

Ainsi le ciel rapprochoit deux cœurs dont l'union devoit amener le triomphe de la Croix. Satan alloit profiter de l'amour du couple prédestiné, pour faire naître de violens orages, et tout marchoit à l'accomplissement des décrets de l'Eternel. Le prince des ténèbres achevoit dans ce moment même la revue des temples de la terre. Il avoit visité les sanctuaires du mensonge et de l'im-

posture, l'antre de Trophonius, les soupiraux
de la Sibylle, les trépieds de Delphes, la pierre
de Teutatès, les souterrains d'Isis, de Mitra,
de Wishnou. Partout les sacrifices étoient suspendus, les Oracles abandonnés, et les prestiges de l'idolâtrie près de s'évanouir devant la
vérité du Christ. Satan gémit de la perte
de sa puissance ; mais du moins il ne cédera
pas la victoire sans combat. Il jure, par l'éter-
nité de l'Enfer, d'anéantir les adorateurs du
vrai Dieu, oubliant que les portes du lieu de
douleur ne prévaudront pas contre la bien-
aimée du Fils de l'homme. L'Archange rebelle ignore les desseins de l'Eternel qui va
punir son Eglise coupable ; mais il sent que
la domination sur les Fidèles lui est un moment accordée, et que le ciel le laisse libre
d'accomplir ses noirs projets. Aussitôt il quitte
la terre et descend vers le sombre empire.

Telle qu'on voit au sommet du Vésuve
une roche calcinée suspendue au milieu des
cendres, si le soufre et le bitume rallumés
dans la montagne obscurcissent le soleil,
font bouillonner la mer et chanceler Par-
thénope comme une Bacchante enivrée,
alors la cime du volcan change sa forme

mobile, la lave s'affaisse, la pierre roule
et rentre en grondant au fond des entrailles brûlantes qui l'avoient rejetée : ainsi
Satan vomi par l'Enfer, se replonge dans le
gouffre béant. Plus rapide que la pensée, il
franchit tout l'espace qui doit s'anéantir un
jour; par delà les restes mugissans du chaos,
il arrive à la frontière de ces régions impé-
rissables comme la vengeance qui les forma :
régions maudites, tombe et berceau de la mort,
où le temps ne fait point la règle, et qui resteront encore quand l'univers aura été enlevé
ainsi qu'une tente dressée pour un jour. Une
larme involontaire mouille les yeux de l'Esprit pervers, au moment où il s'enfonce dans
les royaumes de la nuit. Sa lance de feu éclaire
à peine autour de lui l'épaisseur des ombres.
Il ne suit aucune route à travers les ténèbres;
mais entraîné par le poids de ses crimes, il
descend naturellement vers l'Enfer. Il ne voit
point encore la lueur lointaine de ces flammes
qui brûlent sans alimens, et pourtant sans
jamais s'éteindre, et déjà les gémissemens des
réprouvés parviennent à son oreille. Il s'arrête, il frémit à ce premier soupir des éter-
nelles douleurs. L'Enfer étonne encore son

monarque. Un mouvement de remords et de
pitié saisit le cœur de l'Archange rebelle.

« C'est donc moi, s'écrie-t-il, qui ai creusé
» ces prisons, et rassemblé tous ces maux!
» Sans moi le mal eût été inconnu dans
» les œuvres du Tout-Puissant. Que m'a-
» voit fait l'homme, cette belle et noble
» créature....? »

Satan alloit prolonger les plaintes d'un repentir inutile, quand la bouche embrasée de
l'abîme venant à s'ouvrir, le rappela tout à
coup à d'autres pensées.

Un fantôme s'élance sur le seuil des portes
inexorables : c'est la Mort. Elle se montre
comme une tache obscure sur les flammes des
cachots qui brûlent derrière elle; son squelette laisse passer les rayons livides de la
lumière infernale entre les creux de ses ossemens. Sa tête est ornée d'une couronne chan-
geante, dont elle dérobe les joyaux aux
peuples et aux rois de la terre. Quelquefois
elle se pare des lambeaux de la pourpre ou
de la bure, dont elle a dépouillé le riche et
l'indigent. Tantôt elle vole, tantôt elle se
traîne; elle prend toutes les formes, même
celles de la beauté. On la croiroit sourde, et

toutefois elle entend le plus petit bruit qui
décèle la vie ; elle paroît aveugle, et pourtant
elle découvre le moindre insecte rampant sous
l'herbe. D'une main elle tient une faux comme
un moissonneur ; de l'autre, elle cache la
seule blessure qu'elle ait jamais reçue, et que
le Christ vainqueur lui porta dans le sein,
au sommet du Golgotha.

C'est le Crime qui ouvre les portes de l'Enfer, et c'est la Mort qui les referme. Ces
deux monstres, par un certain amour affreux,
avoient été avertis de l'approche de leur
père. Aussitôt que la Mort reconnoît de loin
l'ennemi des hommes, elle vole pleine de
joie à sa rencontre :

« O mon père, s'écrie-t-elle, j'incline devant
» toi cette tête qui ne s'abaissa jamais devant
» personne. Viens-tu rassasier la faim insa-
» tiable de ta fille ? Je suis fatiguée des mêmes
» festins, et j'attends de toi quelque nouveau
» monde à dévorer. »

Satan, saisi d'horreur, détourna la tête
pour éviter les embrassemens du squelette. Il
l'écarte avec sa lance, et lui répond en passant :

« O Mort, tu seras satisfaite et vengée ! Je

» vais livrer à ta rage le peuple nombreux
» de ton unique vainqueur. »

En prononçant ces mots, le chef des
Démons entre au séjour où pleurent à jamais ses victimes. Il s'avance dans les campagnes ardentes. L'abîme s'émeut à la vue
de son roi ; les bûchers jettent une flamme
plus éclatante ; le réprouvé qui pensoit
être au comble de la douleur, est percé d'un
aiguillon plus aigu : ainsi dans le désert
de Zaara, accablé par l'ardeur d'un orage
sans pluie, le noir Africain se couche sur
les sables, au milieu des serpens et des
lions altérés comme lui ; il se croit parvenu
au dernier degré du supplice : un soleil
troublé, se montrant entre des nuées arides,
lui fait sentir des tourmens nouveaux.

Qui pourroit peindre l'horreur de ces
lieux , où sont rassemblées , agrandies et
perpétuées sans fin toutes les tribulations de
la vie ! Lié par cent nœuds de diamans sur
un trône de bronze , le Démon du désespoir domine l'empire des chagrins. Satan,
accoutumé aux clameurs infernales , distingue à chaque cri et la faute punie , et la
douleur éprouvée. Il reconnoît la voix du

premier homicide ; il entend le mauvais
riche qui demande une goutte d'eau ; il
rit des lamentations du pauvre qui réclame,
au nom de ses haillons, les royaumes du
ciel. »

» Insensé, lui dit-il, tu croyois donc que
» l'indigence suppléoit à toutes les vertus ?
» Tu pensois que tous les rois étoient dans
» mon empire, et tous tes frères autour de
» mon rival ? Vile et chétive créature, tu
» fus insolent, menteur, lâche, envieux du
» bien d'autrui, ennemi de tout ce qui étoit
» au-dessus de toi par l'éducation, l'honneur
» et la naissance, et tu demandes des cou-
» ronnes! Brûle ici avec l'opulence impi-
» toyable qui fit bien de t'éloigner d'elle,
» mais qui te devoit un habit et du pain. »

Du milieu de leurs supplices, une foule de
malheureux crioient à Satan :

« Nous t'avons adoré, Jupiter, et c'est
» pour cela, maudit, que tu nous retiens
» dans les flammes! »

Et l'Archange orgueilleux, souriant avec
ironie, répondoit :

« Tu m'as préféré au Christ, partage mes
» honneurs et mes joies! »

La peine du sang n'est pas le tourment
le plus affreux qu'éprouvent les ames con-
damnées. Elles conservent la mémoire de
leur divine origine; elles portent en elles-
mêmes l'image ineffaçable de la beauté de
Dieu, et regrettent à jamais le souverain
bien qu'elles ont perdu : ce regret est sans
cesse excité par la vue des ames dont la
demeure touche à l'Enfer, et qui, après
avoir expié leurs erreurs, s'envolent aux régions célestes. A tous ces maux, les réprouvés joignent encore les afflictions morales,
et la honte des crimes qu'ils ont commis
sur la terre : les douleurs de l'hypocrite
s'augmentent de la vénération que ses fausses
vertus continuent d'inspirer au monde. Les
titres magnifiques que le siècle déçu donne
à des morts renommés, font le tourment de
ces morts dans les flammes de la vérité et
de la vengeance. Les vœux qu'une tendre
amitié offre au ciel pour des ames perdues,
désolent, au fond de l'abîme, ces ames
inconsolables. C'est alors qu'on voit sortir
du sépulcre ces coupables, qui viennent révéler à la terre les châtimens de la justice

divine, et dire aux hommes : « Ne priez pas
» pour moi : je suis jugé. »

Au centre de l'abîme, au milieu d'un
océan qui roule du sang et des larmes,
s'élève, parmi des rochers, un noir château, ouvrage du Désespoir et de la Mort.
Une tempête éternelle gronde autour de ses
créneaux menaçans ; un arbre stérile est
planté devant sa porte, et sur le donjon de
ses tristes murs repliés neuf fois sur eux-
mêmes, flotte l'étendard de l'orgueil à demi
consumé par la foudre. Les Démons que
les Païens appellent les Parques, veillent
à la barrière de ce palais ténébreux. Satan
arrive au pied de sa royale demeure. Les
trois gardes du palais se lèvent, et laissent
le marteau d'airain retomber avec un bruit
lugubre sur la porte d'airain. Trois autres
Démons, adorés sous le nom des Furies,
ouvrent le guichet ardent : on aperçoit
alors une longue suite de portiques désolés, semblables à ces galeries souterraines,
où les prêtres de l'Egypte cachoient les monstres qu'ils faisoient adorer aux hommes.
Les dômes du fatal édifice retentissent des
sourds mugissemens d'un incendie ; une

âle lueur descend des voûtes embrasées.
A l'entrée du premier vestibule, l'Eternité
des douleurs est couchée sur un lit de fer:
elle est immobile; son cœur même n'a aucun
mouvement; elle tient à la main un sablier
inépuisable. Elle ne sait et ne prononce que
ce mot: « Jamais! »

Aussitôt que le souverain des hiérar-
chies maudites est entré dans son habitacle
impur, il ordonne aux quatre chefs des légions rebelles de convoquer le sénat des
Enfers. Les Démons s'empressent d'obéir
aux ordres de leur monarque. Ils rem-
plissent en foule la vaste salle du conseil
de Satan; ils se placent sur les gradins
brûlans du sombre amphithéâtre; ils viennent tels que les adorent les mortels, avec
les attributs d'un pouvoir qui n'est qu'im-
posture. Celui-là porte le trident dont
il frappe en vain les mers qui n'obéissent
qu'à Dieu; celui-ci, couronné des rayons
d'une fausse gloire, veut imiter, astre menteur, ce géant superbe que l'Eternel fait
sortir chaque matin du lieu où se lève
l'aurore. Là raisonne le Génie de la fausse
sagesse; là rugit l'Esprit de la guerre; là

sourit le Démon de la volupté : les hommes l'appellent Vénus, l'Enfer le connoît sous le nom d'Astarté ; ses yeux sont remplis d'une molle langueur, sa voix porte le trouble dans les ames ; et la brillante ceinture qui se rattache autour de ses flancs, est l'ouvrage le plus dangereux des puissances de l'abîme. Enfin, on voit réunis dans ce conseil tous les faux dieux des nations, et Mitra, et Baal, et Moloch, Anubis, Brama; Teutatès, Odin, Erminsul, et mille autres fantômes de nos passions et de nos caprices.

Filles du ciel, les passions nous furent données avec la vie : tant qu'elles restent pures dans notre sein, elles sont sous la garde des Anges; mais aussitôt qu'elles se corrompent, elles passent sous l'empire des Démons. C'est ainsi qu'il y a un amour légitime, et un amour coupable ; une colère pernicieuse, et une sainte colère; un orgueil criminel, et une noble fierté ; un courage brutal, et une valeur éclairée. O grandeur de l'homme ! Nos vices et nos vertus font l'occupation et une partie de la puissance de l'Enfer et du Ciel.

Non plus comme cet astre du matin qui nous apporte la lumière, mais semblable à une comète effrayante, Lucifer s'assied sur son trône, au milieu de ce peuple d'Esprits. Telle qu'on voit pendant une tempête une vague s'élever au-dessus des autres flots, et menacer les nautoniers de sa cime écumante ; ou telle que dans une ville embrasée, on remarque au milieu des édifices fumants une haute tour, dont les flammes couronnent le sommet : tel paroît l'Archange tombé au milieu de ses compagnons. Il soulève le sceptre de l'Enfer, où, par un feu subtil, tous les maux sont attachés. Dissimulant les chagrins qui le dévorent, Satan parle ainsi à l'assemblée :

« Dieux des nations, Trônes, Ardeurs, » guerriers généreux, milices invinci- » bles, race noble et indépendante, ma- » gnanimes enfans de cette forte patrie, » le jour de gloire est arrivé : nous allons » recueillir le fruit de notre constance et » de nos combats. Depuis que j'ai brisé le joug » du tyran, j'ai tâché de me rendre digne

» du pouvoir que vous m'avez confié. Je
» vous ai soumis l'univers; vous entendez d'ici
» les plaintes des descendans de cet homme qui
» devoit vous remplacer au séjour des béati-
» tudes. Pour sauver cette race misérable ,
» notre persécuteur fut obligé d'envoyer son
» Fils sur la terre. Il a paru ce Messie. Il a
» osé pénétrer dans nos royaumes ; et si vous
» eussiez secondé mon audace, nous l'aurions
» chargé de fers , et retenu au fond de ces
» abîmes. La guerre étoit alors à jamais ter-
» minée entre nous et l'Eternel ; mais cette
» occasion favorable est perdue, et c'est ce
» qui nous oblige à reprendre les armes. Les
» sectateurs du Christ se multiplient. Trop sûrs
» de la justice de nos droits , nous avons né-
» gligé de défendre nos autels : faisons donc
» tous ensemble , un nouvel effort , afin de
» renverser cette Croix qui nous menace ; et
» délibérons sur les moyens les plus prompts
» de parvenir à cette victoire. »

Ainsi parle le blasphémateur vaincu du
Christ dans la nuit éternelle , cet Archange
qui vit le Sauveur briser avec sa Croix les
portes de l'Enfer, et délivrer la troupe des
justes d'Israël ; les Démons éperdus fuyoient

à l'aspect de la lumière divine, et Satan lui-même, renversé au milieu des ruines de son empire, avoit la tête écrasée sous le pied d'une femme.

Lorsque le père du mal eut fini son discours, le Démon de l'homicide se leva. Des bras teints de sang, des gestes furieux, une voix effrayante, tout annonce en cet Esprit révolté les crimes qui le souillent et la violence des sentimens qui l'agitent. Il ne peut supporter la pensée qu'un seul Chrétien échappe à ses fureurs : ainsi, dans l'océan qui baigne les rivages du Nouveau-Monde, on voit un monstre marin poursuivre sa proie au milieu des flots : si la proie brillante déploie tout à coup des ailes argentées, et trouve, oiseau d'un moment, sa sûreté dans les airs, le monstre trompé bondit sur les vagues, et, vomissant des tourbillons d'écume et de fumée, il effraie les matelots de sa rage impuissante.

« Qu'est-il besoin de délibérer, s'écrie l'An-
» ge atroce ? Faut-il, pour détruire les peuples
» du Christ, d'autres moyens que des bour-
« reaux et des flammes ? Dieux des nations,
« laissez-moi le soin de rétablir vos temples.

» Le prince qui va bientôt régner sur l'Em-
» pire romain est dévoué à ma puissance.
» J'exciterai la cruauté de Galérius. Qu'un
» immense et dernier massacre fasse nager les
» autels de notre ennemi dans le sang de ses
» adorateurs. Satan aura commencé la victoire
» en perdant le premier homme, moi je l'aurai
» couronnée en exterminant les Chrétiens. »

Il dit, et tout à coup les angoisses de l'Enfer se font sentir à cet Esprit féroce. Il
pousse un cri, comme un coupable frappé du
glaive des bourreaux, comme un assassin
percé de la pointe des remords. Une sueur ardente paroît sur son front; quelque chose de
semblable à du sang distile de sa bouche :
il se débat en vain sous le poids de la réprobation.

Alors le Démon de la fausse sagesse se
lève avec une gravité qui ressemble à une
triste folie. La feinte sévérité de sa voix,
le calme apparent de ses esprits, trompent la
multitude éblouie. Telle qu'une belle fleur
portée sur une tige empoisonnée, il séduit
les hommes, et leur donne la mort. Il af-
fecte la forme d'un vieillard, chef d'une de
ces écoles répandues dans Athènes et dans

Alexandrie. Des cheveux blancs couronnés d'une branche d'olivier, un front à moitié chauve, préviennent d'abord en sa faveur; mais quand on le considère de plus près, on découvre en lui un abîme de bassesse et d'hypocrisie, et une haine monstrueuse de la véritable raison. Son crime commença dans le ciel avec la création des mondes, aussitôt que ces mondes eurent été livrés à ses vaines disputes. Il blâma les ouvrages du Tout-Puissant; il vouloit, dans son orgueil, établir un autre ordre parmi les Anges et dans l'empire de la souveraine sagesse. C'est lui qui fut le père de l'Athéisme, exécrable fantôme que Satan même n'avoit point enfanté, et qui devint amoureux de la Mort lorsqu'elle parut aux Enfers. Mais quoique le Démon des doctrines funestes s'applaudisse de ses lumières, il sait pourtant combien elles sont pernicieuses aux mortels; et il triomphe des maux qu'elles font à la terre. Plus coupable que tous les Anges rebelles, il connoît sa propre perversité, et il s'en fait un titre de gloire. Cette fausse sagesse, née après les temps, parla de cette sorte à l'assemblée des Démons:

« Monarque de l'Enfer, vous le savez,
» j'ai toujours été opposé à la violence.
» Nous n'obtiendrons la victoire que par le
» raisonnement, la douceur et la persuasion.
» Laissez-moi répandre parmi nos adora-
» teurs, et chez les Chrétiens eux-mêmes,
» ces principes qui dissolvent les liens de la
» société, et minent les fondemens des em-
» pires. Déjà Hiéroclès, ministre chéri de
» Galérius, s'est jeté dans mes bras. Les sec-
» tes se multiplient. Je livrerai les hommes à
» leur propre raison; je leur enverrai mon
» fils, l'Athéisme, amant de la Mort et en-
» nemi de l'Espérance. Ils en viendront jus-
» qu'à nier l'existence de celui qui les créa.
» Vous n'aurez point à livrer de combats,
» dont l'issue est toujours incertaine : je sau-
» rai forcer l'Eternel à détruire une seconde
» fois son ouvrage. »

A ce discours de l'Esprit le plus profondément corrompu de l'abîme, les Démons applaudirent en tumulte. Le bruit de
cette lamentable joie se prolongea sous les
voûtes infernales. Les réprouvés crurent que
leurs persécuteurs venoient d'inventer de
nouveaux tourmens. Aussitôt ces ames, qui

n'étoient plus gardées dans leurs bûchers ,
s'échappèrent des flammes, et accoururent
au conseil; elles traînoient avec elles quelque partie de leurs supplices : l'une son suaire
embrasé, l'autre sa chape de plomb , celle-
ci les glaçons qui pendoient à ses yeux remplis de larmes, celle-là les serpens dont elle
étoit dévorée. Les affreux spectateurs d'un
affreux sénat prennent leurs rangs dans les
tribunes brûlantes. Satan lui-même effrayé
appelle les spectres gardiens des ombres ,
les vaines Chimères , les Songes funestes , les
Harpies aux sales griffes, l'Epouvante au visage étonné, la Vengeance à l'œil hagard ,
les Remords qui ne dorment jamais, l'incon-
cevable Folie, les pâles Douleurs et le Trépas.

« Remettez , s'écrie-t-il , ces coupables
» dans les fers, ou craignez que Satan ne
» vous enchaîne avec eux. »

Inutiles menaces ! Les fantômes se mêlent
aux réprouvés, et veulent, à leur exemple,
assister au conseil de leurs rois. On auroit
vu peut-être un combat horrible , si Dieu
qui maintient sa justice , et qui seul est auteur de l'ordre , même aux Enfers , n'eût

fait cesser le tumulte. Il étendit son bras, et l'ombre de sa main se dessina sur le mur de la salle maudite. Aussitôt une terreur profonde s'empare, et des ames perdues, et des Esprits rebelles : les premieres retournent à leurs tourmens, les seconds, après que la main divine s'est retirée, recommencent à délibérer.

Le Démon de la volupté essayant de sourire sur le siége où il étoit demi-couché, fait un effort et relève la tête. Le plus beau des Anges tombés, après l'Archange rebelle, il a conservé une partie des grâces dont l'avoit orné le Créateur ; mais au fond de ses regards si doux, à travers le charme de sa voix et de son sourire, on découvre je ne sais quoi de perfide et d'empoisonné. Né pour l'amour, éternel habitant du séjour de la haine, il supporte impatiemment son malheur; trop délicat pour pousser des cris de rage, il pleure seulement, et prononce ces paroles avec de profonds soupirs :

« Dieux de l'Olympe, et vous que je » connois moins, divinités du Brachmane » et du Druide, je n'essaierai point de le » cacher : oui, l'Enfer me pèse! Vous ne

» l'ignorez pas : je ne nourrissois contre l'E-
» ternel aucun sujet de haine , et j'ai seule-
» ment suivi dans sa rebellion et dans
» sa chute un Ange que j'aimois. Mais
» puisque je suis tombé du ciel avec vous,
» je veux du moins vivre long-temps au
» milieu des mortels , et je ne me laisserai
» point bannir de la terre. Tyr , Hiélopolis ,
» Paphos, Amathontes, m'appellent. Mon
» étoile brille encore sur le mont Liban. Là,
» j'ai des temples enchantés , des fêtes gra-
» cieuses, des cygnes qui m'entraînent au
» milieu des airs, des fleurs , de l'encens ,
» des parfums, de frais gazons, des danses
» voluptueuses et de rians sacrifices! Et les
» Chrétiens m'arracheroient ce léger dé-
» dommagement des joies célestes ! Le
» myrte de mes bosquets, qui donne à l'En-
» fer tant de victimes , seroit transformé en
» croix sauvage, qui multiplie les habitans
» du Ciel ! Non , je ferai connoître aujour-
» d'hui ma puissance. Pour vaincre les dis-
» ciples d'une loi sévère, il ne faut ni vio-
» lence, ni sagesse : j'armerai contre eux les
» tendres passions ; cette ceinture vous ré-
» pond de la victoire. Bientôt mes caresses

6 *

» auront amolli ces durs serviteurs d'un
» Dieu chaste. Je dompterai les vierges ri-
» gides, et j'irai troubler, jusque dans leur
» désert, ces anachorètes qui pensent échap-
» per à mes enchantemens. L'Ange de la
» sagesse s'applaudit d'avoir enlevé Hiéro-
» clès à notre ennemi; mais Hiéroclès est
» aussi fidèle à mon culte : déjà j'ai allumé
» dans son sein une flamme criminelle; je
» saurai maintenir mon ouvrage, faire naître
» des rivalités, bouleverser le monde en me
» jouant; et par les délices, amener les
» hommes à partager vos douleurs. »

En achevant ces mots, Astarté se laisse
tomber sur sa couche. Il veut sourire, mais
le serpent qu'il porte caché sous sa ceinture
le frappe secrètement au cœur : le foible
Démon pâlit, et les chefs expérimentés des
bandes infernales devinèrent sa blessure.

Cependant les trois avis partageoient l'horrible sanhédrin. Satan impose silence à l'assemblée :

« Compagnons, vos conseils sont dignes
» de vous; mais au lieu de choisir entre des
» avis également sages, suivons-les tous
» pour obtenir un succès éclatant. Appelons

» encore à notre aide l'idolâtrie et l'orgueil.
» Moi-même je réveillerai la superstition
» dans le cœur de Dioclétien, et l'ambition
» dans l'ame de Galérius. Vous tous, dieux
» des nations, secondez mes efforts : allez,
» volez, excitez le zèle du peuple et des
» prêtres. Remontez sur l'Olympe, faites
» revivre les fables des poëtes. Que les bois
» de Dodone et de Daphné rendent de nou-
» veaux oracles ; que le monde soit partagé
» entre des fanatiques et des athées ; que les
» doux poisons de la volupté allument des
» passions féroces ; et de tous ces maux réu-
» nis, faisons naître contre les Chrétiens une
» épouvantable persécution. »

Ainsi parle Lucifer : trois fois il frappe
son trône de son sceptre ; trois fois le creux
de l'abîme renvoie un long mugissement. Le
Chaos, unique et sombre voisin de l'Enfer,
ressent le contre-coup, s'entr'ouvre et laisse
passer au travers de son sein un foible
rayon de lumière qui descend jusque dans
la nuit des réprouvés. Jamais Satan n'avoit
paru plus formidable depuis le jour où,
renonçant à l'obéissance, il se déclara l'ennemi de l'Eternel. Aussitôt les légions se

lèvent, sortent du conseil, traversent la mer
de larmes, la région des supplices, et volent
vers la porte gardée par le Crime et la
Mort. On voit passer la troupe immonde, à
la lueur des fournaises ardentes : comme
dans une grotte souterraine, voltigent à la
lumière d'un flambeau, ces oiseaux douteux
dont un insecte impur semble avoir tissu les
ailes.

Sous le vestibule du palais des Enfers, devant le lit de fer où repose l'Eternité des
douleurs, est suspendue une lampe : là
brûle la flamme primitive de la colère céleste qui alluma les brasiers éternels. Satan
prend une étincelle de ce feu. Il part : du
premier bond il touche à la ceinture étoilée;
du second pas il arrive au séjour des hommes.
Il porte l'étincelle fatale dans tous les temples;
rallume les feux éteints sur les autels des idoles : aussitôt Pallas remue sa lance, Bacchus
agite son thyrse, Apollon tend son arc, l'A-
mour secoue son flambeau; les vieux Pénates
d'Enée prononcent des paroles mystérieuses,
et les dieux d'Ilion prophétisent au Capitole.
Le père du mensonge place un Esprit d'il-
lusion à chaque simulacre des divinités païen-

nes; et réglant les mouvemens de ses invisibles cohortes, il fait agir de concert, contre l'Eglise de Jésus-Christ, l'armée entière des Démons.

FIN DU LIVRE HUITIÈME.

REMARQUES

SUR LE HUITIÈME LIVRE.

CE livre qui coupe le récit, qui sert à délasser le lecteur et à faire marcher l'action, offre en cela même, comme on l'a déjà dit, une innovation dans l'art qui n'a été remarquée de personne. S'il étoit difficile de représenter un Ciel chrétien, parce que tous les poëtes ont échoué dans cette peinture, il étoit difficile de décrire un Enfer, parce que tous les poëtes ont réussi dans ce sujet. Il a donc fallu essayer de trouver quelque chose de nouveau après Homère, Virgile, Fénélon, le Dante, le Tasse et Milton. Je méritois l'indulgence de la critique, je l'ai en effet obtenue pour ce livre.

PREMIÈRE REMARQUE.

(Pag. 61. Il admiroit la peinture de l'état de l'Eglise, etc.; jusqu'au troisième alinéa.)

Festinat ad eventum. L'objet du récit est rappelé, l'action marche ; les nouvelles arrivées de Rome, le commencement de l'amour d'Eudore pour Cymodocée, et de Cymodocée pour Eudore, promettent déjà des événemens dans l'avenir. Ce sont là de très-petites choses, mais des choses qui tiennent à l'art et qui intéressent la critique. Si cela ne fait pas voir le génie, du moins cela montre le bon sens d'un auteur, et prouve que son ouvrage est le fruit d'un travail médité.

IIe.

(Pag. 63. Combien le fils de Lasthénès est grand par le cœur et par les armes, etc.)

Quam forti pectore et armis !
                Heu quibus ille
Jactatus fatis ! quæ bella exhausta canebat!

ÆN. IV, 11.

IIIe.

(Pag. 63. Quelle est cette religion dont parle Eudore.)

Premier mouvement de Cymodocée vers la religion.

IVe.

(Pag. 64. Comme un voisin généreux sans se donner le temps de prendre sa ceinture.)

Εἰ γάρ τοι καὶ χρῆμ' ἐγχώριον ἄλλο γένεται,
Γείτονες ἄζωστοι ἴκιον, ζώσαιτο δὲ πηός.

HESIOD. Opera et dies, v. 342.

V[e].

(Pag. 64. Allons dans les temples immoler des brebis à Cérès, etc.)

Principio delubra adeunt, pacemque per aras
Exquirunt: mactant lectas de more bidentes
Legiferæ Cereri, Phœboque, Patrique Lyæo ;
Junoni ante omnes, cui vincla jugalia curæ.
Ipsa tenens dextra pateram pulcherrima Dido,
Candentis vaccæ media inter cornua fundit ;
Aut ante ora deûm pingues spatiatur ad aras.

ÆN. IV. 56.

Ai-je un peu trouvé le moyen de rajeunir ces tableaux, et de détourner à mon profit ces richesses ?

VIe.

(Pag. 64. Cymodocée remplit son sein de larmes.)

Sinum lacrymis implevit obortis.

VIIe.

(Pag. 64. Ainsi le ciel rapprochoit deux cœurs..... Satan alloit profiter de l'amour du couple prédestiné.... tout marchoit à l'accomplissement des décrets de l'Eternel. Le prince des ténèbres achevoit dans ce moment même, etc.)

Transition qui amène la scène de l'Enfer.

VIIIe.

(Pag. 66. Tombe et berceau de la mort.)

This wild abyss
The womb of nature, et perhaps her grave.

Par. Lost. II.

IXe.

(Pag. 66. Quand l'univers aura été enlevé ainsi qu'une tente.)

Terra..... auferetur quasi tabernaculum unius noctis. IsA. XXIV, 20.

X^e.

(Pag. 66. Entraîné par le poids de ses crimes, il descend.)

Satan, dans Milton, retourne aux Enfers sur un pont bâti par le Péché et la Mort. Je ne sais si j'ai fait mieux ou plus mal que le poëte anglais.

XIe.

(Pag. 66. L'Enfer étonne encore son monarque.)

Je n'ai pris cela à personne ; mais le mouvement de remords et de pitié qui suit est une imitation détournée du mouvement de pitié qui saisit le Satan de Milton à la vue de l'homme.

XIIe.

(Pag. 67. Un fantôme s'élance sur le seuil des portes inexorables : c'est la Mort.)

Si l'on n'approuve pas cette peinture de la Mort, du moins elle a pour elle la nouveauté. Le portrait de la Mort, dans Milton, est mêlé de sublime et d'horrible, et ne ressemble en rien à celui-ci.

> The other shape,
> If shape it might be call'd that shape had none
> Distinguishable in member, joint, or limb,
> Or substance might be call'd that shadow seem'd,
> For each seem'd either; black it stood as night,
> Fierce as ten Furies, terrible as hell,
> And shook a dreadful dart; what seem'd his head,
> The likeness of a kingly crown had on.
>
> *Par. Lost.* II, 666.

XIIIe.

(Pag. 68. C'est le Crime qui ouvre les portes.)

Dans le Paradis perdu, le Péché et la Mort veillent aux portes de l'Enfer, qu'ils ont ouvertes ; mais ces portes ne se referment plus.

XIVe.

(Pag. 69. Des nuées arides.)

Nubes arida.   Virg.

XVᵉ.

(Pag. 69. Qui pourroit peindre l'horreur.)

Je ne me suis point appesanti sur les tourmens trop bien et trop longuement décrits par le Dante. On n'a pas remarqué ce qui distingue essentiellement l'Enfer du Dante de celui de Milton : l'Enfer de Milton est un Enfer avant la chute de l'homme, il ne s'y trouve encore que les Anges rebelles ; l'Enfer du Dante engloutit la postérité malheureuse de l'homme tombé.

XVIᵉ.

(Pag. 70. Il rit des lamentations des pauvres.)

Je suis, je crois, le premier auteur qui ait osé mettre le pauvre aux Enfers. Avant la révolution, je n'aurois pas eu cette idée. Au reste, on a loué cette justice. Si Satan prêche ici une très-bonne morale, rien ne blesse la convenance et la réalité même des choses. Les Démons connoissent le bien, et font le mal ; c'est ce qui les rend coupables. Ils applaudissent à la justice qui leur donne des victimes. D'après ce principe, admis par l'Eglise, on suppose dans les canonisations qu'un orateur plaide la cause de l'Enfer, et montre pourquoi le Saint, loin d'être récompensé, devroit être puni.

XVIIᵉ.

(Pag. 70. Tu m'as préféré au Christ.)

Même principe. Satan sait qu'il n'est pas le fils de Dieu, et pourtant il veut être son égal aux yeux de l'homme. L'homme une fois tombé, Satan rit de la crédulité de sa victime.

XVIIIᵉ.

(Pag. 71. La peine du sang.)

Aucun poëte, avant moi, n'avoit songé à mêler

la peine du *dam* à la peine du sang, et les douleurs
morales aux angoisses physiques. Les réprouvés,
chez le Dante, sentent, il est vrai, quelque mal de
cette espèce; mais l'idée de ces tourmens est à peine
indiquée. Quant aux grands coupables qui sortent
du sépulcre, quelques personnes sont fâchées que
j'aie employé ces traditions populaires. Je pense, au
contraire, qu'il est permis d'en faire usage à l'exemple d'Homère et de Virgile, et qu'elles sont en elles-
mêmes fort poétiques, quand on les ennoblit par
l'expression. On en voit un bel exemple dans le serment des Seize (*Henriade*). Pourquoi la poésie
seroit-elle plus scrupuleuse que la peinture? Et ne
pouvois-je pas offrir un tableau qui a du moins le
mérite de rappeler un chef-d'œuvre de Lesueur?

XIXᵉ.

(Pag. 72. Au centre de l'abîme... s'élève...
un noir château, etc.; jusqu'à l'alinéa.)

Ceci ne ressemble point au Pandémonium du
Paradis perdu.

> Anon out of the earth a fabric huge
> Rose like an exhalation, with the sound
> Of dulcet symphonies and voices sweet,
> Built like a temple, where pilasters round
> Were set, and Doric pillars overlaid
> With golden architrave; nor did there want
> Cornice or freize, with bossy sculptures graven;
> The roof was fretted gold.

Le Dante a une cité infernale un peu plus ressem-
blante à mon palais de Satan; mais à peine recon-
noît-on quelques traits de ma description.

> Homai, fig iulo
> S'appressa la città ch'a, nome Dite......
> . . . . Già le sue meschite

La entro certo ne la valle cerno
Vermiglie, come se di foco uscite.

Inf. cant. 8.

. . . .

L'ochio m' havea tutto tratto
Ver l'alta torre a la cima rovente :
Ove in un punto vidi dritte ratto
Tre Furie infernal di sangue tinte.

Cant. 9.

Le Tasse n'a point décrit de palais infernal. Les amateurs de l'antiquité verront comment j'ai dérobé au Tartare, pour les placer dans un Enfer chrétien, l'ombre stérile des Songes, les Furies, les Parques, et les neuf replis du Cocyte. Le Dante, comme on le voit, a mis les Furies sur le donjon de *la città dolente.*

XXe.

(Pag. 73. L'Eternité des douleurs, etc.)

C'est la fiction la plus hardie des Martyrs, et la seule de cette espèce que l'on rencontre dans tout l'ouvrage.

XXIe.

(Pag. 73. Il ordonne aux quatre chefs, etc.)

C'est ainsi que le Satan de Milton et celui du Tasse convoquent le sénat des Enfers.

Chiama gli abitator, etc.

Vers magnifiques, dont je parlerai au XVIIe livre.

XXIIe.

(Pag. 73. Ils viennent tels que les adorent.)

C'est l'Olympe dans l'Enfer, et c'est ce qui fait que cet Enfer ne ressemble à aucun de ceux des poëtes mes devanciers. L'idée d'ailleurs est peut-être assez heureuse, puisqu'il s'agit de la lutte des dieux du paganisme contre le véritable Dieu : enfin, ce merveilleux est selon la foi ; tous les Pères ont cru que les dieux du paganisme étoient de véritables Démons.

XXIIIe.

(Pag. 74. Filles du ciel, etc.)

Tout ceci est à moi, et le fond de cette doctrine est conforme aux dogmes chrétiens.

XXIVe.

(Pag. 75. Non plus comme cet astre du matin, etc.)

Le Tasse compare Satan au mont Athos, et Milton à un soleil éclipsé.

XXVe.

(Pag. 75. Dieux des nations.)

L'exposition du côté *heureux* de l'action, et la désignation des *bons* personnages, se sont faites dans le Ciel ; dans l'Enfer, on va voir l'exposition du côté *infortuné* de la même action, et la désignation des personnages *méchans*.

XXVIe.

(Pag. 78. Moi je l'aurai couronnée en exterminant les Chrétiens.)

Ce Démon propose un des avis qui sera adopté par Satan, c'est-à-dire, la persécution sanglante ; et Satan ne sait pas que Dieu a décrété cette persécution pour éprouver les Chrétiens. L'Enfer obéit à Dieu en croyant lui résister.

XXVIIe.

(Pag. 78. Alors le Démon de la fausse sagesse.)

Ce Démon n'avoit point été peint avant moi. Il est vrai qu'il a été mieux connu de notre temps que par le passé, et qu'il n'avoit jamais fait tant de mal aux hommes. On a paru trouver bien que le démon de la fausse sagesse fût le père de l'Athéisme. Il semble aussi qu'on ait applaudi à cette expression : *Née après les temps*, par opposition à la vraie sagesse, *née avant les temps.*

XXVIIIe.

(Pag. 80. Déjà Hiéroclès.)

Voilà, comme je l'ai dit, la désignation du personnage vicieux, et la peinture de la fausse philosophie, second moyen qui doit servir à perdre les Chrétiens.

XXIXe.

(Pag. 80. A ce discours de l'Esprit le plus profondément corrompu de l'abîme, les Démons, etc.)

La peinture du tumulte aux Enfers est absolument nouvelle. Le suaire embrasé, la chape de plomb, les glaçons qui pendent aux yeux remplis de larmes des malheureux habitans de l'abîme, sont des supplices consacrés par le Dante.

XXXe.

(Pag. 82. Le Démon de la volupté.)

Ce portrait est encore tout entier de l'imagination de l'auteur. Il y a dans la Messiade un Démon

2.

7

repentant, Abadonis; mais c'est une toute autre conception. Au reste, le Démon des voluptés sera en opposition avec l'Ange des saintes amours.

XXXIe.

(Pag. 85. Le Chaos, unique et sombre voisin de l'Enfer.)

C'est Milton qui met le Chaos aux portes de l'Enfer, et c'est Virgile qui, embellissant Homère, fait pénétrer la lumière au séjour des Mânes par un coup du trident de Neptune.

XXXIIe.

(Pag. 86. Ces oiseaux douteux.)

Il étoit assez difficile de peindre noblement une chauve-souris.

XXXIIIe.

(Pag. 86. Sous le vestibule, etc. ; jusqu'à la fin du livre.)

Tout ce passage est nouveau, et ne rappelle aucune imitation. Les mots qui terminent le livre font voir l'action prête à commencer.

Il y a une chose peut-être digne d'être observée : on a pu voir, par les notes de ce livre, que les imitations y sont moins nombreuses que dans les livres mythologiques ; la raison en est simple : il faut beaucoup imiter les anciens, et fort peu les modernes ; on peut suivre les premiers en aveugle, mais on ne doit marcher sur les pas des seconds qu'avec précaution.

FIN DES REMARQUES DU LIVRE HUITIÈME.

SOMMAIRE DU LIVRE NEUVIÈME.

—

REPRISE du récit d'Eudore. Eudore à la cour de Constance. Il passe dans l'île des Bretons. Il obtient les honneurs du triomphe. Il revient dans les Gaules. Il est nommé commandant de l'Armorique. Les Gaules. L'Armorique. Episode de Velléda.

LIVRE IX.

—

TROP fidèle à ses promesses, le Démon des voluptés est descendu sous les lambris dorés qu'habite le disciple des faux sages. Il réveille dans son cœur une flamme assoupie; il présente à ses désirs l'image de la fille d'Homère; il le perce d'une flèche trempée dans les eaux qui recouvrent les ruines fumantes de Gomorrhe. Si Hiéroclès avoit pu voir, en ce moment même, la prêtresse des Muses atteinte des traits d'un autre amour, s'il l'avoit pu voir les yeux attachés sur Eudore qui s'apprête à continuer le récit de ses aventures, quelle jalousie n'eût point embrasé l'ame de l'ennemi des Chrétiens! Hélas, les ravages de cette jalousie ne sont suspendus que pour quelques jours! La famille de Lasthénès jouit avec ses hôtes des derniers momens de paix que le ciel lui laisse ici bas. Rassemblés, comme la veille, au lever de l'aurore, Lasthénès, ses filles et son épouse, Cyrille, Démodocus et

Cymodocée, sont assis à la porte du verger, et prétent une oreille attentive au guerrier repentant, qui recommence à parler en ces mots :

« Je vous ai dit, seigneurs, que Zacharie m'avoit laissé sur la frontière des Gaules. Constance se trouvoit alors à Lutèce. Après plusieurs jours de fatigue, j'arrivai chez les Belges (1) de la Séquana. Le premier objet qui me frappa dans les marais des Parisii, ce fut une tour octogone, consacrée à huit dieux gaulois. Du côté du midi, à deux mille pas de Lutèce, et par-delà le fleuve qui l'embrasse, on découvroit le temple d'Hésus ; plus près, dans une prairie au bord du fleuve, s'élevoit un second temple dédié à Isis ; et vers le nord, sur une colline, on voyoit les ruines d'un troisième temple, jadis bâti en l'honneur de Teutatès. Cette colline étoit le Mont-de-Mars, où Denis avoit reçu la palme du martyre.

» En approchant de la Séquana, j'aperçus à travers un rideau de saules et de noyers,

(1) Les habitans de l'Ile-de-France.

ses eaux claires, transparentes, d'un goût
excellent, et qui rarement croissent ou dimi-
nuent. Des jardins plantés de quelques figuiers
qu'on avoit entourés de paille pour les pré-
server de la gelée, étoient le seul ornement
de ses rives. J'eus quelque peine à découvrir
le village que je cherchois, et qui porte le
nom de Lutèce, c'est-à-dire, la belle pierre
ou la belle colonne. Un berger me le montra
enfin au milieu de la Séquana, dans une île
qui s'allonge en forme de vaisseau. Deux ponts
de bois défendus par deux châteaux, où l'on
paie le tribut à César, joignent ce misérable
hameau aux deux rives opposées du fleuve.

» J'entrai dans la capitale des Parisii par
le pont du septentrion, et je ne vis dans
l'intérieur du village que des huttes de bois
et de terre, recouvertes de paille et échauffées par des fourneaux. Je n'y remarquai
qu'un seul monument : c'étoit un autel élevé
à Jupiter par la compagnie des Nautes. Mais
hors de l'île, de l'autre côté du bras méri-
dional de la Séquana, on voyoit, sur la colline Lucotitius, un aqueduc romain, un cirque, un amphithéâtre et le palais des Thermes habité par Constance.

» Aussitôt que César eut appris que j'étois
à la porte de son palais, il s'écria :

« Qu'on laisse entrer l'ami de mon fils! »

» Je me jetai aux pieds du prince; il me
releva avec douceur, m'honora de ses éloges
devant sa cour, et me prenant par la main,
me fit passer avec lui dans la salle du conseil.
Je lui racontai ce qui m'étoit arrivé chez les
Francs. Constance parut charmé que ces peuples consentissent enfin à poser les armes, et
il fit partir à l'heure même un centurion pour
traiter de la paix avec eux. Je remarquai
avec douleur que la pâleur et la foiblesse de
Constance étoient augmentées.

» Je trouvai réunis dans le palais de ce
prince les Fidèles les plus illustres de la Gaule
et de l'Italie. Là brilloient Donatien et Rogatien, aimables frères; Gervais et Protais,
l'Oreste et le Pilade des Chrétiens; Procula
de Marseille; Just de Lugdunum; enfin, le
fils du préfet des Gaules, Ambroise, modèle
de science, de fermeté et de candeur. Ainsi
que Xénophon, on racontoit qu'il avoit été
nourri par des abeilles : l'Eglise attendoit en
lui un orateur et un grand homme.

» J'avois un désir extrême d'apprendre

de la bouche de Constance les changemens survenus à la cour de Dioclétien depuis ma captivité. Il me fit bientôt appeler dans les jardins du palais qui descendent en amphi-théâtre sur la colline Lucotitius, jusqu'à la prairie où s'élève le temple d'Isis au bord de la Séquana.

Eudore, me dit-il, nous allons combattre Carrausius, et délivrer la Bretagne (1) de ce tyran, usurpateur de la pourpre impé-riale. Mais avant de partir pour cette pro-vince, il est bon que vous connoissiez l'état des affaires à Rome, afin de régler votre conduite sur ce que je vais vous apprendre. Vous vous souvenez peut-être que lorsque vous vîntes me trouver dans les Gaules, Dio-clétien alloit pacifier l'Egypte, et Galérius combattre les Perses. Ce dernier a obtenu la victoire : depuis ce moment, son orgueil et son ambition n'ont plus connu de bornes. Il a épousé Valérie, fille de Dioclétien, et il manifeste ouvertement le désir de parvenir à l'Empire, en forçant son beau-père à ab-diquer. Dioclétien qui commence à vieillir,

_____

(1) L'Angleterre.

et dont l'esprit est affoibli par une maladie,
ne peut presque plus résister à un ingrat.
Les créatures de Galérius triomphent. Hiéroclès, votre ennemi, jouit d'une haute faveur ; il a été nommé proconsul du Péloponèse, votre patrie. Mon fils est exposé à
mille dangers. Galérius a cherché à le faire
périr, en l'obligeant une fois à combattre
un lion, une autre fois en le chargeant d'une
entreprise dangereuse contre les Sarmates.
Enfin, Galérius favorise Maxence, fils de
Maximien, quoique au fond il ne l'aime
pas, mais seulement parce qu'il voit en lui
un rival de Constantin. Ainsi, Eudore, tout
annonce que nous touchons à une révolution.
Mais tandis qu'il me reste un souffle de vie,
je ne crains point la jalousie de Galérius. Que
mon fils échappe à ses gardes, qu'il vienne
retrouver son père, on apprendra, si l'on
ose m'attaquer, que l'amour des peuples est
pour les princes un rempart inexpugnable. »

» Quelques jours après cet entretien,
nous partîmes pour l'île des Bretons, que
l'océan sépare du reste du monde. Les Pictes
avoient attaqué la muraille d'Agricola im-
mortalisé par Tacite. D'une autre part, Car-

rausius, afin de résister à Constance, avoit
soulevé le reste des anciennes factions de
Caractacus et de la reine Boudicée. Ainsi
nous fûmes plongés à la fois dans les troubles
des discordes civiles, et dans les horreurs
d'une guerre étrangère. Un peu de courage
naturel au sang dont je sors, et une suite
d'actions heureuses, me conduisirent de
grade en grade jusqu'au rang de premier
tribun de la légion britannique. Bientôt je
fus créé maître de la cavalerie, et je commandois l'armée lorsque les Pictes furent
vaincus sous les murs de Petuaria (1); colonie
que les Parisii des Gaules ont plantée au
bord de l'Abus (2). J'attaquai Carrausius
sur le Thamésis (3), fleuve couvert de roseaux, qui baigne le village marécageux de
Londinum (4). L'usurpateur avoit choisi ce
champ de bataille, parce que les Bretons
s'y croyoient invincibles : là s'élevoit une
vieille tour, du haut de laquelle un barde

---

(1) Beverley dans le comté d'York en Angleterre.
(2) L'Humber.
(3) La Tamise.
(4) Londres.

annonçoit, dans des chants prophétiques, je ne sais quels tombeaux chrétiens qui devoient illustrer ce lieu (1). Carrausius fut vaincu, et ses soldats l'assassinèrent. Constance me laissa toute la gloire de ce succès. Il envoya à l'Empereur mes lettres couronnées de laurier. Il sollicita et obtint pour moi la statue et les honneurs qui ont remplacé le triomphe. Bientôt après nous repassâmes dans les Gaules, et César voulant me donner une nouvelle preuve de sa puissante amitié, me créa commandant des contrées armoricaines. Je me disposai à partir pour ces provinces où florissoit encore la religion des Druïdes, et dont les rivages étoient souvent insultés par les flottes des Barbares du Nord.

» Quand les préparatifs de mon voyage furent achevés, Rogatien, Sébastien, Gervais, Protais et tous les Chrétiens du palais de César accoururent pour me dire adieu.

« Nous nous retrouverons peut-être à Rome, s'écrièrent-ils, au milieu des persécutions et des épreuves. Puisse un jour la

---

(1) Westminster.

religion nous réunir à la mort comme de vieux amis et de dignes Chrétiens! »

» J'employai plusieurs mois à visiter les Gaules, avant de me rendre à ma province. Jamais pays n'offrira un pareil mélange de mœurs, de religions, de civilisation, de barbarie. Partagé entre les Grecs, les Romains et les Gaulois, entre les Chrétiens et les adorateurs de Jupiter et de Teutatès, il présente tous les contrastes.

» De longues voies romaines se déroulent à travers les forêts des Druïdes. Dans les colonies des vainqueurs, au milieu des bois sauvages, vous apercevez les plus beaux monumens de l'architecture grecque et romaine, des aqueducs à trois galeries suspendus sur des torrens, des amphithéâtres, des capitoles, des temples d'une élégance parfaite ; et non loin de ces colonies, vous trouvez les huttes arrondies des Gaulois, leurs forteresses de solives et de pierres, à la porte desquelles sont cloués des pieds de louves, des carcasses de hiboux, des os de morts. A Lugdunum, à Narbonne, à Marseille, à Burdigalie, la jeunesse gauloise s'exerce avec succès dans l'art de Démosthènes et de Cicéron ; à quelques pas plus loin, dans la montagne, vous n'entendez plus qu'un langage grossier, semblable au croassement des corbeaux. Un château romain se montre sur la cime d'un roc ; une chapelle des Chrétiens s'élève au fond d'une vallée près de l'autel où l'Eubage égorge la victime humaine. J'ai vu le soldat légionnaire veiller au milieu d'un désert sur les remparts d'un camp, et le Gaulois devenu sénateur embarrasser sa toge romaine dans les halliers de ses bois. J'ai vu les vignes de Falerne mûrir sur les coteaux d'Augustodunum, l'olivier de Corinthe fleurir à Marseille, et l'abeille de l'Attique parfumer Narbonne.

Mais ce que l'on admire partout dans les Gaules, ce qui fait le principal caractère de ce pays, ce sont les forêts. On trouve çà et là dans leur vaste enceinte quelques camps romains abandonnés. On y voit ensevelis sous l'herbe les squelettes du cheval et du cavalier. Les graines que les soldats y semèrent jadis pour leur nourriture, forment des espèces de colonies étrangères et civilisées, au milieu des plantes natives et sauvages des Gaules. Je ne pouvois recon-

noître sans une sorte d'attendrissement ces
végétaux domestiques, dont quelques-uns
étoient originaires de la Grèce. Ils s'étoient
répandus sur les collines et le long des vallées, selon les habitudes qu'ils avoient ap-
portées de leur sol natal : ainsi des familles
exilées choisissent de préférence les sites qui
leur rappellent la patrie.

Je me souviens encore aujourd'hui d'avoir
rencontré un homme parmi les ruines d'un
de ces camps romains : c'étoit un pâtre des
Barbares. Tandis que ses porcs affamés achevoient de renverser l'ouvrage des maîtres du
monde, en fouillant les racines qui croissoient sous les murs, lui, tranquillement
assis sur les débris d'une porte décumane,
pressoit sous son bras une outre gonflée de
vent ; il animoit ainsi une espèce de flûte
dont les sons avoient une douceur selon son
goût. En voyant avec quelle profonde indifférence ce berger fouloit le camp des
Césars, combien il préféroit à de pompeux
souvenirs son instrument grossier et son sayon
de peau de chèvre, j'aurois dû sentir qu'il
faut peu de chose pour passer la vie, et qu'a-
près tout, dans un terme aussi court, il est

assez indifférent d'avoir épouvanté la terre
par le son du clairon, ou charmé les bois par
les soupirs d'une musette.

» J'arrivai enfin chez les Rhédons (1). L'Armorique ne m'offrit que des bruyères, des
bois, des vallées étroites et profondes tra-
versées de petites rivières que ne remonte
point le navigateur, et qui portent à la mer
des eaux inconnues; région solitaire, triste,
orageuse, enveloppée de brouillards, reten-
tissante du bruit des vents, et dont les côtes
hérissées de rochers sont battues d'un océan
sauvage.

» Le château où je commandois, situé à
quelques milles de la mer, étoit une ancienne
forteresse des Gaulois, agrandie par Jules-
César, lorsqu'il porta la guerre chez les Vénètes (2) et les Curiosolites (3). Il étoit bâti
sur un roc, appuyé contre une forêt, et
baigné par un lac.

» Là, séparé du reste du monde, je vécus
plusieurs mois dans la solitude. Cette re-

----

(1) Les peuples de Rennes, etc.
(2) Les habitans de Vannes.
(3) Peuples des environs de Dinan.

traite me fut utile. Je descendis dans ma
conscience; je sondai des plaies que je n'a-
vois encore osé toucher depuis que j'avois
quitté Zacharie; je m'occupai de l'étude de
ma religion. Je perdois chaque jour un peu
de cette inquiétude si amère que nourrit le
commerce des hommes. Je comptois déjà sur
une victoire qui auroit demandé des forces
supérieures aux miennes. Mon ame étoit encore toute affoiblie par ma première insou-
ciance et mes criminelles habitudes; je trou-
vois même dans les anciens doutes de mon
esprit et la mollesse de mes sentimens, un
certain charme qui m'arrêtoit : mes passions
étoient comme des femmes séduisantes qui
m'enchaînoient par leurs caresses.

» Un événement interrompit tout à coup
des recherches, dont le résultat devoit avoir
pour moi tant d'importance.

» Les soldats m'avertirent que depuis quelques jours une femme sortoit des bois à
l'entrée de la nuit, montoit seule dans une
barque, traversoit le lac, descendoit sur la
rive opposée, et disparoissoit.

» Je n'ignorois pas que les Gaulois confient aux femmes les secrets les plus impor-

2. 8

tans; que souvent ils soumettent, à un conseil
de leurs filles et de leurs épouses, les affaires
qu'ils n'ont pu régler entr'eux. Les habitans
de l'Armorique avoient conservé leurs
mœurs primitives, et portoient avec impatience le joug romain. Braves, comme tous
les Gaulois, jusqu'à la témérité, ils se distin-
guoient par une franchise de caractère qui
leur est particulière, par des haines et des
amours violentes, et par une opiniâtreté
de sentimens que rien ne peut changer ni
vaincre.

» Une circonstance particulière auroit pu
me rassurer : il y avoit beaucoup de Chrétiens
dans l'Armorique, et les Chrétiens sont sujets
fidèles; mais Clair, pasteur de l'église des
Rhédons, homme plein de vertus, étoit alors
à Condivincum (1); et lui seul pouvoit me
donner les lumières qui me manquoient. La
moindre négligence pouvoit me perdre auprès de Dioclétien, et compromettre Constance mon protecteur. Je crus donc ne
devoir pas mépriser le rapport des soldats.
Mais comme je connoissois la brutalité de

---

(1) Nantes.

ces hommes, je résolus de prendre sur moi-même le soin d'observer la Gauloise.

» Vers le soir, je me revêtis de mes armes, que je recouvris d'une saye, et sortant secrètement du château, j'allai me placer sur le rivage du lac, dans l'endroit que les soldats m'avoient indiqué.

» Caché parmi les rochers, j'attendis quelque temps sans voir rien paroître. Tout à coup mon oreille est frappée des sons que le vent m'apporte du milieu du lac. J'écoute, et je distingue les accens d'une voix humaine. En même temps, je découvre un esquif suspendu au sommet d'une vague; il redescend, disparoît entre deux flots, puis se montre encore sur la cime d'une lame élevée; il approche du rivage : une femme le conduisoit; elle chantoit en luttant contre la tempête, et sembloit se jouer dans les vents : on eût dit qu'ils étoient sous sa puissance, tant elle paroissoit les braver. Je la voyois jeter tour à tour en sacrifice dans le lac, des pièces de toile, des toisons de brebis, des pains de cire, et de petites meules d'or et d'argent.

» Bientôt elle touche à la rive, s'élance à

8 *

terre, attache sa nacelle au tronc d'un saule,
et s'enfonce dans le bois, en s'appuyant sur
la rame de peuplier qu'elle tenoit à la main.
Elle passa tout près de moi sans me voir.
Sa taille étoit haute; une tunique noire,
courte et sans manches, servoit à peine de
voile à sa nudité. Elle portoit une faucille
d'or suspendue à une ceinture d'airain, et
elle étoit couronnée d'une branche de chêne.
La blancheur de ses bras et de son teint, ses
yeux bleus, ses lèvres de rose, ses longs
cheveux blonds qui flottoient épars, annon-
çoient la fille des Gaulois, et contrastoient,
par leur douceur, avec sa démarche fière et
sauvage. Elle chantoit d'une voix mélodieuse
des paroles terribles, et son sein découvert
s'abaissoit et s'élevoit comme l'écume des flots.

» Je la suivis à quelque distance. Elle
traversa d'abord une châtaigneraie dont
les arbres vieux comme le temps, étoient
presque tous desséchés par la cime. Nous
marchâmes ensuite plus d'une heure sur une
lande couverte de mousse et de fougère. Au
bout de cette lande, nous trouvâmes un bois,
et au milieu de ce bois une autre bruyère de
plusieurs milles de tour. Jamais le sol n'en

avoit été défriché, et l'on y avoit semé des pierres, pour qu'il restât inaccessible à la faux et à la charrue. A l'extrémité de cette arène s'élevoit une de ces roches isolées que les Gaulois appellent Dolmin, et qui marquent le tombeau de quelque guerrier. Un jour, le laboureur, au milieu de ses sillons, contemplera ces informes pyramides : effrayé de la grandeur du monument, il attribuera peut-être à des puissances invisibles et funestes, ce qui ne sera que le témoignage de la force et de la rudesse de ses aïeux.

» La nuit étoit descendue. La jeune fille s'arrêta non loin de la pierre, frappa trois fois des mains, en prononçant à haute voix ce mot mystérieux :

« Au-gui-l'an-neuf ! »

» A l'instant je vis briller dans la profondeur du bois mille lumières ; chaque chêne enfanta pour ainsi dire un Gaulois ; les Barbares sortirent en foule de leurs retraites : les uns étoient complétement armés ; les autres portoient une branche de chêne dans la main droite, et un flambeau dans la gauche. A la faveur de mon déguisement, je me mêle à leur troupe : au premier désordre de l'assemblée succède bientôt l'ordre et le recueillement, et l'on commence une procession solennelle.

» Des Eubages marchoient à la tête, conduisant deux taureaux blancs qui devoient servir de victimes ; les Bardes suivoient en chantant sur une espèce de guitare les louanges de Teutatès; après eux venoient les disciples ; ils étoient accompagnés d'un héraut d'armes vêtu de blanc, couvert d'un chapeau surmonté de deux ailes, et tenant à sa main une branche de verveine entourée de deux serpens. Trois Senanis (1) représentant trois Druïdes, s'avançoient à la suite du héraut d'armes : l'un portoit un pain, l'autre un vase plein d'eau, le troisième une main d'ivoire. Enfin, la Druïdesse (je reconnus alors sa profession) venoit la dernière. Elle tenoit la place de l'Archi-Druïde dont elle étoit descendue.

» On s'avança vers le chêne de trente ans où l'on avoit découvert le gui sacré. On dressa au pied de l'arbre un autel de gazon. Les Senanis y brûlèrent un peu de pain, et y répandirent quelques gouttes d'un vin pur. En-

---

(1) Philosophes gaulois qui succédèrent aux Druïdes.

suite un Eubage vêtu de blanc, monta sur le chêne, et coupa le gui avec la faucille d'or de la Druidesse ; une saye blanche étendue sous l'arbre reçut la plante bénite; les autres Eubages frappèrent les victimes, et le gui, divisé en égales parties, fut distribué à l'assemblée.

» Cette cérémonie achevée, on retourna à la pierre du tombeau ; on planta une épée nue pour indiquer le centre du Mallus ou du conseil : au pied du Dolmin étoient appuyées deux autres pierres qui en soutenoient une troisième, couchée horizontalement. La Druidesse monte à cette tribune. Les Gaulois debout et armés l'environnent, tandis que les Senanis et les Eubages élèvent des flambeaux : les cœurs étoient secrètement attendris par cette scène qui leur rappeloit l'ancienne liberté. Quelques guerriers en cheveux blancs laissoient tomber de grosses larmes, qui rouloient sur leurs boucliers. Tous penchés en avant, et appuyés sur leurs lances, ils sembloient déjà prêter l'oreille aux paroles de la Druidesse.

» Elle promena quelque temps ses regards sur ces guerriers représentans d'un peuple qui le premier osa dire aux hommes: « Mal-

heur aux vaincus ! » Mot impie retombé
maintenant sur sa tête! On lisoit sur le
visage de la Druidesse l'émotion que lui cau-
soit cet exemple des vicissitudes de la fortune. Elle sortit bientôt de ses réflexions,
et prononça ce discours :

« Fidèles enfans de Teutatès, vous qui,
au milieu de l'esclavage de votre patrie,
avez conservé la religion et les lois de vos
pères, je ne puis vous contempler ici sans
verser des larmes! Est-ce là le reste de cette
nation qui donnoit des lois au monde? Où
sont ces Etats florissans de la Gaule, ce conseil des femmes, auquel se soumit le grand
Annibal? Où sont ces Druides qui éle-
voient dans leurs colléges sacrés une nom-
breuse jeunesse? Proscrits par les tyrans, à
peine quelques-uns d'entre eux vivent inconnus dans des antres sauvages. Velléda,
une foible Druidesse, voilà donc tout ce qui
vous reste aujourd'hui pour accomplir vos
sacrifices! O île de Sayne, île vénérable
et sacrée, je suis demeurée seule des neuf
vierges qui desservoient votre sanctuaire !
Bientôt Teutatès n'aura plus ni prêtres, ni
autels. Mais pourquoi perdrions-nous l'espé-

vaincu? J'ai à vous annoncer les secours d'un allié puissant : auriez-vous besoin qu'on vous retraçât le tableau de vos souffrances, pour vous faire courir aux armes? Esclaves en naissant, à peine avez-vous passé le premier âge que des Romains vous enlèvent. Que devenez-vous? Je l'ignore. Parvenus à l'âge d'homme, vous allez mourir sur la frontière pour la défense de vos tyrans, ou creuser le sillon qui les nourrit. Condamnés aux plus rudes travaux, vous abattez vos forêts, vous tracez avec des fatigues inouïes les routes qui introduisent l'esclavage jusque dans le cœur de votre pays : la servitude, l'oppression et la mort accourent sur ces chemins, en poussant des cris d'allégresse, aussitôt que le passage est ouvert. Enfin, si vous survivez à tant d'outrages, vous serez conduits à Rome : là, renfermés dans un amphithéâtre, on vous forcera de vous entre-tuer, pour amuser par votre agonie une populace féroce. Gaulois, il est une manière plus digne de vous de visiter Rome! Souvenez-vous que votre nom veut dire voyageur. Apparoissez tout à coup au Capitole, comme ces terribles voyageurs vos aïeux et vos devanciers. On vous

demande à l'amphithéâtre de Titus? Partez!
Obéissez aux illustres spectateurs qui vous
appellent. Allez apprendre aux Romains à
mourir, mais d'une toute autre façon qu'en
répandant votre sang dans leurs fêtes : assez
long-temps ils ont étudié la leçon , faites-la
leur pratiquer. Ce que je vous propose n'est
point impossible. Les tribus des Francs qui
s'étoient établis en Espagne, retournent maintenant dans leur pays ; leur flotte est à la
vue de vos côtes; ils n'attendent qu'un signal
pour vous secourir. Mais si le ciel ne couronne pas nos efforts, si la fortune des Césars doit l'emporter encore , eh bien, nous
irons chercher avec les Francs un coin du
monde, où l'esclavage soit inconnu! Que
les peuples étrangers nous accordent ou
nous refusent une patrie, terre ne peut nous
manquer pour y vivre, ou pour y mourir. »

» Je ne puis vous peindre, seigneurs, l'effet de ce discours prononcé à la lueur des
flambeaux , sur une bruyère , près d'une
tombe, dans le sang des taureaux mal égorgés qui mêloient leurs derniers mugissemens
aux sifflemens de la tempête : ainsi, l'on représente ces assemblées des Esprits de ténè-

lorsque des magiciennes convoquent la nuit dans des lieux sauvages. Les imaginations échauffées ne laissèrent aucune autorité à la raison. On résolut sans délibérer de se réunir aux Francs. Trois fois un guerrier voulut ouvrir un avis contraire ; trois fois on le força au silence, et à la troisième fois le héraut d'armes lui coupa un pan de son manteau.

» Ce n'étoit là que le prélude d'une scène épouvantable. La foule demande à grands cris le sacrifice d'une victime humaine, afin de mieux connoître la volonté du ciel. Les Druides réservoient autrefois pour ces sacrifices quelque malfaiteur déjà condamné par les lois. La Druïdesse fut obligée de déclarer que, puisqu'il n'y avoit point de victime désignée, la religion demandoit un vieillard, comme l'holocauste le plus agréable à Teutatès.

» Aussitôt on apporte un bassin de fer, sur lequel Velléda devoit égorger le vieillard. On place le bassin à terre devant elle. Elle n'étoit point descendue de la tribune funèbre d'où elle avoit harangué le peuple ; mais elle s'étoit assise sur un triangle de bronze, le vêtement en désordre, la tête échevelée, tenant un poignard à la main, et une torche flamboyante sous ses pieds. Je ne sais comment auroit fini cette scène : j'aurois peut-être succombé sous le fer des Barbares en essayant d'interrompre le sacrifice ; le ciel dans sa bonté ou dans sa colère mit fin à mes perplexités. Les astres penchoient vers leur couchant. Les Gaulois craignirent d'être surpris par la lumière. Ils résolurent d'attendre, pour offrir l'hostie abominable, que Dis, père des ombres, eût ramené une autre nuit dans les cieux. Là foule se dispersa sur les bruyères, et les flambeaux s'éteignirent. Seulement quelques torches agitées par le vent brilloient encore çà et là dans la profondeur des bois, et l'on entendoit le chœur lointain des Bardes, qui chantoit en se retirant ces paroles lugubres.

« Teutatès veut du sang ; il a parlé dans
» le chêne des Druïdes. Le gui sacré a été
» coupé avec une faucille d'or, au sixième
» jour de la lune, au premier jour du siècle.
» Teutatès veut du sang ; il a parlé dans le
» chêne des Druïdes ! »

» Je me hâtai de retourner au château : je

convoquai les tribus gauloises. Lorsqu'elles furent réunies au pied de la forteresse, je leur déclarai que je connoissois leur assemblée séditieuse, et les complots qu'on tramoit contre César.

» Les Barbares furent glacés d'effroi. Environnés de soldats romains, ils crurent toucher à leur dernier moment. Tout à coup des gémissemens se font entendre. Une troupe de femmes se précipite dans l'assemblée. Elles étoient chrétiennes, et portoient dans leurs bras leurs enfans nouvellement baptisés. Elles tombent à mes genoux, me demandent grâce pour leurs époux, leurs fils et leurs frères; elles me présentent leurs nouveau-nés, et me supplient, au nom de cette génération pacifique, d'être doux et charitable.

» Eh, comment aurois-je pu résister à leurs prières? Comment aurois-je pu mettre en oubli la charité de Zacharie? Je relevai ces femmes!

« Mes sœurs, leur dis-je, je vous accorde la grâce que vous me demandez au nom de Jésus-Christ, notre commun maître. Vous me répondrez de vos époux, et je serai tranquille quand vous m'aurez promis qu'ils resteront fidèles à César. »

» Les Armoricains poussèrent des cris de joie, et ils élevèrent jusqu'aux nues une clémence qui me coûtoit bien peu. Avant de les congédier, j'arrachai d'eux la promesse qu'ils renonceroient à des sacrifices affreux sans doute, puisqu'ils avoient été proscrits par Tibère même et par Claude. J'exigeai toutefois qu'on me livrât la Druidesse Velléda, et son père Ségenax, le premier magistrat des Rhédons. Dès le soir même, on m'amena les deux otages; je leur donnai le château pour asile. Je fis sortir une flotte qui rencontra celle des Francs, et l'obligea de s'éloigner des côtes de l'Armorique. Tout rentra dans l'ordre. Cette aventure eut pour moi seul des suites dont il me reste à vous entretenir. »

Ici Eudore s'interrompit tout à coup. Il parut embarrassé, baissa les yeux, les reporta malgré lui sur Cymodocée, qui rougit comme si elle eût pénétré la pensée d'Eudore. Cyrille s'aperçut de leur trouble, et s'adressant aussitôt à l'épouse de Lasthénès:

« Séphora, dit-il, je veux offrir le saint sacrifice pour Eudore, quand il aura fini de raconter son histoire. Me pourriez-vous faire préparer l'autel? »

Séphora se leva, et ses filles la suivirent. La timide Cymodocée n'osa rester seule avec les vieillards: elle accompagna les femmes, non sans éprouver un mortel regret.

Démodocus qui la voyoit passer comme une biche légère sur le gazon du verger, s'écria plein de joie :

« Quelle gloire peut égaler celle d'un père qui voit son enfant croître et s'embellir sous ses yeux ! Jupiter même aima tendrement son fils Hercule : tout immortel qu'il est, il ressentit des craintes et des angoisses mortelles, parce qu'il avoit pris le cœur d'un père. Cher Eudore, tu causes les mêmes alarmes et les mêmes plaisirs à tes parens ! Continue ton histoire. J'aime, je l'avouerai, tes Chrétiens: enfans des Prières, ils viennent partout, comme leurs mères, à la suite de l'Injure pour réparer le mal qu'elle a fait. Ils sont courageux comme des lions, et tendres comme des colombes; ils ont un cœur paisible et intelligent ; c'est

bien dommage qu'ils ne connoissent pas Jupiter ! Mais, Eudore, je parle encore malgré
le désir que j'ai de t'entendre. Mon fils, tels
sont les vieillards : lorsqu'ils ont commencé
un discours, ils s'enchantent de leur propre
sagesse; un dieu les pousse, et ils ne peuvent
plus s'arrêter. »

Eudore reprit la parole :

FIN DU LIVRE NEUVIÈME.

REMARQUES

SUR LE NEUVIÈME LIVRE.

PREMIÈRE REMARQUE.

(Pag. 101. Si Hiéroclès avoit pu voir.)

Transition par laquelle on retourne de l'action au récit. Les *derniers momens de paix* de la famille chrétienne motivent la continuation du récit : on peut écouter ce récit, puisque le calme règne encore ; mais on voit qu'à l'instant où le récit finira, les maux commenceront.

IIᵉ.

(Pag. 102. Sont assis à la porte du verger.)

Le lieu de la scène est changé. Les familles sont à présent rassemblées dans l'endroit où Eudore et Cymodocée ont chanté sur la lyre.

IIIᵉ.

(Pag. 102. Constance se trouvoit alors à Lutèce.)

Selon divers auteurs, le nom de Lutèce (Paris) vient du latin *lutum*, qui veut dire fange ou boue,

2.   9

ou de deux mots celtiques qui signifient la belle pierre, ou la pierre blanche. (Du PLESS. *Ann. de Paris*, pag. 2.)

IVe.

(Pag. 102. Les Belges de la Séquana.)

Séquana, la Seine.

Il y avoit trois Gaules. La Gaule Celtique, la Gaule Aquitanique et la Gaule Belgique. Celle-ci s'étendoit depuis la Seine et la Marne jusqu'au Rhin et l'Océan. CESAR. lib. I, p. 2.

V^e.

(Pag. 102. Le premier objet qui me frappa dans les marais des Parisii, ce fut une tour octogone, consacrée à huit dieux gaulois.)

' Les Parisii étoient les peuples qui environnoient Lutèce, et ils composoient un des soixante ou des soixante-quatre peuples des Gaules : *Optima gens flexis in gyrum Sequana frenis.* Ils se battirent contre Labienus, lieutenant de César. Le vieillard Camulogène, qui les commandoit, fut tué dans l'action, et Lutèce, que les Parisii avoient mis en cendres de leurs propres mains, subit le joug des vainqueurs (CÆSAR. *de Bello Gallico,* libr. VII, cap. X : *Essais sur Paris,* pag. 5). On croit que cette tour octogone consacrée à huit dieux gaulois, étoit celle du cimetière des Innocens (Voy. FÉLI-BIEN et SAINT-FOIX). Ce fut Philippe-le-Bel qui fit murer le cimetière des Saints-Innocens. GUILL. LE BRETON, dans sa *Philippid. apud Dubreuil*, 830.

VIe.

(Pag. 102. Du côté du midi, à deux mille pas de Lutèce..... on découvroit le temple d'Hésus.)

Le temple d'Hésus, ou de Mercure, occupoit,

l'emplacement des Carmélites du faubourg Saint-Jacques. *Traité de la Police*, par LA MARE, tom. I, pag. 267.

VIIᵉ.

(Pag. 102. Plus près, dans une prairie..... s'élevoit un second temple dédié à Isis.)

Ce temple d'Isis est aujourd'hui l'abbaye de Saint-Germain-des Prés. Le collége des prêtres d'Isis étoit à Issy. Voy. LA MARE, *loco. cit.*, et SAINT-FOIX, *Essais*, tom. I, p. 2.

VIIIᵉ.

(Pag. 102. Et vers le nord, sur une colline.)

C'est Montmartre. Voyez la note XV du livre VII. Le temple de Teutatès est marqué par LA MARE. *Ibid.*

IXᵉ.

(Pag. 102. En approchant de la Séquana, j'aperçus à travers un rideau de saules et de noyers.)

Tout cela est de Julien (*in Misopogon.*). Il y a bien loin de ces saules au Louvre. Ce qu'on dit ici de la Seine est précisément l'opposé de ce qui existe aujourd'hui. On trouve dans Grégoire de Tours et dans les Chroniques, divers débordemens de la Seine. Ainsi il ne faut pas croire Julien trop implicitement.

Xᵉ.

(Pag. 103. Deux ponts de bois défendus par deux châteaux, etc.)

Ces ponts étoient de bois du temps de l'empereur Julien (*in Misopogon.*); et Duplessis montre

9 *

très-bien qu'ils devoient être encore de bois avant
cet empereur (*Ann. de Paris*, pag. 5). Quant
aux châteaux où l'on paie le tribut à César, Saint-
Foix les retrouve dans le petit et le grand Châtelet. La Mare et Félibien, prétendent que ces châteaux furent bâtis par César (*Traité de la Police*, tom. I, FÉLIBIEN, tom. I, pag. 2, 13). Du
temps de Corrozet, on lisoit encore sur une des
portes du grand Châtelet : *Tributum Cæsaris*
(CORROZET, *Ant. de Paris*, édit. in-8°., p. 1550,
fol. 12, verso). Abbon, dans son poëme sur le siége
de Paris, parle du grand et du petit Châtelet :

. . . . . *Horum (pontium) hinc inde tutrices*
Cis urbem speculare phalas (turres), citra quoque flumen.
Lib. I. Bellorum Parisiacæ urbis. v. 18-19.

On demande si ces tours étoient bâties au bout du
Pont-au-Change et du Petit-Pont, où étoient le
grand et le petit Châtelet ; ou si elles étoient sur le
pont que Charles-le-Chauve avoit fait construire à
l'extrémité occidentale de la ville. Voyez *Ann. de
Paris*, pag. 171 — 72.

XIᵉ.

(Pag. 103. Et je ne vis dans l'intérieur du
village, etc.)

C'est toujours Julien qui est ici l'autorité.

XIIᵉ.

(Pag. 103. Je n'y remarquai qu'un seul
monument, etc.)

Les Nautes étoient une compagnie de marchands
établis par les Romains à Lutèce, *Nautæ Parisiaci.*
Ils présidoient au commerce de la Seine, ils avoient
élevé un temple ou un autel à Jupiter, à l'extrémité
orientale de l'île. On trouva des débris de ce monument en 1710, ou le 15 mars 1711, en fouillant da

le chœur de la cathédrale. Voyez *Mém. de l'Acad. des Inscript.*, tom. III, pag. 243 et 296. FÉLIB. *Hist. de Paris*, tom. I, pag. 14. PIGANIOL DE LA FORCE. *Descript. de Paris*, tom. I, pag. 360.

XIIIe.

(Pag. 103. Mais hors de l'île, de l'autre côté.... de la Séquana, on voyoit, sur la colline Lucotitius, un aqueduc romain, un cirque, un amphithéâtre et le palais des Thermes habité par Constance.)

La colline Lucotitius : *mons* ou *collis Lucotitius.* — C'est la montagne Sainte-Geneviève. On trouve ce nom employé pour la première fois dans les actes des Saints de l'Ordre de Saint-Benoît par Gislemar, écrivain du 9e siècle.

Un aqueduc romain. — C'est l'aqueduc d'Arcueil, qui, selon les meilleurs critiques, fut bâti avant l'arrivée de Julien dans les Gaules. L'aqueduc moderne est peut-être élevé sur l'emplacement de l'ancien. *Mémoires de l'Acad. des Inscript.*, tom. XIV, pag. 268.

Un cirque, un amphithéâtre. — On avoit cru ce cirque bâti par Chilpéric Ier; mais il est prouvé qu'il ne fut que le restaurateur d'un ancien cirque romain. Outre ce cirque, il y avoit au même lieu un amphithéâtre. Tous ces monumens occupoient la place de l'abbaye de Saint-Victor, ou l'espace qui s'étendoit depuis les murs de l'Université jusqu'à la rue Villeneuve-Saint-René. On appela long-temps ce terrain le Clos-des-Chênes. *Ann. de Paris*, p. 67 et 8; VALES, *Not. Gall. Paris.* pag. 432, etc.

Et le palais des Thermes. — L'opinion vulgaire est que le palais des Thermes, dont on voit encore les voûtes rue de la Harpe, fut bâti par Julien. C'est une erreur. Julien agrandit peut-être ce palais, mais il ne le bâtit pas. Les meilleurs critiques en font remonter la fondation au moins à Constantin-le-

Grand, et je crois qu'il est plus naturel encore de
l'attribuer à Constance son père, qui fit un bien
plus long séjour dans les Gaules. VALES, *de Basilic.
reg.* cap. 5; TILL. *Hist. des Emp.*, tom. IV, p. 426.

XIVe.

(Pag. 104. Je remarquai avec douleur, etc.)

Constance mourut d'une maladie de langueur.
On lui avoit donné le surnom de Chlore, à cause
de la pâleur de son visage.

XVe.

(Pag. 104. Là brilloient Donatien et Ro-gatien.)

L'auteur continue à faire passer sous les yeux du
lecteur les évêques, les saints et les martyrs de
cette époque, partout où se trouve Eudore, afin de
compléter le tableau de l'Eglise.

Donatien et Rogatien étoient de Nantes. Donatien fut l'apôtre de son frère; il le convertit à la foi.
Ils eurent la tête tranchée ensemble, après avoir été
long-temps tourmentés. On les retrouvera à Rome
dans la prison d'Eudore. *Actes des Martyrs,*
tom. I, pag. 398.

XVIe.

(Pag. 104. Gervais et Protais.)

On connoît l'admirable tableau du martyre de
ces deux jeunes hommes, par Lesueur. Procula fut
évêque de Marseille, et Just le fut de Lyon. Quant
à saint Ambroise, il étoit en effet fils d'un préfet
des Gaules; mais il y a ici anachronisme, de même
que pour saint Augustin, dont saint Ambroise fut
le père spirituel.

XVIIe.

(Pag. 105. Il me fit bientôt appeler dans les jardins, etc.)

Ces jardins étoient ceux du palais des Thermes, et ils le furent dans la suite du palais de Childebert Ier. Ils occupoient le terrain des rues de la Harpe, Pierre-Sarrazin, Hautefeuille, du Jardinet, et descendoient jusqu'à l'église de Saint-Germain-des-Prés. Saint-Germain-des-Prés, comme je l'ai dit, étoit le temple d'Isis. *Ann. de Paris*, p. 26.

XVIIIe.

(Pag. 105. Vous vous souvenez peut-être, etc.)

Voici encore l'action dans le récit : elle fait même ici un pas considérable. Galérius est presque le maître : il épouse Valérie, et il est gendre de Dioclétien. On entrevoit l'abdication de celui-ci. Constantin est persecuté. Hiéroclès est devenu proconsul d'Achaïe, et c'est dans ce commandement funeste qu'il a connu Cymodocée. Le lecteur apprend des faits importans, et il n'a plus rien à savoir de nécessaire lorsque le récit finira. Si j'insiste là-dessus, on doit me le pardonner, parce que je réponds à une critique grave, et qui (du moins je le crois) est peu fondée. Jamais, encore une fois, récit épique ne fut plus lié à l'action que le récit d'Eudore ne l'est au fond des Martyrs. Au reste, ce que Constance rapporte de la victoire de Galérius sur les Parthes, de son mariage avec Valérie, du combat de Constantin contre un lion et contre les Sarmates, de la rivalité de Constantin et de Maxence, est conforme à l'histoire.

XIXe.

(Pag. 106. Les Pictes avoient attaqué la muraille d'Agricola, etc.)

Agricola, beau-père de Tacite, et dont ce grand historien nous a laissé la vie.

La muraille dont il est ici question est appelée plus justement la muraille de Sévère. Ce fut lui qui la fit élever sur les anciennes fortifications bâties par Agricola. Elle s'étendoit du golfe de Glote, aujourd'hui la rivière de Clyd., au golfe de Bodotrie, maintenant la rivière de Forth. On en voit encore quelques ruines. Les Pictes étoient une nation de l'Écosse ou de la Calédonie. On les appeloit ainsi parce qu'ils se peignoient le corps, comme font encore les sauvages de l'Amérique. Ce fut en allant combattre cette nation, qui s'étoit soulevée, que Constance mourut à York d'une maladie de langueur, et ce fut dans cette ville que les légions proclamèrent Constantin César.

XXe.

(Pag. 106. D'une autre part, Carrausius.)

Carrausius étoit un habile officier de marine qui servoit sous Maximien dans les Gaules. Il se révolta, s'empara de la Grande-Bretagne, et garda sur le continent le port de Boulogne. Maximien, ne pouvant le punir, fut obligé de le reconnoître, en lui laissant le titre d'Auguste. Constance Chlore l'attaqua, et fut plus heureux. Il reprit sur lui Boulogne. Carrausius ayant été tué par Allectus (autre tyran qui lui succéda), Constance passe en Angleterre, défait Allectus, et fait rentrer l'île sous la domination des Romains. On voit en quoi je me suis écarté de la vérité historique. EUM. *Paneg. Const.*

XXIᵉ.

(Pag. 107. Le reste des anciennes factions
de Caractacus et de la reine Boudicée.)

Le reste de ces anciennes factions n'étoit autre
chose que l'amour de la liberté qui força plusieurs fois les Bretons de se révolter contre leurs
maîtres. Sous l'empire de Claude, Caractacus,
prince Breton, défendit sa patrie contre Plautius,
général des Romains. Il fut pris, conduit à Rome,
parla noblement à l'empereur, et dit à la vue des
palais de Rome ce mot que j'ai mis dans la bouche
de Chlodéric, livre VII. Voyez la note Lᵉ du même
livre.

La reine Boudicée défendit aussi courageusement
les Bretons contre les Romains. Son nom n'est pas
harmonieux, mais la gloire et Tacite l'ont ennobli.
Voyez *Vita Agric.*

XXIIᵉ.

(Pag. 107. Maître de la cavalerie.)

Magister equitum, grande charge militaire chez
les Romains.

XXIIIᵉ.

(Pag. 107. Colonie que les Parisii des
Gaules, etc.)

Les Parisiens ne se doutent guère qu'ils ont fait
des conquêtes en Angleterre. César nous apprend
d'abord que les Belges, c'est-à-dire, les Gaulois de
la Gaule Belgique, s'emparèrent autrefois des côtes
de la Grande-Bretagne, et qu'ils y conservèrent le
nom des peuples dont ils étoient sortis (*de Bello
Gall.*, lib. V, cap. 12). Les Parisii, qui étoient

une des nations de la Gaule Belgique, s'établirent, selon Ptolémée, dans le pays des Bragantes, aujourd'hui l'Yorkshire. Ils fondèrent une colonie qui, selon le même Ptolémée, s'appeloit *Petuaria* (*Geogr.* lib. II, p. 51). Le savant Cambden fixe cette colonie de Parisiens sur la rivière de Hull, et près de l'embouchure de Humber. Il retrouve Pétuaria dans le bourg de Béverley. CAMBDEN. *Britann.* p. 576 et 77.

XXIVe.

(Pag. 107. Sur le Thamésis.... Londinum.)

Les anciens sont d'une grande exactitude dans leur description du climat de l'Angleterre, et l'on peut remarquer qu'il n'a pas varié depuis le temps de César et de Tacite (CÆSAR. lib. VI, cap. 12 ; TACIT. *in Vit. Agric.*). Et quand on lit ce passage de Strabon, on croit être transporté à Londres : « *Aer apud eos imbribus magis est quàm nivibus* » *obnoxius : eo sereno etiam cælo caligo quædam* » *multum temporis obtinet; ita ut toto die non ultra* » *tres aut quatuor quæ sunt circa meridiem horas,* » *conspici sol possit.* » (*Geogr.* lib. IV, p. 200.)

XXVe.

(Pag. 107. Là, s'élevoit une vieille tour.)

C'est une fiction par laquelle l'auteur, suivant son sujet, fait voir le triomphe de la Croix, et l'Angleterre convertie au Christianisme. Cette fiction a de plus l'avantage de rappeler l'antique abbaye où se rattache toute l'histoire des Anglais.

XXVIe.

(Pag. 108. Il envoya à l'Empereur mes lettres couronnées.)

C'étoit l'usage après une victoire. Tacite raconte

qu'Agricola, après ses conquêtes sur les Bretons, évita de joindre des feuilles de laurier à ses lettres, dans la crainte d'éveiller la jalousie de Domitien. *In Agric.*

XXVIIe.

(Pag. 108. Il sollicita et obtint pour moi la statue.)

Cette phrase porte avec elle son explication. Lorsque le triomphe ne fut plus en usage, ou qu'il fut réservé pour les empereurs, on accorda aux généraux vainqueurs des statues et différens honneurs militaires.

XXVIIIe.

(Pag. 108. Me créa commandant des contrées armoricaines.)

Les contrées armoricaines comprenoient la Normandie, la Bretagne, la Saintonge, le Poitou. Le centre de ces contrées étoit la Bretagne, dite par excellence l'Armorique. Lorsque les dieux des Romains et les ordonnances des empereurs eurent chassé des Gaules la religion des Druïdes, elle se retira au fond des bois de la Bretagne, où elle exerça encore long-temps son empire. On croit que le grand collége des Druïdes y fut établi. Ce qu'il y a de certain, c'est que la Bretagne est remplie de pierres druïdiques. Pomponius-Mela et Strabon placent sur les côtes de la Bretagne l'île de Sayne, consacrée au culte des dieux gaulois. Nous reviendrons sur ce sujet.

XXIXe.

(Pag. 108. Nous nous retrouverons.)

Nouveau regard sur l'action. Prédiction qui s'accomplit.

XXXe.

(Pag. 109. Vous apercevez les plus beaux monumens.)

Le pont du Gard, l'amphithéâtre de, Nismes, la Maison carrée, et le Capitole de Toulouse, etc.

XXXIe.

(Pag. 109. Les huttes arrondies des Gaulois, leurs forteresses de solives et de pierres.)

Muris autem omnibus gallicis hæc ferè forma est. Trabes directæ, perpetuæ in longitudinem, paribus intervallis, distantes inter se binos pedes, in solo collocantur. Hæ revinciuntur introrsùs et multo aggere vestiuntur; ea autem quæ diximus, intervalla, grandibus in fronte saxis effarciuntur, etc. (In Bell. Gall. libr. VII). Aux pierres près, les paysans de la Normandie bâtissent encore ainsi leurs chaumières, et, comme le remarque César, cela fait un effet assez agréable à la vue.

XXXIIe.

(Pag. 109. A la porte desquelles sont cloués des pieds de louves.)

« Ils pendent au cou de leurs chevaux les têtes
» des soldats qu'ils ont tués à la guerre. Leurs servi-
» teurs portent devant eux les dépouilles encore
» toutes couvertes du sang des ennemis..... Ils atta-
» chent les trophées aux portes de leurs maisons,
» comme ils le font à l'égard des bêtes féroces qu'ils
» ont prises à la chasse. » (Diod. livr. V, trad. de Terras.) De là les pieds de loups, de renard, les oiseaux de proie que l'on cloue encore aujourd'hui à la porte des châteaux.

XXXIIIe.

(Pag. 109. La jeunesse gauloise.)

On a déjà parlé des écoles des Gaules. Voyez la note XLVIIe du livre VII.

XXXIVe.

(Pag. 110. Un langage grossier, semblable au croassement des corbeaux.)

C'est Julien qui le dit. *In Misop.*

XXXVe.

(Pag. 110. Où l'Eubage, etc.)

On parlera plus bas de ces sacrifices.

XXXVIe.

(Pag. 110. Le Gaulois devenu sénateur.)

Si l'on en croit Suétone, César reçut dans le sénat des demi-barbares « qui se dépouillèrent de » leurs *brayes,* pour prendre le laticlave. » (SUET. *in Vita C.*) Ce ne fut pourtant que sous le règne de Claude que les Gaulois furent admis légalement dans le sénat.

XXXVIIe.

(Pag. 110. J'ai vu les vignes de Falerne, etc.)

L'empereur Probus fit planter des vignes aux environs d'Autun, et c'est à lui que nous devons le vin de Bourgogne (VOPISC. *in Vita Prob.*). Mais Il y avoit des vignes dans les Gaules bien avant cette époque ; car Pline dit que de son temps on aimoit le vin gaulois en Italie : *in Italia gallicam placere* (*uvam*) (libr. XIV). Il ajoute même qu'on avoit trouvé près

d'Albi, dans la Gaule narbonnaise, un vigne qui
prenoit et perdoit sa fleur dans un seul jour, et qui
par conséquent étoit presque à l'abri des gelées. On
la cultivoit avec succès (*Ibid.*). Domitien avoit fait
arracher les vignes dans les provinces et particulièrement dans les Gaules. L'olivier fut apporté à Marseille par les Phocéens. Ainsi l'olivier croissoit dans les
Gaules avant qu'il fût répandu en Italie, en Espagne et en Afrique; car selon Fenestella, cité par
Pline, cet arbre étoit encore inconnu à ces pays
sous le règne de Tarquin-le-Superbe (PLIN. libr. XV).
Marseille fut fondée 600 ans avant J. C., et Tar-
quin régnoit à Rome 590 ans avant J. C.

XXXVIIIe.

(Pag. 110. Ce que l'on admire partout
dans les Gaules.... ce sont les forêts.)

Que les forêts étoient remarquables dans les
Gaules, je le tire de plusieurs faits :

1°. Les Gaulois avoient une grande vénération
pour les arbres. On sait le culte qu'ils rendoient au
chêne. Pline cite le bouleau, le frêne et l'orme
gaulois, pour la bonté. Libr. XVI.

2°. Les Gaulois apprirent des Marseillois à la-
bourer et à cultiver la vigne et l'olivier (JUSTIN.
XLIII). Ils ne vivoient auparavant que de lait et
de chasse; ce qui suppose des forêts.

3°. Strabon, parlant des Gaulois, met au nombre
de leurs récoltes les glands, par lesquels il faut entendre, comme les Grecs et les Latins, tous les
fruits des arbres glandifères. STRABON, libr. IV.

4°. Pline, en parlant des foins, cite la faux des
Gaulois comme plus grande et propre aux vastes
pâturages de ce pays (libr. XVIII. 72. 30.). Or,
tout pays abondant en pâturages est presque toujours entrecoupé de forêts.

5°. Pomponius—Mela dit expressément que la

Gaule étoit semée de bois immenses consacrés au culte des dieux. Libr. III, cap. XI.

6°. On voit souvent, dans César et dans Tacite, les armées traverser des bois.

7°. On remarque la même chose dans l'expédition d'Annibal, lorsqu'il passa d'Espagne en Italie.

8°. Parmi les bois connus, je citerai celui de Vincennes, consacré de toute antiquité au dieu Sylvain. *Mém. de l'Acad. des Inscript.*, tom. XIII, pag. 329.

9°. Marseille fut fondée dans une épaisse forêt.

10°. Selon saint Jérôme, les bois des Gaules étoient remplis d'une espèce de porcs sauvages très-dangereux.

11°. La terminaison *oel*, si fréquente en langue celtique, veut dire *bois*. Quelques auteurs ont cru que le mot gaulois venoit du celte *galt*, qui signifie *forêt*; j'ai adopté une autre étymologie de ce nom.

12°. Presque tous les anciens monastères des Gaules furent pris sur des terres du désert, *ab eremo*, comme le prouvent une foule d'actes cités par Du Cange, au mot *eremus*. Ces déserts étoient des bois, comme je l'ai prouvé dans le *Génie du Christianisme* (Lyon 1809, in-8°., t. IV, p. 313 et suiv.).

13°. Strabon fait mention de grandes forêts qui s'étendoient dans les pays des Morins, des Suessiones, des Caleti, depuis Dunkerque jusqu'à l'embouchure de la Seine, quoique, dit-il, les bois ne soient pas aussi grands, ni les arbres aussi élevés qu'on l'a écrit. Libr. IV.

14°. Enfin, si nous jugeons des Gaules par la France, je n'ai point vu en Amérique de plus belles forêts que celles de Compiègne et de Fontainebleau. Nemours, qui touche à cette dernière, indique encore dans son nom son origine.

XXXIXᵉ.

(Pag. 110. On trouve çà et là dans leur vaste enceinte quelques camps romains abandonnés.)

Il y a une multitude de ces camps , connus par toute la France sous le nom de Camps de César. Le plus célèbre est en Flandre.

XLᵉ.

(Pag. 110. Les graines que les soldats , etc.)

J'ai vu aussi dans les forêts d'Amérique de grands espaces abandonnés , où des colons avoient semé des graines d'Europe. Ces colons étoient morts loin de leur patrie ; et les plantes de leurs pays qui leur avoient survécu , ne servoient plus qu'à nourrir l'oiseau des déserts.

XLIᵉ.

(Pag. 111. Je me souviens encore aujourd'hui, etc.)

J'ai été témoin d'une scène à peu près semblable : c'étoit au milieu des ruines de la Villa-Adriana , près de Tibur ou Tivoli , à quatre lieues de Rome. J'ai mis ici la musette, qui est gauloise, et que Diodore semble avoir voulu indiquer comme instrument de musique guerrière. Les montagnards écossais s'en servent encore aujourd'hui dans leurs régimens.

XLIIᵉ.

(Pag. 111. Porte décumane.)

On l'appeloit encore porte questorienne, Les camps romains avoient quatre portes : extraordinaire ou prétorienne , droite principale, gauche principale , questorienne ou décumane.

XLIIIe.

(Pag. 112. Lorsqu'il porta la guerre chez les Vénètes.)

Hos ego Venetos existimo Venetiarum in Adriatico sinu esse autores (Strabon, libr. IV, p. 195). D'après cet auteur, les Vénitiens seroient une colonie des Bretons de Vannes. Les Vénètes avoient une forte marine, et César eut beaucoup de peine à les soumettre. *De Bell. Gall.*

On retrouve le nom des Curiosolites dans celui de Corsent, petit village de Bretagne, où l'on a découvert des antiquités romaines. On y voit aussi des fragmens d'une voie romaine qui n'est pas tout à fait détruite.

XLIVe.

(Pag. 112. Cette retraite me fut utile.)

Préparation qui annonce à la fois et le retour d'Eudore à la religion, et la chute qui doit l'y ramener.

XLVe.

(Pag. 113. Les soldats m'avertirent, etc.)

Ici commence l'épisode de Velléda, qui n'est point oiseux comme celui de Didon, puisqu'il est intimement lié à l'action, et qu'il produit la conversion d'Eudore. On peut voir là-dessus ce que j'ai dit dans l'Examen.

XLVIe.

(Pag. 113. Je n'ignorois pas que les Gaulois confient aux femmes, etc.)

Saint-Foix a bien réuni les autorités :
« L'administration des affaires civiles et politiques » avoit été confiée pendant assez long-temps à un » sénat de femmes choisies par les différens cantons,

» Elles délibéroient de la paix, de la guerre, et
» jugeoient les différends qui survenoient entre les
» Vergobrets, ou de ville à ville. Plutarque dit qu'un
» des articles du traité d'Annibal avec les Gaulois
» portoit : « Si quelque Gaulois a sujet de se plaindre
» d'un Carthaginois, il se pourvoira devant le sénat
» de Carthage, établi en Espagne ; si quelque Car—
» thaginois se trouve lésé par un Gaulois, l'affaire
» sera jugée par le conseil suprême des femmes gau-
» loises. » SAINT-FOIX, *Essais sur Paris.*

XLVIIᵉ.

(Pag. 114. Braves, comme tous les Gaulois, etc.)

Cela ressemble bien aux Bretons d'aujourd'hui.

XLVIIIᵉ.

(Pag. 114. Clair, pasteur de l'église des
Rhédons.)

Toujours la peinture des progrès de l'Eglise. Clair
fut le second évêque de Nantes.

XLIXᵉ.

(Pag. 115. Je la voyois jeter tour à tour
en sacrifice dans le lac, des pièces de toile, etc.)

Il y a deux autorités principales pour ce passage :
celle de Posidonius, citée par Strabon, et celle de
Grégoire de Tours. Le savant Pelloutier s'en est
servi; on peut les voir tom. II, pag. 101 et 107 de
son ouvrage. On a voulu plaisanter sur les sacrifices
de Velléda, et trouver qu'ils étoient hors de propos :
cette critique est bien peu solide. Ce n'est pas un
voyage *particulier* que fait Velléda ; elle va à une
assemblée publique ; sa barque est chargée des dons
des peuples qu'elle offre pour ces peuples au lac ou
à la divinité du lac.

L^e.

(Pag. 116. Sa taille étoit haute, etc.; jusqu'à l'alinéa.)

Les détails du vêtement de Velléda seront éclaircis
dans les notes suivantes. Elle porte une robe noire,
parce qu'elle va dévouer les Romains. On a vu,
note LXXIe du livre VI, les femmes des Cimbres
et des Bretons vêtues de robes noires. Ammien-
Marcellin a fait un portrait des Gauloises qui peut,
au milieu de la grossièreté des traits, justifier le caractère de force et les passions décidées que je
donne à Velléda : « La femme gauloise surpasse son
» mari en force; elle a les yeux encore plus sau-
» vages : quand elle est en colère, sa gorge s'enfle,
» elle grince les dents ; elle agite ses bras aussi
» blancs que la neige, et porte des coups aussi vi-
» goureux que s'ils partoient d'une machine de
» guerre. » Il faut supposer que ces Gauloises étoient
des femmes du peuple : il n'est guère probable que
cette Eponine si célèbre, si tendre, si dévouée, res-
semblât pour la grossièreté aux Gauloises d'Ammien-
Marcellin. Si nous en croyons les vers des soldats
romains, César, qui avoit aimé les plus belles femmes de l'Italie, ne dédaigna pas les femmes des
Gaules. Sabinus, long-temps après, se vantoit d'être
descendu de César. Enfin, nous avons un témoignage authentique, c'est celui de Diodore; il dit en
toutes lettres que les Gauloises étoient d'une grande
beauté : *Feminas licèt elegantes habeant.*

LIe.

(Pag. 117. Une de ces roches isolées.)

J'ai vu quelques-unes de ces pierres auprès d'Autun, deux autres en Bretagne, dans l'évêché de
Dol, et plusieurs autres en Angleterre. On peut
consulter KESLER, *Ant. select. sept.*

10 *

LIIe.

(Pag. 117. Un jour le laboureur.)

Scilicet et tempus veniet cum finibus illis
Agricola , incurvo terram molitus aratro , etc.

LIIIe.

(Pag. 117. Au-gui-l'an-neuf!)

« Les Druïdes, accompagnés des magistrats et du
» peuple qui crioit *au-gui-l'an-neuf*, alloient
» dans une forêt, etc. » Saint-Foix, tom. I.

Ne seroit-il pas possible que ce refrein *o gué*,
qui termine une foule de vieilles chansons fran-
çaises, ne fût que le cri sacré de nos aïeux ?

LIVe.

(Pag. 118. Deux Eubages.)

Nihil habent Druidæ (ita suos appellant magos),
visco et arbore in quâ gignatur (si modo sit robur)
sacratius. Jam per se roborum eligunt lucos, nec
ulla sacra sine eâ fronde conficiunt, ut inde ap-
pellati quoque interpretatione græcâ possint Drui-
dæ videri. Enim verò quidquid adnascatur illis,
è cœlo missum putant, signumque esse electæ ab
ipso deo arboris. Est autem id rarum admodùm
inventu, et repertum magnâ religione petitur : et
ante omnia sextâ iunâ , quæ principia mensium
annorumque his facit, et sæculi post tricesimum
annum, quia jam virium abunde habeat, nec sit
suî dimidia. Omnia sanantem appellantes suo
vocabulo, sacrificiis epulisque rite sub arbore
comparatis, duos admovent candidi coloris tau-
ros , quorum cornua tunc primùm vinciantur. Sa-
cerdos candidâ veste cultus arborem scandit; falce
aureâ demetit : candido id excipitur sago. Tum
deinde victimas immolant, precantes ut suum
donum deus prosperum faciat his quibus dederit.
Pline, libr. XVI.

LVe.

(Pag. 119. On planta une épée nue.)

J'ai suivi quelques auteurs qui pensent que les Gaulois avoient, ainsi que les Goths, l'usage de planter une épée nue au milieu de leur conseil (*Amm.-Marcel.*, lib. XXXI, cap. II, pag. 622). Du mot *malhus* est venu notre mot *mail*; et le mail est encore aujourd'hui un lieu bordé d'arbres.

LVIe.

(Pag. 119. Au pied du Dolmin.)

« Lieu des fées ou des sacrifices. C'est ainsi que le » vulgaire appela certaines pierres élevées, cou- » vertes d'autres pierres plates, fort communes en » Bretagne, où ils disent que les Païens offroient » autrefois des sacrifices. » *Dictionn. franç. celt.* du P. ROSTRENEN.

LVIIe.

(Pag. 119. Malheur aux vaincus!)

C'est le mot d'un Gaulois, en mettant son épée dans la balance des Romains : *Væ victis !*

LVIIIe.

(Pag. 120. Où sont ces Etats florissans de la Gaule.)

On voit partout, dans les Commentaires de César, les Gaules tenant des espèces d'états-géné- raux, César allant présider ces états, etc. Quant au conseil des femmes, voyez la note XLVIe de ce livre.

LIXe.

(Pag. 120. Où sont ces Druïdes, etc.)

Illi rebus divinis intersunt, sacrificia publica ac privata procurant, religiones interpretantur : ad hos magnus adolescentium numerus, disciplinæ

causâ, concurrit; magnoque ii sunt apud eos ho-
nore : nam fere de omnibus controversiis, publicis
privatisque, constituunt; et, si quod est admis-
sum facinus, si cædes facta, si de hæreditate, si
de finibus controversia est, iidem decernunt :
præmia pœnasque constituunt : si quis aut priva-
tus, aut publicus, eorum decreto non stetit, sa-
crificiis interdicunt. Hæc pœna apud eos est gra-
vissima : quibus ita est interdictum, ii numero
impiorum ac sceleratorum habentur; ab iis omnes
decedunt, aditum eorum sermonemque defugiunt,
ne quid ex contagione incommodi accipiant : ne-
que iis petentibus jus redditur, neque honos ullus
communicatur. His autem omnibus Druidus præest
unus, qui summam inter eos habet auctoritatem.
Hoc mortuo, si quis ex reliquis excellit dignitate,
succedit. At, si sunt plures pares, suffragio Drui-
dum adlegitur; nonnunquam etiam de principatu
armis contendunt. Ii certo anni tempore in finibus
Carnutum, quæ regio totius Galliæ media habe-
tur, considunt, in loco consecrato. Huc omnes un-
dique, qui controversias habent, conveniunt; eo-
rumque judiciis decretisque parent. Disciplina in
Britanniâ reperta, atque inde in Galliam trans-
lata esse existimatur; et nunc, qui diligentius
eam rem cognoscere volunt, plerumque illo, dis-
cendi causa, proficiscuntur.

Druides à bello abesse consueverunt; neque tri-
buta una cum reliquis pendunt : militiæ vacatio-
nem, omniumque rerum habent immunitatem.
Tantis excitati præmiis, et suâ sponte multi in
disciplinam conveniunt, et à parentibus propin-
quisque mittuntur. Magnum ibi numerum versuum
ediscere dicuntur. . . . .
In primis hoc volunt persuadere, non interire
animas, sed ab aliis post mortem transire ad alios;
atque hoc maximè ad virtutem excitari putant,
metu mortis neglecto. Multa prætereà de sideribus
atque eorum motu, de mundi ac terrarum magni-

tudine, de rerum naturá, de deorum immorta-
lium vi ac potestate disputant, et juventuti tradunt.

Tout ce passage de César est excellent et d'une
clarté admirable ; il ne reste plus que très-peu de
chose à connoître sur les classes du clergé gaulois.
Diodore et Strabon, confirmés par Ammien-Marcellin, compléteront le tableau :

« Leurs poëtes, qu'ils appellent Bardes, s'occu-
» pent à composer des poëmes propres à leur mu-
» sique ; et ce sont eux-mêmes qui chantent sur des
» instrumens presque semblables à nos lyres, des
» louanges pour les uns, et des invectives contre les
» autres. Ils ont aussi chez eux des philosophes et
» des théologiens appelés Saronides, pour lesquels
» ils sont remplis de vénération............. C'est une
» coutume établie parmi eux, que personne ne sa-
» crifie sans un philosophe ; car, persuadés que ces
» sortes d'hommes connoissent parfaitement la na-
» ture divine, et qu'ils entrent pour ainsi dire en
» communication de ses secrets, ils pensent que
» c'est par leur ministère qu'ils doivent rendre leurs
» actions de grâces aux dieux, et leur demander les
» biens qu'ils désirent.......... Il arrive souvent que,
» lorsque deux armées sont près d'en venir aux
» mains, ces philosophes se jetant tout à coup au
» milieu des piques et des épées nues, les combat-
» tans apaisent aussitôt leur fureur comme par en-
» chantement, et mettent les armes bas. C'est ainsi
» que, même parmi les peuples les plus barbares,
» la sagesse l'emporte sur la colère ; et les Muses
» sur le dieu Mars. » (DIOD. DE SIC., liv. V, trad.
de Terasson.) *Apud universos autem ferè tria ho-*
minum sunt genera quæ in singulari habentur ho-
nore : Bardi, Vates et Druidæ : horum Bardi
hymnos canunt poetæque sunt ; Vates sacrificant
et naturam rerum contemplantur ; Druidæ præter
hanc philosophiam etiam de moribus disputant.
STRAB., libr. IV.

J'ai rendu par Eubages, Οὐάτεις du grec de l'édi-

tion de Casaubon, et que le latin rend par *Vates.*
Je ne vois pas pourquoi l'on veut, sur l'autorité
d'Ammien, qui traduit à peu près Strabon, que le
mot *Vates* soit passé dans le grec au temps de ce
géographe. Strabon, qui suivoit peut-être un auteur latin, et qui ne pouvoit pas traduire ce mot
Vates, l'a tout simplement transcrit. Les Latins de
même copient souvent des mots grecs qui n'étoient
pas pour cela passés dans la langue latine. D'ailleurs,
quelques éditions ordinaires de Strabon portent
Euhage et Eubage. Rollin n'a point fait difficulté
de s'en tenir au mot Eubage.

Ammien - Marcellin, confirmant le témoignage
de Strabon, dit que les Bardes chantoient les héros
sur la lyre ; que les Devins ou Eubages cherchoient
à connoître les secrets de la nature ; et que les
Druïdes qui vivoient en commun, à la manière des
disciples de Pythagore, s'occupoient de choses sublimes, et enseignoient l'immortalité de l'ame.
AMM.-MARCEL., libr. XV.

LXe.

(Pag. 120. O île de Sayne, etc.)

On a trois autorités pour cette île : Strabon,
libr. IV ; Denys le Voyageur, v. 570, et Pomponius Mela. Comme je n'ai suivi que le texte de ce
dernier, je ne citerai que lui : *Sena in Britannico
mari Osismicis adversa littoribus, Gallici numinis oraculo insignis est : cujus antistites, perpetuâ
virginitate sanctæ, numero novem esse traduntur :
Barrigenas vocant, putantque ingeniis singularibus
præditas, maria ac ventos concitare carminibus,
seque in quæ velint animalia vertere, sanare quæ
apud alios insanabilia sunt, scire ventura et præ-
dicare : sed non nisi deditas navigantibus, et in
id tantùm ut se consulerent profectis.* POMPON.
MEL., III, 6.

Strabon diffère de ce récit, en ce qu'il dit que les prêtresses passoient sur le continent pour habiter avec des hommes. J'avois, d'après quelques autorités, pris cette île de Sayne pour Jersey; mais Strabon la place vers l'embouchure de la Loire. Il est plus sûr de suivre Bochart (*Geograph. sacr.*, p. 740) et d'Anville (*Notice de la Gaule*, p. 595), qui retrouvent l'île de Sayne dans l'île des Saints, à l'extrémité du diocèse de Quimper, en Bretagne.

LXIᵉ.

(Pag. 121. Vous allez mourir, etc.)

Les Gaulois servoient surtout dans la cavalerie romaine; car, selon Strabon, ils étoient meilleurs cavaliers que fantassins.

LXIIᵉ.

(Pag. 121. Vous tracez avec des fatigues inouïes, etc.)

Il suffit de jeter les yeux sur la carte de Peuttinger, sur l'Itinéraire de Bordeaux à Jérusalem, et sur le livre des chemins de l'Empire, par Bergier, pour voir combien la Gaule étoit traversée de chemins romains. Il y en avoit quatre principaux qui partoient de Lyon, et qui alloient toucher aux extrémités des Gaules.

LXIIIᵉ.

(Pag. 121. Là, renfermés dans un amphithéâtre, etc.)

La plupart des gladiateurs étoient Gaulois; mais Velléda ne dit pas tout à fait la vérité. Par un mépris abominable de la mort, ils vendoient souvent leur vie pour quelques pièces d'argent. On sait qu'Annibal fit battre des prisonniers gaulois, en promettant un cheval à celui qui tueroit son adversaire.

LXIVᵉ.

(Pag. 121. Souvenez-vous que votre nom veut dire voyageur.)

« Il y en a qui conjecturent avec quelque proba-
» bilité que les Gaulois se sont ainsi appelés du mot
» celtique Wallen, qui encore aujourd'hui, dans la
» langue allemande, signifie aller, voyager, passer
» de lieu en lieu. » MÉZERAI, *avant Clov.*, pag. 7.

LXVᵉ.

(Pag. 122. Les tribus des Francs qui s'é-toient établis en Espagne.)

Les Francs avoient en effet pénétré jusqu'en Espagne vers ces temps-là, et y demeurèrent douze
ans. Ils prirent et ruinèrent l'Arragon ; ensuite ils
s'en retournèrent dans leur pays, probablement sur
des vaisseaux (Voyez EUTROPE). Les circonstances
les plus indifférentes dans les Martyrs sont toutes
fondées sur quelques faits. Je suis persuadé que sous
ces rapports Virgile et Homère n'ont rien inventé :
c'est ce qui fait que leurs poëmes sont aujourd'hui
des autorités pour l'histoire.

LXVIᵉ.

(Pag. 122. Que les peuples étrangers nous accordent, etc.)

C'est le mot de Bojocalus. Ce vieillard germain
avoit porté cinquante ans les armes dans les légions
romaines. Les Anticéariens, ses compatriotes, ayant
été chassés de leur pays par les Cauces, vinrent s'é-
tablir avec Bojocalus, qui les conduisoit, sur des
terres vagues abandonnées par les Romains. Les
Romains ne vouloient pas les leur donner, malgré
les remontrances de Bojocalus ; mais ils offrirent à
celui-ci des terres pour lui-même. Le vieux Germain

indigné alla rejoindre ses compatriotes fugitifs, en s'écriant : « Terre ne peut nous manquer pour y » vivre ou pour y mourir. »

LXVIIe.

(Pag. 123. A la troisième fois le héraut d'armes, etc.)

Si quis enim dicenti obstrepat aut tumultuetur lictor accedit stricto cultro. Minis adhibitis tacere eum jubet : idque iterum ac tertio facit eo non cessante : tandem à sago ejus tantùm amputat, ut reliquum sit inutile. STRAB., lib. IV, pag. 135.

LXVIIIe.

(Pag. 123. La foule demande à grands cris, etc.)

Les Druïdes sacrifioient des victimes humaines. Ils choisissoient de préférence des malfaiteurs pour ces sacrifices ; mais à leur défaut, on prenoit des innocens. C'est Tertullien et saint Augustin qui nous apprennent de plus que ces victimes innocentes étoient des vieillards.

LXIXe.

(Pag. 124. Que Dis, père des ombres.)

Les Gaulois reconnoissoient Dis ou Pluton pour leur père : c'étoit à cause de cela qu'ils comptoient le temps par nuits, et qu'ils sacrifioient toujours dans les ténèbres. Cette tradition est celle de César. On dit que César s'est trompé ; mais il pourroit bien se faire que l'opinion opposée ne fût qu'un système soutenu de beaucoup d'érudition.

LXXe.

(Pag. 125. Elles étoient chrétiennes.)

C'est toujours le sujet.

(Pag. 126. Puisqu'ils avoient été proscrits par Tibère même et par Claude.)

Les éditions précédentes portoient : « Et par Néron; » c'étoit une erreur. Dès l'an 657 de Rome, le sénat donna un décret pour abolir les sacrifices humains dans la Gaule narbonnoise. Pline nous apprend que Tibère extermina tous les Druïdes, et Suétone attribue les édits de proscription à Claude. *In Claudio*, cap. 26.

LXXIIe.

(Pag. 126. Le premier magistrat des Rhédons.)

Ce magistrat s'appeloit Vergobret. CÆSAR, *Comment.*, livr. I.

FIN DES REMARQUES DU LIVRE NEUVIÈME.

SOMMAIRE DU LIVRE DIXIÈME.

———

Suite du récit. Fin de l'épisode de Velléda.

LIVRE X.

—

» Je vous ai dit, seigneurs, que Velléda habitoit le château avec son père. Le chagrin et l'inquiétude plongèrent d'abord Ségenax dans une fièvre ardente, pendant laquelle je lui prodiguai les secours qu'exigeoit l'humanité. J'allois, chaque jour, visiter le père et la fille dans la tour où je les avois fait transporter. Cette conduite différente de celle des autres commandans romains, charma les deux infortunés : le vieillard revint à la vie, et la Druïdesse, qui avoit montré un grand abattement, parut bientôt plus contente. Je la rencontrois se promenant seule avec un air de joie dans les cours du château, dans les salles, dans les galeries, les passages secrets, les escaliers tournans qui conduisoient au haut de la forteresse ; elle se multiplioit sous mes pas, et, quand je la croyois auprès de son père, elle se montroit tout à coup au fond d'un corridor obscur, comme une apparition.

» Cette femme étoit extraordinaire. Elle avoit, ainsi que toutes les Gauloises, quelque chose de capricieux et d'attirant. Son regard étoit prompt, sa bouche un peu dédaigneuse, et son sourire singulièrement doux et spirituel. Ses manières étoient tantôt hautaines, tantôt voluptueuses ; il y avoit dans toute sa personne de l'abandon et de la dignité, de l'innocence et de l'art. J'aurois été étonné de trouver dans une espèce de sauvage une connoissance approfondie des lettres grecques et de l'histoire de son pays, si je n'avois su que Velléda descendoit de la famille de l'archidruïde, et qu'elle avoit été élevée par un Senani, pour être attachée à l'ordre savant des prêtres gaulois. L'orgueil dominoit chez cette Barbare, et l'exaltation de ses sentimens alloit souvent jusqu'au désordre.

» Une nuit, je veillois seul dans une salle d'armes, où l'on ne découvroit le ciel que par d'étroites et longues ouvertures pratiquées dans l'épaisseur des pierres. Quelques rayons des étoiles descendant à travers ces ouvertures, faisoient briller les lances et les

aigles rangées en ordre le long des murailles. Je n'avois point allumé de flambeau, et
je me promenois au milieu des ténèbres.

» Tout à coup, à l'une des extrémités de
la galerie, un pâle crépuscule blanchit les
ombres. La clarté augmente par degrés, et
bientôt je vois paroître Velléda. Elle tenoit à la main une de ces lampes romaines qui pendent au bout d'une chaîne
d'or. Ses cheveux blonds, relevés à la grecque sur le sommet de sa tête, étoient ornés
d'une couronne de verveine, plante sacrée
parmi les Druïdes. Elle portoit pour tout vêtement une tunique blanche : fille de roi à
moins de beauté, de noblesse et de grandeur.

» Elle suspendit sa lampe aux courroies
d'un bouclier, et venant à moi, elle me dit :

« Mon père dort; assieds-toi, écoute. »

» Je détachai du mur un trophée de piques
et de javelots, que je couchai par terre, et
nous nous assîmes sur cette pile d'armes, en
face de la lampe.

« Sais-tu, me dit alors la jeune Barbare,
que je suis fée ? »

» Je lui demandai l'explication de ce mot.

« Les fées gauloises, répondit-elle, ont le pouvoir d'exciter les tempêtes, de les conjurer, de se rendre invisibles, de prendre la forme de différens animaux. »

« Je ne reconnois pas ce pouvoir, répondis-je avec gravité. Comment pourriez-vous croire raisonnablement posséder une puissance que vous n'avez jamais exercée ? Ma religion s'offense de ces superstitions. Les orages n'obéissent qu'à Dieu. »

« Je ne te parle pas de ton Dieu, reprit-elle avec impatience. Dis-moi : as-tu entendu la dernière nuit le gémissement d'une fontaine dans les bois, et la plainte de la brise dans l'herbe qui croît sur ta fenêtre ? Eh bien, c'étoit moi qui soupirois dans cette fontaine et dans cette brise ! Je me suis aperçue que tu aimois le murmure des eaux et des vents. »

» J'eus pitié de cette insensée : elle lut ce sentiment sur mon visage.

« Je te fais pitié, me dit-elle. Mais si tu me crois atteinte de folie, ne t'en prends qu'à toi. Pourquoi as-tu sauvé mon père avec tant de bonté ? Pourquoi m'as-tu traitée avec tant de douceur? Je suis vierge, vierge de l'île de Sayne : que je garde ou que je viole mes vœux, j'en mourrai. Tu en seras la cause. Voilà ce que je voulois te dire. Adieu. »

» Elle se leva, prit sa lampe et disparut.

» Jamais, seigneurs, je n'ai éprouvé une douleur pareille. Rien n'est affreux comme le malheur de troubler l'innocence. Je m'é-tois endormi au milieu des dangers, content de trouver en moi la résolution du bien et la volonté de revenir un jour au bercail. Cette tiédeur devoit être punie : j'avois bercé dans mon cœur les passions avec complaisance, il étoit juste que je subisse le châtiment des passions !

» Aussi le ciel m'ôta-t-il dans ce moment tout moyen d'écarter le danger. Clair, le pasteur chrétien, étoit absent ; Ségenax étoit encore trop foible pour sortir du château, et je ne pouvois sans inhumanité séparer la fille du père. Je fus donc obligé de garder l'ennemi au-dedans, et de m'exposer, malgré moi, à ses attaques. En vain je cessai de visiter le vieillard, en vain je me dérobois à la vue de Velléda : je la retrouvois

11 *

partout ; elle m'attendoit des journées entiè-
res dans des lieux où je ne pouvois éviter
de passer , et là elle m'entretenoit de son
amour.

» Je sentois , il est vrai, que Velléda ne
m'inspireroit jamais un attachement véritable :
elle manquoit pour moi de ce charme secret qui fait le destin de notre vie ; mais la
fille de Ségenax étoit jeune , elle étoit belle,
passionnée, et, quand des paroles brûlantes
sortoient de ses lèvres, tous mes sens étoient
bouleversés.

» A quelque distance du château , dans un
de ces bois appelés chastes par les Druïdes,
on voyoit un arbre mort que le fer avoit
dépouillé de son écorce. Cette espèce de
fantôme se faisoit distinguer par sa pâleur
au milieu des noirs enfoncemens de la forêt.
Adoré sous le nom d'Irminsul, il étoit devenu une divinité formidable pour des Barbares qui, dans leurs joies, comme dans
leurs peines, ne savent invoquer que la mort.
Autour de ce simulacre, quelques chênes,
dont les racines avoient été arrosées de sang
humain, portoient suspendues à leurs branches les armes et les enseignes de guerre

des Gaulois ; le vent les agitoit sur les rameaux, et elles rendoient, en s'entre-choquant, des murmures sinistres.

» J'allois souvent visiter ce sanctuaire plein du souvenir de l'antique race des Celtes. Un soir je rêvois dans ce lieu. L'aquilon mugissoit au loin, et arrachoit du tronc des arbres, des touffes de lierre et de mousse. Velléda parut tout à coup.

« Tu me fuis, me dit-elle, tu cherches les endroits les plus déserts pour te dérober à ma présence ; mais c'est en vain : l'orage t'apporte Velléda, comme cette mousse flétrie qui tombe à tes pieds. »

» Elle se plaça debout devant moi, croisa les bras, me regarda fixement et me dit :

« J'ai bien des choses à t'apprendre ; je voudrois causer long-temps avec toi. Je sais que mes plaintes t'importunent ; je sais qu'elles ne te donneront pas de l'amour ; mais, cruel, je m'enivre de mes aveux ; j'aime à me nourrir de ma flamme, à t'en faire connoître toute la violence ! Ah, si tu m'aimois, quelle seroit notre félicité ! Nous trouverions pour nous exprimer un langage digne du ciel ; à présent il y a des mots qui me manquent, parce que ton ame ne répond pas à la mienne. »

» Un coup de vent ébranla la forêt, et une plainte sortit des boucliers d'airain. Velléda effrayée lève la tête, et regardant les trophées suspendus :

« Ce sont les armes de mon père qui gémissent : elles m'annoncent quelque malheur. »

» Après un moment de silence, elle ajouta:

« Il faut pourtant qu'il y ait quelque raison à ton indifférence. Tant d'amour auroît dû t'en inspirer. Cette froideur est trop extraordinaire. »

» Elle s'interrompit de nouveau. Sortant tout à coup comme d'une réflexion profonde, elle s'écria :

« Voilà la raison que je cherchois! Tu ne peux me souffrir, parce que je n'ai rien à t'offrir qui soit digne de toi ! »

» Alors s'approchant de moi comme en délire, et mettant la main sur mon cœur :

« Guerrier, ton cœur reste tranquille sous la main de l'amour; mais peut-être qu'un trône le feroit palpiter? Parle; veux-tu l'Empire? Une Gauloise l'avoit promis à Dioclé-

tien, une Gauloise te le propose ; elle n'étoit
que prophétesse, moi je suis prophétesse et
amante. Je peux tout pour toi. Tu le sais :
nous avons souvent disposé de la pourpre.
J'armerai secrètement nos guerriers. Teutatès
te sera favorable, et par mon art je forcerai
le ciel à seconder tes vœux. Je ferai sortir les
Druïdes de leurs forêts. Je marcherai moi-
même aux combats, portant à la main une
branche de chêne. Et si le sort nous étoit
contraire, il est encore des antres dans les
Gaules, où, nouvelle Eponine, je pourrois
cacher mon époux. Ah, malheureuse Velléda, tu parles d'époux, et tu ne seras jamais
aimée ! »

» La voix de la jeune Barbare expire ; la
main qu'elle tenoit sur mon cœur retombe ;
elle penche la tête, et son ardeur s'éteint
dans des torrens de larmes.

» Cette conversation me remplit d'effroi.
Je commençai à craindre que ma résistance
ne fût inutile. Mon attendrissement étoit extrême quand Velléda cessa de parler, et je
sentis tont le reste du jour la place brûlante
de sa main sur mon cœur. Voulant du moins
faire un dernier effort pour me sauver, je

pris une résolution qui devoit prévenir le mal, et qui ne fit que l'aggraver : car, lorsque Dieu va nous punir, il tourne contre nous notre propre sagesse, et ne nous tient point compte d'une prudence qui vient trop tard.

» Je vous ai dit que je n'avois pu d'abord faire sortir Ségenax du château, à cause de son extrême foiblesse; mais le vieillard reprenant peu à peu ses forces, et le danger croissant pour moi tous les jours, je supposai des lettres de César qui m'ordonnoit de renvoyer les prisonniers. Velléda voulut me parler avant son départ; je refusai de la voir, afin de nous épargner à tous deux une scène douloureuse : sa piété filiale ne lui permit pas d'abandonner son père, et elle le suivit comme je l'avois prévu. Dès le lendemain elle parut aux portes du château; on lui dit que j'étois parti pour un voyage; elle baissa la tête et rentra dans le bois en silence. Elle se présenta ainsi pendant plusieurs jours, et reçut la même réponse. La dernière fois elle resta long-temps appuyée contre un arbre, à regarder les murs de la forteresse. Je la voyois par une fenêtre, et je ne pouvois retenir mes pleurs : elle s'éloigna à pas lents, et ne revint plus.

» Je commençois à retrouver un peu de repos ; j'espérois que Velléda s'étoit enfin guérie de son fatal amour. Fatigué de la prison où je m'étois tenu renfermé, je voulus respirer l'air de la campagne. Je jetai une peau d'ours sur mes épaules, j'armai mon bras de l'épieu d'un chasseur, et sortant du château, j'allai m'asseoir sur une haute colline d'où l'on aperçoit le détroit britannique.

» Comme Ulysse regrettant son Ithaque, ou comme les Troyennes exilées aux champs de la Sicile, je regardois la vaste étendue des flots, et je pleurois. « Né au pied du mont Taygète, me disois-je, le triste murmure de la mer est le premier son qui ait frappé mon oreille, en venant à la vie. A combien de rivages n'ai-je pas vu depuis se briser les mêmes flots que je contemple ici ? Qui m'eût dit, il y a quelques années, que j'entendrois gémir sur les côtes d'Italie, sur les grèves des Bataves, des Bretons, des Gaulois, ces vagues que je voyois se dérouler sur les beaux sables de la Messénie ? Quel sera le terme de mes

pélerinages? Heureux, si la mort m'eût surpris avant d'avoir commencé mes courses sur
la terre, et lorsque je n'avois d'aventures à
conter à personne! »

» Telles étoient mes réflexions, lorsque
j'entendis assez près de moi les sons d'une
voix et d'une guitare. Ces sons entre-coupés
par des silences, par le murmure de la forêt
et de la mer, par le cri du courlis et de l'a-
louette marine, avoient quelque chose d'en-
chanté et de sauvage. Je découvris aussitôt
Velléda assise sur la bruyère. Sa parure annonçoit le désordre de son esprit : elle portoit
un collier de baies d'églantiers, sa guitare
étoit suspendue à son sein par une tresse de
lierre et de fougère flétrie; un voile blanc
jeté sur sa tête descendoit jusqu'à ses pieds.
Dans ce singulier appareil, pâle, et les yeux
fatigués de pleurs, elle étoit encore d'une
beauté frappante. On l'apercevoit derrière
un buisson à demi dépouillé : ainsi le poëte
représente l'ombre de Didon, se montrant à
travers un bois de myrte, comme la lune
nouvelle qui se lève dans un nuage.

» Le mouvement que je fis, en reconnoissant la fille de Ségenax attira ses regards.

A mon aspect une joie troublée éclate sur son visage. Elle me fait un signe mystérieux et me dit :

« Je savois bien que je t'attirerois ici. Rien ne résiste à la force de mes accens. »

» Et elle se met à chanter :

« Hercule, tu descendis dans la verte
» Aquitaine. Pyrène qui donna son nom
» aux montagnes de l'Ibérie, Pyrène, fille
» du roi Bébrycius, épousa le héros grec ;
» car les Grecs ont toujours ravi le cœur
» des femmes. »

» Velléda se lève, s'avance vers moi et me dit :

« Je ne sais quel enchantement m'entraîne sur tes pas ; j'erre autour de ton château, et je suis triste de ne pouvoir y pénétrer. Mais j'ai préparé des charmes ; j'irai chercher le sélago : j'offrirai d'abord une oblation de pain et de vin ; je serai vêtue de blanc, mes pieds seront nus, ma main droite cachée sous ma tunique arrachera la plante, et ma main gauche la dérobera à ma main droite. Alors rien ne pourra me résister. Je me glisserai chez toi sur les rayons de la lune ; je prendrai la forme d'un ramier, et je vo-

lerai sur le haut de la tour que tu habites.
Si je savois ce que tu préfères..... je pourrois.... Mais non, je veux être aimée pour
moi: ce seroit m'être infidèle que de m'aimer
sous une forme empruntée. »

» A ces mots Velléda pousse des cris de
désespoir.

» Bientôt, changeant d'idée et cherchant
à lire dans mes yeux, comme pour pénétrer
mes secrets:

« Oh oui, c'est cela, s'écrie-t-elle, les Romaines auront épuisé ton cœur! Tu les auras
trop aimées! Ont-elles donc tant d'avantages
sur moi? Les cygnes sont moins blancs que
les filles des Gaules; nos yeux ont la couleur et l'éclat du ciel; nos cheveux sont si
beaux que tes Romaines nous les emprun-
tent pour en ombrager leurs têtes, mais
le feuillage n'a de grâce que sur la cime de
l'arbre où il est né. Vois-tu la chevelure que
je porte? Eh bien, si j'avois voulu la céder,
elle seroit maintenant sur le front de l'Impératrice: c'est mon diadème, et je l'ai gardé pour
toi! Ne sais-tu pas que nos pères, nos frères,
nos époux, trouvent en nous quelque chose
de divin? Une voix mensongère t'aura peut-

être raconté que les Gauloises sont capricieuses, légères, infidèles ? Ne crois pas ces discours. Chez les enfans des Druïdes, les passions sont sérieuses, et leurs conséquences terribles. »

» Je pris les mains de cette infortunée, entre les deux miennes. Je les serrai tendrement.

« Velléda, dis-je, si vous m'aimez, il est un moyen de me le prouver : retournez chez votre père ; il a besoin de votre appui. Ne vous abandonnez plus à une douleur qui trouble votre raison, et qui me fera mourir. »

» Je descendis de la colline, et Velléda me suivit. Nous nous avançâmes dans la campagne par des chemins peu fréquentés où croissoit le gazon.

« Si tu m'avois aimée, disoit Velléda, avec quels délices nous aurions parcouru ces champs ! Quel bonheur d'errer avec toi dans ces routes solitaires, comme la brebis dont les flocons de laine sont restés suspendus à ces ronces. »

» Elle s'interrompit, regarda ses bras amaigris, et dit avec un sourire :

« Et moi aussi, j'ai été déchirée par les

épines de ce désert, et j'y laisse chaque jour
quelque partie de ma dépouille. »

» Revenant à ses rêveries :

« Au bord du ruisseau, dit-elle, au pied
de l'arbre, le long de cette haie, de ces sillons où rit la première verdure des blés que
je ne verrai pas mûrir, nous aurions admiré
le coucher du soleil. Souvent, pendant les
tempêtes, cachés dans quelque grange isolée,
ou parmi les ruines d'une cabane, nous eus-
sions entendu gémir le vent sous le chaume
abandonné. Tu croyois peut-être que dans
mes songes de félicité, je désirois des trésors,
des palais, des pompes ? Hélas, mes vœux
étoient plus modestes, et ils n'ont point été
exaucés ! Je n'ai jamais aperçu au coin d'un
bois la hutte roulante d'un berger, sans songer qu'elle me suffiroit avec toi. Plus heureux que ces Scythes dont les Druides m'ont
conté l'histoire, nous promènerions aujour-
d'hui notre cabane de solitude en solitude,
et notre demeure ne tiendroit pas plus à la
terre que notre vie. »

» Nous arrivâmes à l'entrée d'un bois de
pins et de mélèses. La fille de Ségenax s'arrêta, et me dit :

« Mon père habite ce bois ; je ne veux pas que tu entres dans sa demeure : il t'accuse de lui avoir ravi sa fille. Tu peux, sans être trop malheureux, me voir au milieu de mes chagrins, parce que je suis jeune et pleine de force ; mais les larmes d'un vieillard brisent le cœur. Je t'irai chercher au château. »

» En prononçant ces mots, elle me quitta brusquement.

» Cette rencontre imprévue porta le dernier coup à ma raison. Tel est le danger des passions, que, même sans les partager, vous respirez dans leur atmosphère quelque chose d'empoisonné qui vous enivre. Vingt fois, tandis que Velléda m'exprimoit des sentimens si tristes et si tendres, vingt fois je fus prêt à me jeter à ses pieds, à l'étonner de sa victoire, à la ravir par l'aveu de ma défaite. Au moment de succomber, je ne dus mon salut qu'à la pitié même que m'inspiroit cette infortunée. Mais cette pitié qui me sauva d'abord, fut en effet ce qui me perdit ; car elle m'ôta le reste de mes forces. Je ne me sentis plus aucune fermeté contre Velléda ; je m'accusai d'être la cause de l'égarement de son esprit par trop de sévérité. Un si triste essai de courage me dégoûta du courage même ; je retombai dans ma foiblesse accoutumée, et ne comptant plus sur moi, je mis tout mon espoir dans le retour de Clair.

» Quelques jours s'écoulèrent : Velléda ne reparoissant point au château selon sa promesse, je commençai à craindre quelqu'accident fatal. Plein d'inquiétude, je sortois pour me rendre à la demeure de Ségenax, lorsqu'un soldat, accouru du bord de la mer, vint m'avertir que la flotte des Francs reparoissoit à la vue de l'Armorique. Je fus obligé de partir sur-le-champ. Le temps étoit sombre, et tout annonçoit une tempête. Comme les Barbares choisissent presque toujours pour débarquer le moment des orages, je redoublai de vigilance. Je fis mettre partout les soldats sous les armes, et fortifier les lieux les plus exposés. La journée entière se passa dans ces travaux, et la nuit, en faisant éclater la tempête, nous apporta de nouvelles inquiétudes.

» A l'extrémité d'une côte dangereuse, sur une grève où croissent à peine quel-

ques herbes dans un sable stérile, s'élève
une longue suite de pierres druïdiques,
semblables à ce tombeau où j'avois jadis
rencontré Velléda. Battues des vents, des
pluies et des flots, elles sont là solitaires
entre la mer, la terre et le ciel. Leur origine et leur destination sont également inconnues. Monument de la science des
Druïdes, retracent-elles quelques secrets
de l'astronomie, ou quelque mystère de la
divinité? On l'ignore. Mais les Gaulois n'ap-
prochent point de ces pierres sans une profonde terreur. Ils disent qu'on y voit des feux
errans, et qu'on y entend la voix des fantômes.

» La solitude de ce lieu, et la frayeur
qu'il inspire me parurent propres à favoriser
la descente des Barbares. Je crus donc devoir placer une garde sur cette côte, et je
résolus moi-même d'y passer la nuit.

» Un esclave que j'avois envoyé porter
une lettre à Velléda, étoit revenu avec cette
lettre. Il n'avoit point trouvé la Druïdesse:
elle avoit quitté son père vers la troisième
heure du jour, et l'on ne savoit ce qu'elle
étoit devenue. Cette nouvelle ne fit qu'augmenter mes alarmes. Dévoré de chagrins,

je m'étois assis loin des soldats, dans un endroit écarté. Tout à coup j'entends du bruit, et crois entrevoir quelque chose dans l'ombre. Je mets l'épée à la main, je me lève et cours vers le fantôme qui fuyoit. Quelle fut ma surprise, lorsque je saisis Velléda !

« Quoi, me dit-elle à voix basse, c'est toi ! Tu as donc su que j'étois ici ? »

« Non, lui répondis-je ; mais vous, tra-hissez-vous les Romains ? »

« Trahir, repartit-elle indignée ! Ne t'ai-je pas juré de ne rien entreprendre contre toi ? Suis-moi, tu vas voir ce que je fais ici. »

» Elle me prit par la main, et me con-duisit sur la pointe la plus élevée du der-nier rocher druïdique.

» La mer se brisoit au-dessous de nous parmi des écueils avec un bruit horrible. Ses tourbillons, poussés par le vent, s'élan-çoient contre le rocher, et nous couvroient d'écume et d'étincelles de feu. Des nuages voloient dans le ciel sur la face de la lune qui sembloit courir rapidement à travers ce chaos.

« Ecoute bien ce que je vais t'apprendre,

me dit Velléda. Sur cette côte demeurent
des pêcheurs qui te sont inconnus. Lorsque
la moitié de la nuit sera écoulée, ils entendront quelqu'un frapper à leurs portes,
et les appeler à voix basse. Alors ils cour-
ront au rivage, sans connoître le pouvoir
qui les entraîne. Ils y trouveront des bateaux vides; et pourtant ces bateaux seront
si chargés des ames des morts, qu'ils s'é-
lèveront à peine au-dessus des flots. En
moins d'une heure les pêcheurs acheveront
une navigation d'une journée, et condui-
ront les ames à l'île des Bretons. Ils ne
verront personne, ni pendant le trajet, ni
dans le débarquement; mais ils entendront
une voix qui comptera les nouveaux passa-
gers au gardien des ames. S'il se trouve
quelques femmes dans les barques, la voix
déclarera le nom de leurs époux. Tu sais,
cruel, si l'on pourra nommer le mien. »

» Je voulus combattre les superstitions de
Velléda.

« Tais-toi, me dit-elle, comme si j'eusse
été coupable d'impiété. Tu verras bientôt
le tourbillon de feu qui annonce le passage
des ames. N'entends-tu pas déjà leurs cris? »

» Velléda se tut, et prêta une oreille attentive.

» Après quelques momens de silence, elle me dit :

« Quand je ne serai plus, promets-moi de me donner des nouvelles de mon père. Lorsque quelqu'un sera mort, tu m'écriras des lettres que tu jetteras dans le bûcher funèbre ; elles me parviendront au séjour des Souvenirs ; je les lirai avec délices, et nous causerons ainsi des deux côtés du tombeau. »

» Dans ce moment, une vague furieuse vient roulant contre le rocher qu'elle ébranle dans ses fondemens. Un coup de vent déchire les nuages, et la lune laisse tomber un pâle rayon sur la surface des flots. Des bruits sinistres s'élèvent sur le rivage. Le triste oiseau des écueils, le lumb, fait entendre sa plainte semblable au cri de détresse d'un homme qui se noie : la sentinelle effrayée appelle aux armes. Velléda tressaille, étend les bras, s'écrie:

« On m'attend ! »

» Et elle s'élançoit dans les flots. Je la retins par son voile....

» O Cyrille, comment continuer ce récit. Je rougis de honte et de confusion; mais je vous dois l'entier aveu de mes fautes : je les soumets , sans en rien dérober, au saint tribunal de votre vieillesse. Hélas , après mon naufrage , je me réfugie dans votre charité, comme dans un port de miséricorde!

» Epuisé par les combats que j'avois soutenus contre moi-même, je ne pus résister au dernier témoignage de l'amour de Velléda. Tant de beauté , tant de passion , tant de désespoir m'ôtèrent à mon tour la raison : je fus vaincu.

« Non, dis-je au milieu de la nuit et de la tempête; non, je ne suis pas assez fort pour être Chrétien! »

» Je tombe aux pieds de Velléda!..... L'Enfer donne le signal de cet hymen funeste; les Esprits de ténèbres hurlent dans l'abîme; les chastes épouses des Patriarches détournent la tête, et mon Ange protecteur se voilant de ses ailes remonte vers les cieux !

» La fille de Ségenax consentit à vivre, ou plutôt elle n'eut pas la force de mourir. Elle restoit muette dans une sorte de stupeur qui étoit à la fois un supplice affreux et une ineffable volupté. L'amour, le remords, la honte, la crainte, et surtout l'étonnement, agitoient le cœur de Velléda : elle ne pouvoit croire que je fusse ce même Eudore jusque-là si insensible ; elle ne savoit si elle n'étoit point abusée par quelque fantôme de la nuit, et elle me touchoit les mains et les cheveux pour s'assurer de la réalité de mon existence. Mon bonheur à moi ressembloit au désespoir, et quiconque nous eût vus au milieu de notre félicité, nous eût pris pour deux coupables à qui l'on vient de prononcer l'arrêt fatal.

» Dans ce moment, je me sentis marqué du sceau de la réprobation divine : je doutai de la possibilité de mon salut, et de la toute-puissance de la miséricorde de Dieu. D'épaisses ténèbres, comme une fumée, s'élevèrent dans mon ame, dont il me sembla qu'une légion d'Esprits rebelles prenoit tout à coup possession. Je me trouvai des idées inconnues, le langage de l'Enfer s'échappa naturellement de ma bouche, et je fis entendre les blasphèmes de ces lieux où il y aura des gémissemens et des pleurs éternels.

» Pleurant et souriant tour à tour, la

plus heureuse , et la plus infortunée des
créatures, Velléda, gardoit le silence. L'aube
commençoit à blanchir les cieux. L'ennemi
ne parut point. Je retournai au château,
ma victime m'y suivit. Deux fois l'étoile
qui marque les derniers pas du jour cacha
notre rougeur dans les ombres, et deux fois
l'étoile qui rapporte la lumière nous ramena
la honte et le remords. A la troisième aurore ,
Velléda monta sur mon char pour aller
chercher Ségenax. Elle avoit à peine disparu dans le bois de chênes, que je vis
s'élever au-dessus des forêts une colonne de
feu et de fumée. A l'instant où je découvrois
ces signaux, un centurion vint m'apprendre
qu'on entendoit retentir de village en village
le cri que poussent les Gaulois quand ils veulent se communiquer une nouvelle. Je crus
que les Francs avoient attaqué quelque partie
du rivage , et je me hâtai de sortir avec
mes soldats.

» Bientôt j'aperçois des paysans qui cou-
rent de toutes parts. Ils se réunissent à une
grande troupe qui s'avance vers moi.

» Je marche à la tête des Romains vers
les bataillons rustiques. Arrivé à la portée

du javelot, j'arrête mes soldats, et m'avançant seul, la tête nue, entre les deux armées :

« Gaulois, quel sujet vous rassemble? Les
Francs sont-ils descendus dans les Armori-
ques? Venez-vous m'offrir votre secours, ou
vous présentez-vous ici comme ennemis de
César ? »

» Un vieillard sort des rangs. Ses épaules
trembloient sous le poids de sa cuirasse, et
son bras étoit chargé d'un fer inutile. O surprise ! Je crois reconnoître une de ces ar-
mures que j'avois vues suspendues au bois
des Druïdes. O confusion ! O douleur ! Ce
vénérable guerrier étoit Ségenax !

« Gaulois, s'écrie-t-il, j'en atteste ces armes
de ma jeunesse, que j'ai reprises au tronc
d'Irminsul où je les avois consacrées, voilà
celui qui a déshonoré mes cheveux blancs.
Un Eubage avoit suivi ma fille, dont la
raison est égarée : il a vu dans l'ombre le
crime du Romain. La vierge de Sayne, a été
outragée. Vengez vos filles et vos épouses;
vengez les Gaulois et vos dieux. »

« Il dit, et me lance un javelot d'une main
impuissante. Le dard, sans force, vient tomber à mes pieds; je l'aurois béni s'il m'eût

percé le cœur. Les Gaulois, poussant un cri, se précipitent sur moi; mes soldats s'avancent pour me secourir. En vain je veux arrêter les combattans. Ce n'est plus un tumulte passager; c'est un véritable combat, dont les clameurs s'élèvent jusqu'au ciel. On eût cru que les divinités des Druides étoient sorties de leurs forêts, et que du faîte de quelque bergerie, elles animoient les Gaulois au carnage, tant ces laboureurs montroient d'audace ! Indifférent sur les coups qui menacent ma tête, je ne songe qu'à sauver Ségenax; mais tandis que je l'arrache aux mains des soldats, et que je cherche à lui faire un abri du tronc d'un chêne, une javeline lancée du milieu de la foule vient, avec un affreux sifflement, s'enfoncer dans les entrailles du vieillard : il tombe sous l'arbre de ses aïeux, comme l'antique Priam sous le laurier qui embrassoit ses autels domestiques.

» Dans ce moment, un char paroît à l'extrémité de la plaine. Penchée sur les coursiers, une femme échevelée excite leur ardeur, et semble vouloir leur donner des ailes. Velléda n'avoit point trouvé son père. Elle avoit appris qu'il assembloit les

Gaulois pour venger l'honneur de sa fille. La
Druïdesse voit qu'elle est trahie, et connoît
toute l'étendue de sa faute. Elle vole sur les
traces du vieillard, arrive dans la plaine où
se donnoit le combat fatal, pousse ses chevaux à travers les rangs, et me découvre gémissant sur son père étendu mort à mes pieds.
Transportée de douleur, Velléda arrête ses
coursiers, et s'écrie du haut de son char :

« Gaulois, suspendez vos coups. C'est moi
qui ai causé vos maux, c'est moi qui ai
tué mon père. Cessez d'exposer vos jours
pour une fille criminelle. Le Romain est
innocent. La vierge de Sayne n'a point été
outragée : elle s'est livrée elle-même, elle
a violé volontairement ses vœux. Puisse ma
mort rendre la paix à ma patrie ! »

» Alors, arrachant de son front sa couronne de verveine, et prenant à sa ceinture sa faucille d'or, comme si elle alloit
faire un sacrifice à ses dieux :

« Je ne souillerai plus, dit-elle, ces ornemens d'une vestale ! »

» Aussitôt elle porte à sa gorge l'instrument sacré : le sang jaillit. Comme une moissonneuse qui a fini son ouvrage, et qui s'en-

dort fatiguée au bout du sillon, Velléda s'affaisse sur le char; la faucille d'or échappe à sa main défaillante, et sa tête se penche doucement sur son épaule. Elle veut prononcer encore le nom de celui qu'elle aime, mais sa bouche ne fait entendre qu'un murmure confus: déjà je n'étois plus que dans les songes de la fille des Gaules, et un invincible sommeil avoit fermé ses yeux.

FIN DU LIVRE DIXIÈME.

REMARQUES

SUR LE DIXIÈME LIVRE.

—

Les remarques générales que je pourrois faire sur ce livre, se trouvent dans l'Examen à la tête de l'ouvrage; je renvoie donc le lecteur à cet Examen.

PREMIÈRE REMARQUE.

(Pag. 160. L'ordre savant des prêtres gaulois.)

Consultez pour la science, les mœurs, le gouvernement des Druïdes, les notes LIIIe, LIVe et LIX$^•$ du livre précédent.

IIe.

(Pag. 160. L'orgueil dominoit chez cette Barbare.)

Ce caractère d'orgueil est attribué aux Gaulois par toute l'antiquité. Selon Diodore, ils aimoient les choses exagérées, l'enflure et l'obscurité du langage; et l'hyperbole dominoit dans leurs discours. Cette exaltation de sentiment dans Velléda prépare le lecteur à ce qui va suivre, et rend moins extraordinaires les propos, les mœurs et la conduite de cette femme infortunée.

IIIe.

(Pag. 162. Les fées gauloises.)

Voyez la note LXe du livre précédent ; le passage de Pomponius-Mela est formel : il dit que les vierges ou fées de l'île de Sayne s'attribuoient tous les pouvoirs dont Velléda parle ici. On peut, si l'on veut, consulter encore un passage de Saint-Foix, tome I, IIe partie des *Essais sur Paris*.

IVe.

(Pag. 162. Le gémissement d'une fontaine.)

Les Gaulois tiroient des présages du murmure des eaux, et du bruit du vent dans le feuillage. CÉSAR, liv. Ier.

V^e.

(Pag. 164. Je sentois, il est vrai, que Velléda ne m'inspireroit jamais un attachement, etc.)

C'est ce qui fait qu'Eudore peut éprouver un véritable amour pour Cymodocée.

VIe.

(Pag. 164. Ces bois appelés chastes.)

Nemus castum. TACIT., *de Mor. German.*

VIIe.

(Pag. 164. On voyoit un arbre mort.)

« Ils adoroient, dit Adam de Brême, un tronc d'arbre extrêmement haut, qu'ils appeloient Irminsul. » C'étoit l'idôle des Saxons que Charlemagne fit abattre (ADAM. BREM., *Histor. Eccles. Germ.*, libr. III). Je transporte l'Irminsul des Saxons dans la Gaule ; mais on sait que les Gaulois rendoient un

culte aux arbres qu'ils honoroient, tantôt comme
Teutatès, tantôt comme dieu de la guerre; et c'est
ce que signifie Irmin ou Hermsul.

VIII*.

(Pag. 164. Autour de ce simulacre.)

Lucus erat, longo nunquam violatus ab ævo
Obscurum cingens conflexis aëra ramis,
Et gelidas alte submotis solibus umbras.
Hunc non ruricolæ Panes, nemoramque potentes
Silvani, Nymphæque tenent, sed barbara ritu
Sacra Deûm; structæ sacris feralibus aræ;
Omnis et humanis lustrata cruoribus arbor.
Si qua fidem meruit Superos mirata vetustas,
Illis et volucres metuunt insistere ramis,
Et lustris recubare feræ: nec ventus in illas
Incubuit silvas, excussaque nubibus atris
Fulgura: non ullis frondem præbentibus auris
Arboribus suus horror inest. Tum plurima nigris
Fontibus unda cadit, simulacra mæsta Deorum
Arte carent, cæsisque exstant informia truncis.
Ipse situs, putrique facit jam robore pallor
Adtonitos: non vulgatis sacrata figuris
Numina sic metuunt: tantùm terroribus addit
Quos timeant non nosse Deos.

LUCAN. Ph. libr. III, v. 399 et seqq.

Ut procul Hercynia per vasta silentia silvæ
Venari tuto liceat, lucosque vetustâ
Religione truces, et robora, numinis instar
Barbarici, nostræ feriant impunè bipennes.

CLAUDIAN. De laud. Stilicon.

Quant aux armes suspendues aux branches des
forêts, Arminius excitant les Germains à la guerre,
leur dit qu'ils ont suspendu dans leurs bois les armes
des Romains vaincus, *cerni adhuc Germanorum
in lucis signa romana, quæ diis patriis suspen-
derant* (TACIT., *Ann.* lib. I). Jornandès raconte la
même chose d'un usage des Goths.

IXe.

(Pag. 166. Une Gauloise l'avoit promis à Dioclétien.)

Dioclétien n'étant que simple officier, rencontra dans les Gaules une femme-fée : elle lui prédit qu'il parviendroit à l'empire lorsqu'il auroit tué *Aper ; aper,* en latin, signifie un sanglier. Dioclétien fit la chasse aux sangliers sans succès ; enfin, Aper, préfet du prétoire, ayant empoisonné l'empereur Numérien, Dioclétien tua lui-même Aper d'un coup d'épée, et devint le successeur de Numérien.

X^e.

(Pag. 167. Nous avons souvent disposé de la pourpre.)

Claude, Vitellius, etc., furent proclamés empereurs dans la Gaule. Vindex leva le premier l'étendard de la révolte contre Néron. Les Romains disoient que leurs guerres civiles commençoient toujours dans les Gaules.

XIe.

(Pag. 167. Nouvelle Eponine.)

Il est inutile de s'étendre sur cette histoire, que tout le monde connoît : Sabinus ayant pris le titre de César, fut défait par Vespasien ; il se cacha dans un tombeau, où il resta neuf ans enseveli avec sa femme Eponine.

XIIe.

(Pag. 170. Guitare.)

Les Bardes ne connoissoient point la lyre, encore moins la harpe, comme les prétendus Bardes de Macpherson. Toutes ces choses sont des mœurs fausses, qui ne servent qu'à brouiller les idées. Dio-

dore de Sicile (livre V) parle de l'instrument de
musique des Bardes, et il en fait une espèce de
cythara ou de guitare.

XIIIe.

(Pag. 170. L'ombre de Didon.)

. . . . . *Qualem primo qui surgere mense,*
Aut videt aut vidisse putat per nubila lunam.

XIVe.

(Pag. 171. Hercule, tu descendis dans la verte Aquitaine.)

Cette fable du voyage d'Hercule dans les Gaules,
et du mariage de ce héros avec la fille d'un roi
d'Aquitaine, est racontée par Diodore de Sicile
(livre V). Il ne donne point les noms du roi et de
la princesse; mais on les trouve dans d'autres
auteurs.

XVe.

(Pag. 171. Le sélago.)

Le lecteur apprend dans le texte tout ce qu'il
peut savoir sur cette plante mystérieuse des Gaulois. L'autorité est Pline (*Hist.* libr. XXIV, cap. XI).

XVIe.

(Pag. 171. Je prendrai la forme d'un ramier.)

On a déjà vu que les Druïdesses de l'île de Sayne
s'attribuoient le pouvoir de changer de forme. Voyez
la note IIIe de ce livre, et la note LXe du livre
précédent.

XVIIᵉ.

(Pag. 172. Les cygnes sont moins blancs, etc.)

Un passage d'Amien-Marcellin, cité dans la note
Lᵉ du livre précédent, nous apprend que les Gauloises avoient les bras blancs comme la neige. Diodore, comme nous l'avons encore vu dans la même
note, ajoute qu'elles étoient belles ; mais que, malgré leur beauté, les hommes ne leur étoient pas
fidèles. Strabon (livre **IV**) remarque qu'elles étoient
heureuses en accouchant, et en nourrissant leurs
enfans : *Pariendo educandoque fetus felices.*

XVIIIᵉ.

(Pag. 172. Nos yeux ont la couleur et l'éclat du ciel.)

Les yeux des Gauloises étoient certainement bleus,
mais toute l'antiquité donne aux Gaulois un regard
farouche, et nous avons vu qu'Ammien-Marcellin
l'attribue pareillement aux femmes. Velléda embellit donc le portrait, c'est dans la nature ; elle sait
qu'elle n'est pas aimée.

XIXᵉ.

(Pag. 172. Nos cheveux sont si beaux que tes Romaines nous les empruntent.)

C'est Martial qui le dit (liv. **VIII**, 33 ; liv. **XIV**,
26). Tertulien (*de Cultu femin.*, cap. **VI**) et saint
Jérôme (*Hieronym. epist.* **VII**) se sont élevés contre ce caprice des dames romaines. Selon Juvénal
(*Sat.* **VI**.) ce furent les courtisanes qui introdui-
sirent cette mode en Italie.

XXᵉ.

(Pag. 172. Quelque chose de divin.)

Velléda s'embellit encore ; elle attribue aux Gau-

loises ce que Tacite dit des femmes Germaines :
Inesse quinetiam sanctum aliquid et providum pu-
tant. TACIT. , *de Mor. Germ.*

XXIe.

(Pag. 176. La flotte des Francs.)

Cette petite circonstance de la flotte des Francs
est depuis long-temps préparée. Voyez le livre précédent, et la note LXe du même livre.

XXIIe.

(Pag. 176. Les Barbares choisissent presque toujours pour débarquer le moment des
orages.)

Voyez la note IVe du livre VI.

XXIIIe.

(Pag. 177. Une longue suite de pierres
druïdiques, etc. ; jusqu'à l'alinéa.)

C'est le monument de Carnac en Bretagne , auprès de Quiberon. Il est exactement décrit dans le
texte. Je n'ai plus rien à ajouter ici.

XXIVe.

(Pag. 179. Sur cette côte demeurent des
pêcheurs qui te sont inconnus, etc. ; jusqu'à
la fin de l'alinéa.)

Cette histoire du passage des ames dans l'île des
Bretons est tirée de Procope (*Hist. Goth.* lib. VI ,
cap. 20). Comme elle est très-exacte dans le texte ,
je n'ai rien à ajouter dans la note. Plutarque (*de
Oracul. defect.*) avoit raconté à peu près la même
histoire avant Procope.

13 *

XXVe.

(Pag. 179. Le tourbillon de feu.)

Cette circonstance des tourbillons se trouve dans les deux auteurs cités à la note précédente.

XXVIe.

(Pag. 180. Tu m'écriras des lettres que tu jetteras dans le bucher funèbre.)

« Lorsque les Gaulois brûlent leurs morts, dit » Diodore (traduct. de Terrass.), ils adressent à leurs » amis et à leurs parens défunts des lettres qu'ils » jettent dans le bûcher, comme s'ils devoient les » recevoir et les lire. »

XXVIIe.

(Pag. 181. Je tombe aux pieds de Velléda.)

Ceci remplace deux lignes trop hardies des premières éditions. L'expression est adoucie, le morceau n'y perd rien ; il devient seulement plus chaste, et d'un meilleur goût.

XXVIIIe.

(Pag. 181. L'Enfer donne le signal de cet hymen funeste, etc.)

J'ai transporté ici dans une autre religion, les fameux vers du IVe livre de l'Enéide :

. . . . . . Prima et Tellus et pronuba Juno
Dant signum : fulsére ignes , et conscius æther
Connubiis, summoque ululárunt vertice Nymphæ.

XXIXe.

(Pag. 182. Le langage de l'Enfer s'échappa naturellement de ma bouche.)

Il y a ici tout un paragraphe de supprimé. Rien dans cet épisode ne peut plus choquer le lecteur, à moins qu'il ne soit plus permis de traiter les passions dans une épopée. Si les longs combats d'Eudore, si l'exécration avec laquelle il parle de sa faute, si le repentir le plus sincère ne l'excusent pas, je n'ai nulle connoissance de l'art et du cœur humain.

XXXe.

(Pag. 183. Le cri que poussent les Gaulois quand ils veulent se communiquer une nouvelle.)

Ubi major atque illustrior incidit res, clamore per agros regionesque significant : hunc alii deinceps excipiunt et proximis tradunt. CÆS., *in* Comment., libr. VII.

XXXIe.

(Pag. 185. Et que du faîte de quelque bergerie.)

Ardua tecta petit stabuli, et de culmine summo
Pastorale canit signum, cornuque recurvo
Tartaream intendit vocem, etc.

ÆN. VII.

XXXIIe.

(Pag. 186. Comme une moissonneuse.)

Jusqu'ici on avoit comparé le jeune homme mourant à l'herbe, à la fleur coupée, *succisus aratro*, j'ai transporté les termes de la comparaison, et j'ai comparé Velléda à la moissonneuse elle-même. La circonstance de la faucille d'or m'a conduit naturellement à l'image : un poëte habile pourra peut-être profiter de cette idée, et arranger tout cela un jour avec plus de grâce que moi.

Ici se terminent les *chants* pour la patrie. J'ai peint notre double origine ; j'ai cherché nos coutumes et nos mœurs dans leur berceau, et j'ai montré la Religion naissante chez les fils aînés de l'Eglise. En réunissant ces six livres et les notes de ces livres, on a sous les yeux un corps complet de documens authentiques touchant l'histoire des Francs et des Gaulois. C'est chez les Francs qu'Eudore est témoin d'un des plus grands miracles de la charité évangélique, c'est dans la Gaule qu'il tombe, et c'est un prêtre chrétien de cette même Gaule qui le rappelle à la vraie Religion. Eudore porte nécessairement dans les cachots les souvenirs de ces contrées demi-sauvages, auxquels il doit pour ainsi dire, et ses vertus et son triomphe. Ainsi, nous autres Français, nous participons à sa gloire, et du moins sous un rapport, le héros des Martyrs, quoiqu'étranger, se trouve rattaché à notre sol. Ces considérations, peut-être touchantes, n'auroient point échappé à la critique, si on n'avoit voulu aveuglément condamner mon ouvrage, en affectant de méconnoître un grand travail, et un sujet intéressant, même pour la patrie.

FIN DES REMARQUES DU LIVRE DIXIÈME.

SOMMAIRE DU LIVRE ONZIÈME.

SUITE du récit. Repentir d'Eudore. Sa pénitence publique. Il quitte l'armée. Il passe en Egypte pour demander sa retraite à Dioclétien. Navigation. Alexandrie. Le Nil. L'Egypte. Eudore obtient sa retraite de Dioclétien. La Thébaïde. Retour d'Eudore chez son père. Fin du récit.

LIVRE XI.

——

« Pardonnez, seigneurs, aux larmes qui coulent encore de mes yeux ! Je ne vous dirai point que les centurions m'avoient retenu au milieu d'eux, tandis que Velléda s'arrachoit la vie. Trop juste châtiment du ciel : je ne devois plus revoir celle que j'avois séduite, que pour l'ensevelir dans la tombe !

» La grande époque de ma vie, ô Cyrille, doit être comptée de ce moment, puisque c'est l'époque de mon retour à la religion. Jusques alors les fautes qui m'avoient été personnelles, et qui n'étoient retombées que sur moi, m'avoient peu frappé ; mais quand je me trouvai la cause du malheur d'autrui, mon cœur se révolta contre moi. Je ne balançai plus ; Clair arriva : je tombai à ses genoux ; je lui fis la confession des iniquités de ma vie. Il m'embrassa avec des transports de joie, et m'imposa une partie de cette pénitence, non assez rigoureuse, dont vous voyez la suite aujourd'hui.

» Les fièvres de l'ame sont semblables à celles du corps : pour les guérir il faut surtout changer de lieux. Je résolus de quitter l'Armorique, de renoncer au monde, et d'aller pleurer mes erreurs sous le toit de mes pères. Je renvoyai à Constance les marques de mon pouvoir, en le priant de me permettre d'abandonner le siècle et les armes. César essaya de me retenir par toutes sortes de moyens : il me nomma préfet du prétoire des Gaules, dignité suprême dont l'autorité s'étend sur l'Espagne et sur les îles des Bretons. Mais Constance s'apercevant que j'étois ferme dans mes projets, m'écrivit ces mots pleins de sa douceur accoutumée :

« Je ne puis vous accorder moi-même la » grâce que vous me demandez, parce que » vous appartenez au peuple romain. L'Em-» pereur seul a le droit de prononcer sur votre » sort. Rendez-vous donc auprès de lui. Solli-» citez votre retraite ; et si Auguste vous re-» fuse, revenez trouver César. »

» Je remis le commandement de l'Armorique au tribun qui me devoit remplacer ;
j'embrassai Clair, et plein d'attendrissement
et de remords, j'abandonnai les bois et les
bruyères qu'avoit habités Velléda. Je m'embarquai au port de Nismes; j'arrivai à Ostie,
et je revis cette Rome , théâtre de mes premières erreurs. En vain quelques jeunes amis
voulurent me rappeler à leurs fêtes, ma tristesse corrompoit la joie du banquet; en affectant de sourire , je tenois long-temps la
coupe à mes lèvres, pour cacher les pleurs
qui tomboient de mes yeux. Prosterné devant le chef des Chrétiens, qui m'avoit retranché de la communion des Fidèles, je
le suppliai de me réunir au troupeau. Marcellin m'admit au repentir ; il me fit même
espérer que mon épreuve seroit abrégée ,
et que la maison du Seigneur me seroit rouverte après cinq ans, si je persévérois dans
la pénitence.

   » Il ne me restoit plus qu'à porter mes prières aux pieds de Dioclétien : il étoit encore
en Égypte. Je ne voulus point attendre son retour , et je me déterminai à passer en Orient.

   » Il y avoit au Môle de Marc-Aurèle un

de ces vaisseaux chrétiens que les évêques
d'Alexandrie envoient, dans les temps de
disette, porter du blé destiné au soulage-
ment des pauvres. Ce vaisseau étoit prêt à
faire voile pour l'Egypte : je m'y embarquai.
La saison étoit favorable. Nous levâmes l'ancre, et nous nous éloignâmes rapidement des
côtes de l'Italie.

» Hélas ; j'avois déjà traversé cette mer, en
sortant pour la première fois de mon Arcadie !
J'étois jeune alors, plein d'espérance, je rêvois gloire, fortune, honneurs ; je ne connoissois le monde que par les songes de mon imagination. « Aujourd'hui, me disois-je, quelle
différence ! Je reviens de ce monde, et qu'ai-
je appris dans ce triste pélerinage ? »

» L'équipage étoit chrétien : les devoirs de
notre religion accomplis sur le vaisseau sembloient augmenter la majesté de la scène. Si
tous ces hommes revenus à la raison ne
voyoient plus Vénus sortir d'une mer brillante, et s'envoler au ciel sur l'aile des
Heures, ils admiroient la main de celui qui
creusa l'abîme, et qui répandit à volonté la
terreur ou la beauté sur les flots. Avions-
nous besoin des fables d'Alcyon et de Céyx

pour trouver des rapports attendrissans entre les oiseaux qui passent sur les mers et nos destinées ? En voyant se suspendre à nos mâts des hirondelles fatiguées, nous étions tentés de les interroger touchant notre patrie. Elles avoient peut-être voltigé autour de notre demeure, et suspendu leurs nids à notre toit. Reconnoissez ici, Démodocus, cette simplicité des Chrétiens qui les rend semblables à des enfans. Un cœur couronné d'innocence vaut mieux pour le marinier qu'une poupe ornée de fleurs ; et les sentimens que répand une ame pure sont plus agréables au Souverain des mers que le vin qui coule d'une coupe d'or.

» La nuit, au lieu d'adresser aux astres des invocations coupables et vaines, nous regardions en silence ce firmament où les étoiles se plaisent à luire pour le Dieu qui les a créées, ce beau ciel, ces demeures paisibles, que j'avois pour toujours fermés à Velléda !

» Nous passâmes non loin d'Utique et de Carthage : Marius et Caton ne me rappelèrent dans le crime et dans la vertu qu'un peu de gloire et beaucoup de malheur. J'aurois voulu embrasser Augustin sur ces bords.

A la vue de la colline où fut le palais de Didon, je fondis tout à coup en larmes. Une colonne de fumée qui s'élevoit du rivage sembla m'annoncer, ainsi qu'au fils d'Anchise, l'embrasement du bûcher funèbre. Dans le destin de la reine de Carthage je retrouvai celui de la prêtresse des Gaulois. Cachant ma tête dans mes deux mains, je me mis à pousser des sanglots. Je fuyois aussi sur les mers après avoir causé la mort d'une femme, et pourtant, homme sans gloire et sans avenir, je n'étois pas comme Enée le dernier héritier d'Ilion et d'Hector; je n'avois pas comme lui pour excuse, l'ordre du ciel et les destinées de l'Empire romain.

» Nous franchîmes le promontoire de Mercure, et le cap où Scipion, saluant la fortune de Rome, voulut aborder avec son armée. Poussés par les vents vers la petite Syrte, nous vîmes la tour qui servit de retraite au grand Annibal lorsqu'il s'embarqua furtivement pour échapper à l'ingratitude de sa patrie : à quelque terre que l'on aborde, on est sûr d'y rencontrer les traces de l'injustice et du malheur. C'est ainsi qu'au rivage opposé de la Sicile, je croyois

voir ces victimes de Verrès, qui du haut
de l'instrument de leur supplice, tournoient
inutilement vers Rome leurs regards mourans. Ah, le Chrétien sur sa croix n'implorera
point en vain sa patrie !

» Déjà nous avions laissé à notre droite
l'île délicieuse des Lotophages, les autels
des Philènes, et Leptis, patrie de Sévère. Nous ne tardâmes pas à traverser
le golfe de Cyrène. La treizième aurore
embellissoit les cieux, lorsque nous vîmes
se former à l'horizon, le long des flots,
une rive basse et désolée. Par de-là une
vaste plaine de sable, une haute colonne
attira bientôt nos regards. Les marins recon-
nurent la colonne de Pompée, consacrée
aujourd'hui à Dioclétien, par Polion,
préfet d'Egypte. Nous nous dirigeâmes sur
ce monument qui annonce si bien aux voyageurs cette cité, fille d'Alexandre, bâtie par
le vainqueur d'Arbelle pour être le tombeau
du vaincu de Pharsale. Nous vînmes jeter
l'ancre à l'occident du phare, dans le grand
port d'Alexandrie. Pierre (1), évêque de

(1) Le martyr. Il nous reste une lettre apostolique
de lui.

cette ville fameuse, m'accueillit avec une bonté paternelle. Il m'offrit un asile dans les bâtimens des serviteurs de l'autel; mais des liens de parenté me firent choisir la maison de la belle et pieuse Aecaterine (1).

» Avant de rejoindre Dioclétien dans la Haute-Egypte, je passai quelques jours à Alexandrie, pour en visiter les merveilles. La bibliothèque excita surtout mon admiration. Elle étoit gouvernée par le savant Didyme, digne successeur d'Aristarque. Là, je rencontrai des philosophes de tous les pays, et les hommes les plus illustres des églises de l'Afrique et de l'Asie : Arnobe (2) de Carthage, Athanase (3) d'Alexandrie, Eusèbe (4) de Césarée, Timothée, Pamphile (5), tous apologistes, docteurs, ou confesseurs de Jésus-Christ. Le foible séducteur de Velléda osoit à peine lever les yeux dans la société de ces hommes forts qui avoient vaincu et détrôné les passions, comme

---

(1) Aecaterine, qui résista à l'amour de Maximin.
(2) L'apologiste, dont nous avons les ouvrages.
(3) Le patriarche.
(4) L'historien.
(5) Le martyr, maître d'Eusèbe.

ces conquérans envoyés du ciel pour frapper les princes de la verge, et mettre le pied sur le cou des rois.

» Un soir, j'étois resté presque seul dans le dépôt des remèdes et des poisons de l'ame. Du haut d'une galerie de marbre je regardois Alexandrie éclairée des derniers rayons du jour. Je contemplois cette ville habitée par un million d'hommes, et située entre trois déserts : la mer, les sables de la Libye, et Nécropolis, cité des morts aussi grande que celle des vivans. Mes yeux erroient sur tant de monumens, le Phare, le Timonium, l'Hippodrome, le palais des Ptolémées, les Aiguilles de Cléopâtre ; je considérois ces deux ports couverts de navires, ces flots, témoins de la magnanimité du premier des Césars, et de la douleur de Cornélie. La forme même de la cité frappoit mes regards : elle se dessine comme une cuirasse macédonienne sur les sables de la Libye ; soit pour rappeler le souvenir de son fondateur, soit pour dire aux voyageurs que les armes du héros grec étoient fécondes, et que la pique d'Alexandre faisoit éclore des cités au désert, comme la lance

de Minerve fit sortir l'olivier fleuri du sein
de la terre.

» Pardonnez , seigneurs , à cette image empruntée d'une source impure. Plein d'admiration pour Alexandre , je rentrai dans l'intérieur de la bibliothèque ; je découvris
une salle que je n'avois point encore par-
courue. A l'extrémité de cette salle, je vis
un petit monument de verre qui réfléchis-
soit les feux du soleil couchant. Je m'en
approchai ; c'étoit un cercueil : le cristal
transparent me laissa voir au fond de ce
cercueil un roi mort à la fleur de l'âge, le
front ceint d'une couronne d'or, et environné
de toutes les marques de la puissance. Ses
traits immobiles conservoient encore des traces de la grandeur de l'ame qui les anima;
il sembloit dormir du sommeil de ces vaillans qui sont tombés morts, et qui ont mis
leurs épées sous leur tête.

» Un homme étoit assis près du cercueil:
il paroissoit profondément occupé d'une
lecture. Je jetai les yeux sur son livre : je
reconnus la Bible des Septante qu'on m'avoit
déjà montrée. Il la tenoit déroulée à ce
verset des Machabées :

« Lorsque Alexandre eut vaincu Darius
» il passa jusqu'à l'extrémité du monde, et la
» terre se tut devant lui. Après cela il connut
» qu'il devoit bientôt mourir. Les grands de sa
» cour prirent tous le diadème après sa mort :
» et les maux se multiplièrent sur la terre. »

» Dans ce moment je reportai mes regards sur le cercueil : le fantôme qu'il ren-
fermoit me parut avoir quelque ressemblance
avec les bustes d'Alexandre. . . . . . Celui
devant qui la terre se taisoit, réduit à un
éternel silence ! Un obscur Chrétien assis près
du cercueil du plus fameux des conquérans,
et lisant dans la Bible l'histoire et les destinées de ce conquérant ! Quel vaste sujet de
réflexions ! « Ah, si l'homme, quelque grand
qu'il soit, est si peu de chose, qu'est-ce donc
que ses œuvres , disois-je en moi-même ?
Cette superbe Alexandrie périra à son tour
comme son fondateur. Un jour, dévorée par
les trois déserts qui la pressent, la mer, les
sables et la mort la reprendront comme un
bien envahi sur eux, et l'Arabe reviendra
planter sa tente sur ses ruines ensevelies ! »
» Le lendemain de cette journée je m'em-

14 *

barquai pour Memphis. Nous nous trouvâmes
bientôt au milieu de la mer, dans les eaux
rougissantes du Nil. Quelques palmiers qui
sembloient plantés dans les flots, nous annon-
cèrent ensuite une terre que l'on ne voyoit
point encore. Le sol qui les portoit s'éleva
peu à peu au-dessus de l'horizon. On dé-
couvrit par degrés les sommets confus des
édifices de Canope ; et l'Egypte enfin, toute
brillante d'une inondation nouvelle, se montre à nos yeux, comme une génisse féconde
qui vient de se baigner dans les flots du Nil.

» Nous entrâmes à pleines voiles dans le
fleuve. Les mariniers le saluèrent de leurs
cris, et portèrent à leur bouche son onde
sacrée. Un paysage à fleur d'eau s'étendoit
sur l'une et l'autre rive. Ce fertile marais
étoit à peine ombragé pas des sycomores
chargés de figues, et par des palmiers qui
semblent être les roseaux du Nil. Quelquefois le désert, comme un ennemi, se glisse
dans la verte plaine ; il pousse ses sables en
longs serpens d'or, et dessine au sein de la
fécondité des Méandres stériles. Les hommes
ont multiplié sur cette terre l'obélisque, la
colonne et la pyramide ; sorte d'architec-

ture isolée, qui remplace par l'art les troncs
des vieux chênes, que la nature a refusés à
un sol rajeuni tous les ans.

» Cependant nous commencions à découvrir à notre droite les premières sinuosités
de la montagne de Libye, et à notre gauche
la crète des monts de la mer Erythrée.
Bientôt dans l'espace vide que laissoit l'écar-
tement de ces deux chaînes de montagnes,
nous vîmes paroître le sommet des deux
grandes pyramides. Placées à l'entrée de la
vallée du Nil, elles ressemblent aux portes
funèbres de l'Egypte, ou plutôt à quelque
monument triomphal élevé à la Mort pour
ses victoires : Pharaon est là avec tout son
peuple, et ses sépulcres sont autour de lui.

» Non loin et comme à l'ombre de ces demeures du néant, Memphis s'élève entourée
de cercueils. Baignée par le lac Achéruse
où Charon passoit les morts, voisine de la
plaine des tombeaux, elle semble n'avoir
qu'un pas à franchir pour descendre aux enfers avec ses générations. Je ne m'arrêtai
pas long-temps dans cette ville déchue de
sa première grandeur. Cherchant toujours
Dioclétien, je remontai jusque dans la haute

Egypte. Je visitai Thèbes aux cent portes,
Tentyra aux ruines magnifiques, et quelques-
unes des quatre mille cités que le Nil arrose
dans son cours.

» Ce fut en vain que je cherchai cette sage
et sérieuse Egypte, qui donna Cécrops et
Inachus à la Grèce, qui fut visitée par Homère, Lycurgue et Pythagore, et par Jacob,
Joseph et Moïse, cette Egypte où le peuple
jugeoit ses rois après leur mort, où l'on empruntoit en livrant pour gage le corps d'un
père, où le père qui avoit tué son fils étoit
obligé de tenir pendant trois jours le corps
de ce fils embrassé, où l'on promenoit un
cercueil autour de la table du festin, où les
maisons s'appeloient des hôtelleries, et les
tombeaux des maisons. J'interrogeai les prêtres si renommés dans la science des choses du ciel et des traditions de la terre. Je
ne trouvai que des fourbes qui entourent la
vérité de bandelettes comme leurs momies,
et la rangent au nombre des morts dans leurs
puits funèbres. Retombés dans une grossière
ignorance, ils n'entendent plus la langue hié-
roglyphique; leurs symboles bizarres ou effrontés sont muets pour eux, comme pour

l'avenir : ainsi, la plupart de leurs monumens, les obélisques, les sphinx, les colos-
ses, ont perdu leurs rapports avec l'histoire
et les mœurs. Tout est changé sur ces bords,
hors la superstition consacrée par le souvenir des ancêtres : elle ressemble à ces monstres d'airain que le temps ne peut faire
entièrement disparoître dans ce climat con-
servateur : leurs croupes et leurs dos sont
ensevelis dans le sable, mais ils lèvent encore une tête hideuse du milieu des tombeaux.

» Enfin, je rencontrai Dioclétien auprès des
grandes cataractes, où il venoit de conclure
un traité avec les peuples de Nubie. L'Empereur me daigna parler des honneurs militaires que j'avois obtenus, et me témoigner
quelque regret de la résolution que j'avois
prise.

« Toutefois, dit-il, si vous persistez
dans votre projet, vous pouvez retourner
dans votre patrie. J'accorde cette grâce à
vos services : vous serez le premier de votre
famille qui soit rentré sous le toit de ses
pères avant d'avoir laissé un fils en otage au
peuple romain. »

» Plein de joie de me trouver libre, il me restoit à voir en Egypte une autre espèce d'antiquités, plus d'accord avec mes sentimens, ma pénitence et mes remords. Je touchois au désert témoin de la fuite des Hébreux, et consacré par les miracles du Dieu d'Israël : je résolus de le traverser en prenant la route de Syrie.

» Je redescendis le fleuve de l'Egypte. A deux journées au-dessus de Memphis, je pris un guide pour me conduire au rivage de la mer Rouge ; de là, je devois passer à Arsinoë (1) pour me rendre à Gaza avec les marchands de Syrie. Quelques dattes et des outres remplies d'eau furent les seules provisions du voyage. Le guide marchoit devant moi, monté sur un dromadaire ; je le suivois sur une cavale arabe. Nous franchîmes la première chaîne des montagnes qui bordent la rive orientale du Nil ; et perdant de vue les humides campagnes, nous entrâmes dans une plaine aride : rien ne représente mieux le passage de la vie à la mort.

_____

(1) Suez.

» Figurez-vous , seigneurs, des plages sablonneuses , labourées par les pluies de l'hiver, brûlées par les feux de l'été , d'un aspect rougeâtre , et d'une nudité affreuse. Quelquefois seulement , des nopals épineux couvrent une petite partie de l'arène sans bornes ; le vent traverse ces forêts armées, sans pouvoir courber leurs inflexibles rameaux ; çà et là des débris de vaisseaux pétrifiés étonnent les regards, et des monceaux de pierre élevés de loin à loin servent à marquer le chemin aux caravanes.

» Nous marchâmes tout un jour dans cette plaine. Nous franchîmes une autre chaîne de montagnes, et nous découvrîmes une seconde plaine plus vaste et plus désolée que la première.

» La nuit vint. La lune éclairoit le désert vide : on n'apercevoit, sur une solitude sans ombre, que l'ombre immobile de notre dromadaire , et l'ombre errante de quelques troupeaux de gazelles. Le silence n'étoit interrompu que par le bruit des sangliers qui broyoient des racines flétries, ou par le chant du grillon qui demandoit en vain dans ce sable inculte le foyer du laboureur.

» Nous reprîmes notre route avant le retour de la lumière. Le soleil se leva dépouillé de ses rayons, et semblable à une meule de fer rougie. La chaleur augmentoit à chaque instant. Vers la troisième heure du jour, le dromadaire commença à donner des signes d'inquiétude : il enfonçoit ses nazeaux dans le sable, et souffloit avec violence. Par intervalle, l'autruche poussoit des sons lugubres. Les serpens et les caméléons se hâtoient de rentrer dans le sein de la terre. Je vis le guide regarder le ciel et pâlir. Je lui demandai la cause de son trouble.

« Je crains, dit-il, le vent du midi; sauvons-nous. »

» Tournant le visage au nord, il se mit à fuir de toute la vitesse de son dromadaire. Je le suivis : l'horrible vent qui nous menaçoit étoit plus léger que nous.

» Soudain de l'extrémité du désert accourt un tourbillon. Le sol emporté devant nous manque à nos pas, tandis que d'autres colonnes de sables, enlevées derrière nous, roulent sur nos têtes. Egaré dans un labyrinthe de tertres mouvans et semblables entr'eux, le guide déclare qu'il ne reconnoît plus sa route; pour dernière calamité, dans la rapidité de notre course, nos outres remplies d'eau s'écoulent. Haletans, dévorés d'une soif ardente, retenant fortement notre haleine dans la crainte d'aspirer des flammes, la sueur ruissèle à grands flots de nos membres abattus. L'ouragan redouble de rage : il creuse jusqu'aux antiques fondemens de la terre, et répand dans le ciel les entrailles brûlantes du désert. Enseveli dans une atmosphère de sable embrasé, le guide échappe à ma vue. Tout à coup j'entends son cri; je vole à sa voix : l'infortuné, foudroyé par le vent de feu, étoit tombé mort sur l'arène, et son dromadaire avoit disparu.

» En vain j'essayai de ranimer mon malheureux compagnon. Mes efforts furent inutiles. Je m'assis à quelque distance, tenant mon cheval en main, et n'espérant plus que dans celui qui changea les feux de la fournaise d'Azarias en un vent frais et une douce rosée. Un acacia qui croissoit dans ce lieu, me servit d'abri. Derrière ce frêle rempart, j'attendis la fin de la tempête. Vers le soir, le vent du nord reprit son cours; l'air perdit sa chaleur cuisante, les sables tombèrent du ciel, et me laissèrent voir les étoiles : inutiles flambeaux qui me montrèrent seulement l'immensité du désert !

» Toutes les bornes avoient disparu, tous les sentiers étoient effacés. Des paysages de sable formés par les vents offroient de toutes parts leurs nouveaux aspects et leurs créations nouvelles. Epuisé de soif, de faim et de fatigue, ma cavale ne pouvoit plus porter son fardeau : elle se coucha mourante à mes pieds. Le jour vint achever mon supplice. Le soleil m'ôta le peu de force qui me restoit : j'essayai de faire quelques pas ; mais bientôt incapable d'aller plus avant, je me précipitai la tête dans un buisson, et j'attendis, ou plutôt j'appelai la mort.

» Déjà le soleil avoit passé le milieu de son cours : tout à coup le rugissement d'un lion se fait entendre. Je me soulève avec peine, et j'aperçois l'animal terrible courant à travers les sables. Il me vint alors en pensée qu'il se rendoit peut-être à quelque fontaine connue des bêtes de ces solitudes. Je me recommandai à la puissance qui protégea Daniel, et louant Dieu, je me levai et

suivis de loin mon étrange conducteur.
Nous ne tardâmes pas d'arriver à une petite
vallée. Là, se voyoit un puits d'eau fraîche
environné d'une mousse verdoyante. Un
dattier s'élevoit auprès; ses fruits mûrs pendoient sous ses palmes recourbées. Ce secours
inespéré me rendit la vie. Le lion but à la
fontaine, et s'éloigna doucement, comme
pour me céder sa place au banquet de la
Providence : ainsi renaissoient pour moi ces
jours du berceau du monde, alors que le
premier homme, exempt de souillure, voyoit
les bêtes de la création se jouer autour de
leur roi, et lui demander le nom qu'elles
porteroient au désert.

De la vallée du palmier, on apercevoit à
l'orient une haute montagne. Je me dirigeai
sur cette espèce de phare, qui sembloit m'appeler à un port à travers les flots fixes et les
ondes épaisses d'un océan de sable. J'arrivai
au pied de cette montagne ; je commençai
à gravir des rocs noircis et calcinés qui fer-
moient l'horizon de toutes parts. La nuit étoit
descendue ; je n'entendois que les pas d'une
bête sauvage qui marchoit devant moi, et
qui brisoit, en passant dans l'ombre, quel-

ques plantes desséchées. Je crus reconnoître
le lion de la fontaine. Tout à coup il se mit
à rugir : les échos de ces montagnes inconnues semblèrent s'éveiller pour la première
fois, et répondirent par un murmure sauvage aux accens du lion. Il s'étoit arrêté devant une caverne dont l'entrée étoit fermée par une pierre. J'entrevois une foible
lumière à travers les fentes du rocher. Le
cœur palpitant de surprise et d'espoir, je
m'approche, je regarde ; ô miracle ! je découvre réellement une lumière au fond de
cette grotte.

« Qui que vous soyez, m'écriai-je, vous
qui apprivoisez les bêtes farouches, prenez
pitié d'un voyageur égaré ! »

» A peine avois-je prononcé ces mots, que
j'entendis la voix d'un vieillard qui chantoit
un cantique de l'Ecriture.

« O Chrétien, m'écriai-je de nouveau,
recevez votre frère ! »

» A l'instant même, je vis paroître un
homme cassé de vieillesse, et qui sembloit
réunir sur sa tête autant d'années que Jacob. Il
étoit vêtu d'une robe de feuilles de palmier :

« Etranger, me dit-il, soyez le bien venu !

Vous voyez un homme qui est sur le point d'être réduit en poussière. L'heure de mon heureux sommeil est arrivée ; mais je puis encore vous donner l'hospitalité pour quelques momens. Entrez, mon frère, dans la grotte de Paul. »

» Je suivis, en tremblant de respect, ce fondateur du Christianisme dans les sables de la Thébaïde.

» Au fond de la grotte, un palmier, étendant et entrelaçant ses branches de toutes parts, formoit une espèce de vestibule. Une fontaine très-claire couloit auprès. De cette fontaine sortoit un petit ruisseau qui, à peine échappé de sa source, rentroit dans le sein de la terre. Paul s'assit avec moi au bord de l'eau, et le lion qui m'avoit montré le puits de l'Arabe se vint coucher à nos pieds.

« Etranger, me dit l'anachorète avec une bienheureuse simplicité, comment vont les choses du monde? Bâtit-on encore des villes? Quel est le maître qui règne aujourd'hui? Il y a cent treize ans que j'habite cette grotte : depuis cent ans je n'ai vu que deux hommes, vous aujourd'hui, et Antoine, l'héritier de mon désert, qui vint frapper hier à ma porte, et qui reviendra demain pour m'ensevelir. »

» En achevant ces mots, Paul alla chercher dans le trou d'un rocher un pain du plus pur froment. Il me dit que la Providence lui fournissoit chaque jour une pareille nourriture. Il m'invita à rompre avec lui le don céleste. Nous bûmes un peu d'eau dans le creux de notre main ; et après ce repas frugal, l'homme saint me demanda quels événemens m'avoient conduit dans cette retraite inaccessible. Après avoir entendu la déplorable histoire de ma vie :

« Eudore, me dit-il, vos fautes ont été grandes, mais il n'est rien que ne puissent effacer des larmes sincères. Ce n'est pas sans dessein sur vous que la Providence vous a fait voir le Christianisme naissant par toute la terre. Vous le retrouvez encore dans cette solitude, parmi les lions, sous les feux du tropique, comme vous l'avez rencontré au milieu des ours et des glaces du pôle. Soldat de Jésus - Christ, vous êtes destiné à combattre et à vaincre pour la foi. O Dieu, dont les voies sont incompréhensibles, c'est toi qui as conduit ce jeune confesseur dans cette

grotte, afin que je lui dévoile l'avenir; et
qu'en achevant de lui faire connoître sa religion, je complète en lui par la grâce l'œuvre que la nature a commencée! Eudore, re-
posez-vous ici toute cette journée; demain,
au lever du soleil, nous irons prier Dieu sur
la montagne, et je vous parlerai ayant de
mourir. »

» L'anachorète m'entretint encore long-
temps de la beauté de la religion et des bien-
faits qu'elle doit répandre un jour sur le genre
humain. Ce vieillard présentoit dans ses discours un contraste extraordinaire! aussi naïf
qu'un enfant, quand il étoit abandonné à la
seule nature, il sembloit avoir tout oublié, ou
ne rien connoître du monde, de ses grandeurs, de ses peines, de ses plaisirs; mais
quand Dieu descendoit dans son ame, Paul
devenoit un génie inspiré, rempli de l'expérience du présent et des visions de l'avenir.
Deux hommes se trouvoient ainsi réunis dans
le même homme : on ne pouvoit dire lequel
étoit le plus admirable, ou de Paul l'igno-
rant, ou de Paul le prophète, puisque c'étoit
à la simplicité du premier qu'étoit accordée la sublimité du second.

» Après m'avoir donné des leçons pleines d'une douceur grave et d'une agréable sagesse, Paul m'invite à faire avec lui un sacrifice de louanges à l'Eternel ; il se lève, et debout sous le palmier, il chante :

« Béni soyez-vous, Dieu de nos pères, » qui n'avez pas méprisé ma bassesse!

» Solitude, ô mon épouse, vous allez perdre celui qui trouvoit en vous des douceurs !

» Le solitaire doit avoir le corps chaste, » la bouche pure, l'esprit éclairé d'une lumière divine.

» Sainte tristesse de la pénitence, percez » mon ame comme un aiguillon d'or, et » remplissez-la d'une douleur céleste !

» Les larmes sont mères des vertus, et le » malheur est un marchepied pour s'élever » vers le ciel. »

» La prière du saint étoit à peine achevée, qu'un doux et profond sommeil me saisit. Je m'endormis sur le lit de cendre que Paul préféroit à la couche des rois. Le soleil étoit prêt à finir son tour quand je rouvris les yeux à la lumière. L'hermite me dit :

« Levez-vous ; priez, mangez, et allons
» sur la montagne. »

» Je lui obéis ; nous partîmes. Pendant plus
de six heures, nous gravîmes des roches es-
carpées ; et au lever du jour, nous attei-
gnîmes la pointe la plus élevée du mont
Colzim.

» Un horizon immense s'étendoit en cercle
autour de nous. On découvroit à l'orient les
sommets d'Horeb et de Sinaï, le désert de
Sur et la mer Rouge ; au midi, les chaînes
des montagnes de la Thébaïde ; au nord,
les plaines stériles où Pharaon poursuivit les
Hébreux ; et à l'occident, par delà les sables
où je m'étois égaré, la vallée féconde de
l'Egypte.

» L'aurore, entr'ouvrant le ciel de l'Arabie
Heureuse, éclaira quelque temps ce tableau.
L'onagre, la gazelle et l'autruche, couroient
rapidement dans le désert, tandis que les
chameaux d'une caravane passoient lentement à la file, menés par l'âne intelligent
qui leur servoit de conducteur. On voyoit
fuir sur la mer Rouge des vaisseaux chargés
de parfums et de soie, ou qui portoient
quelque Sage aux rives indiennes. Couron-

15 ★

nant enfin de splendeur cette frontière de deux mondes, le soleil se leva ; il parut éclatant de lumière au sommet du Sinaï : foible et pourtant brillante image du Dieu que Moïse contempla sur la cime de ce mont sacré !

» Le solitaire prit la parole :

« Confesseur de la foi, jetez les yeux autour de vous. Voilà cet Orient d'où sont sorties toutes les religions et toutes les révolutions de la terre ; voilà cette Egypte qui a donné des dieux élégans à votre Grèce, et des dieux informes à l'Inde ; voilà ce désert de Sur où Moïse reçut la Loi ; Jésus-Christ a paru dans ces mêmes régions, et un jour viendra qu'un descendant d'Ismaël rétablira l'erreur sous la tente de l'Arabe. La morale écrite est pareillement un fruit de ce sol fécond. Or, remarquez que les peuples de l'orient, comme en punition de quelque grande rebellion tentée par leurs pères, ont presque toujours été soumis à des tyrans : ainsi (merveilleux contre-poids !) la morale est née auprès de l'esclavage, et la religion nous est venue de la contrée du malheur. Enfin, ces mêmes déserts ont vu marcher les armées

de Sésostris, de Cambyse, d'Alexandre, de
César. Siècles à venir, vous y ramènerez des
armées non moins nombreuses, des guerriers non moins célèbres ! Tous les grands
mouvemens imprimés à l'espèce humaine
sont partis d'ici, ou sont venus s'y perdre.
Une énergie surnaturelle s'est conservée aux
bords où le premier homme a reçu la vie;
quelque chose de mystérieux semble encore
attaché au berceau de la création et aux sources de la lumière.

» Sans nous arrêter à ces grandeurs humaines qui tour à tour ont trébuché dans la
tombe, sans considérer ces siècles fameux
qu'une pelletée de terre sépare, et qu'un
peu de poussière recouvre, c'est surtout
pour les Chrétiens que l'Orient est le pays
des merveilles.

» Vous avez vu le Christianisme pénétrer,
à l'aide de la morale, chez les nations civilisées de l'Italie et de la Grèce; vous l'avez vu
s'introduire par la charité au milieu des peuples
barbares de la Gaule et de la Germanie; ici,
sous l'influence d'une nature qui affoiblit l'ame
en rendant l'esprit obstiné, chez un peuple
grave par ses institutions politiques, et lé-

ger par son climat, la charité et la morale
seroient insuffisantes. La religion de Jésus-
Christ ne peut entrer dans les temples d'Isis
et d'Ammon que sous les voiles de la pénitence. Il faut qu'elle offre à la mollesse le
spectacle de toutes les privations ; il faut
qu'elle oppose aux fourberies des prêtres,
et aux mensonges des faux dieux, des mí-
racles certains et de vrais oracles ; des scènes extraordinaires de vertu peuvent seules
arracher la foule enchantée aux jeux du cirque et du théâtre : tandis que d'une part les
hommes commettent de grands crimes, les
grandes expiations sont nécessaires, afin que
la renommée de ces dernières étouffe la
célébrité des premiers.

» Voilà la raison de l'établissement de ces
missionnaires qui commencent en moi, et
qui se perpétueront dans ces solitudes. Ad-
mirez notre divin chef qui sait dresser sa
milice selon les lieux et les obstacles qu'elle
a à combattre. Contemplez les deux religions qui vont lutter ici corps à corps,
jusqu'à ce que l'une ait terrassé l'autre.
L'antique culte d'Osiris qui se perd dans
la nuit des temps, fier de ses traditions, de

ses mystères, de ses pompes, se croit sûr de la victoire. Le grand Dragon d'Egypte se couche au milieu de ses eaux, et dit : « Le fleuve est à moi ». Il croit que le crocodile recevra toujours l'encens des mortels, que le bœuf qu'on assomme à la crèche sera toujours le plus grand des dieux. Non, mon fils, une armée va se former dans le désert, et marcher à la conquête de la vérité. Elle s'avance de la Thébaïde et de la solitude de Scété; elle est composée de saints vieillards qui ne portent que des bâtons blancs pour assiéger les prêtres de l'erreur dans leurs temples. Ces derniers occupent des champs fertiles, et sont plongés dans le luxe et les plaisirs; les premiers habitent un sable brûlant parmi toutes les rigueurs de la vie. L'Enfer qui pressent sa ruine, tente tous les moyens de victoire : les Démons de la volupté, de l'or, de l'ambition, cherchent à corrompre la milice fidèle. Le ciel vient au secours de ses enfans; il prodigue en leur faveur les miracles. Qui pourroit dire les noms de tant d'illustres solitaires, les Antoines, les Sérapions, les Macaires, les Pacômes! La victoire se déclare pour eux: le Seigneur se revêt de l'Egypte, comme un berger de son manteau. Partout où l'erreur avoit parlé, la vérité s'est fait entendre; partout où les faux dieux avoient placé un mystère, Jésus-Christ a placé un saint. Les grottes de la Thébaïde sont envahies, les catacombes des morts sont occupées par des vivans morts aux passions de la terre. Les dieux forcés dans leurs temples retournent au fleuve ou à la charrue. Un cri de triomphe s'élève depuis la pyramide de Chéop jusqu'au tombeau d'Orsymandué. La postérité de Joseph rentre dans la terre de Gessen; et cette conquête due aux larmes des vainqueurs, ne coûte pas une larme aux vaincus! »

» Paul suspendit un moment son discours; ensuite reprenant la parole :

« Eudore, dit-il, vous n'abandonnerez plus les rangs des soldats de Jésus-Christ ? Si vous n'êtes pas rebelle à la voix du ciel, quelle couronne vous attend ! Quelle gloire sera répandue sur vous ! Eh, mon fils, que chercheriez-vous à présent parmi les hommes ! Le monde pourroit-il vous toucher ? Voudriez-vous, ainsi que l'infidèle Israélite, mener des danses autour du veau d'or ? Savez-vous quelle fin menace cet Empire qui depuis long-temps écrase le genre humain? Les crimes des maîtres du monde amèneront bientôt le jour de la vengeance. Ils ont persécuté les Fidèles ; ils se sont remplis du sang des Martyrs, comme les coupes et les cornes de l'autel..... »

» Paul s'interrompit de nouveau. Il étendit ses bras vers le mont Horeb, ses yeux s'animèrent, une flamme parut sur sa tête, son front ridé brilla tout à coup d'une jeunesse divine ; le nouvel Elie s'écria :

« D'où viennent ces familles fugitives qui cherchent un abri dans l'antre du solitaire ? Qui sont ces peuples sortis des quatre régions de la terre ? Voyez-vous ces hideux cavaliers, enfans impurs des Démons et des sorcières de la Scythie (1)? Le fléau de Dieu les conduit (2). Leurs chevaux sont plus légers que les léopards; ils assemblent des troupes de captifs comme des monceaux de sable ! Que veulent ces rois vêtus de peaux de bêtes,

---

(1) Les Huns.
(2) Attila.

la tête couverte d'un chapeau barbare (1);
ou les joues peintes d'une couleur verte (2)?
Pourquoi ces hommes nus égorgent-ils les
prisonniers autour de la ville assiégée (3)?
Arrêtez : ce monstre a bu le sang du Romain qu'il avoit abattu (4)! Tous viennent
du désert d'une terre affreuse; tous marchent
vers la nouvelle Babylone. Es-tu tombée,
reine de cités? Ton Capitole est-il caché dans
la poussière? Que tes campagnes sont désertes! Quelle solitude autour de toi...! Mais,
ô prodige, la Croix paroît au milieu de ce
tourbillon de poussière! Elle s'élève sur
Rome ressuscitée! Elle en marque les édifices. Père des anachorètes, Paul, réjouis-
toi avant de mourir! Tes enfans occupent
les ruines du palais des Césars; les portiques
où la mort des Chrétiens fut jurée, sont
changés en cloîtres pieux (5), et la pénitence
habite où régna le crime triomphant! »

---

(1) Les Goths.
(2) Les Lombards.
(3) Les Francs et les Vandales.
(4) Le Sarrazin.
(5) Les Thermes de Dioclétien habités par les
chartreux.

» Paul laissa retomber ses mains à ses côtés. Le feu qui l'avoit animé s'éteignit. Redevenu mortel, il en reprit le langage.

« Eudore, me dit-il, il faut nous séparer. Je ne dois plus descendre de la montagne. Celui qui me doit ensevelir approche; il vient couvrir ce pauvre corps et rendre la terre à la terre. Vous le trouverez au bas du rocher; vous attendrez son retour : il vous montrera le chemin. »

» Alors l'étonnant vieillard me força de le quitter. Triste, et plongé dans les plus sérieuses pensées, je m'éloignai en silence. J'entendois la voix de Paul qui chantoit son dernier cantique. Prêt à se brûler sur l'autel, le vieux phénix saluoit par des concerts sa jeunesse renaissante. Au bas de la montagne je rencontrai un autre vieillard qui hâtoit ses pas. Il tenoit à la main la tunique d'Athanase que Paul lui avoit demandée pour lui servir de linceul. C'étoit le grand Antoine, éprouvé par tant de combats contre l'Enfer. Je voulus lui parler; mais lui, toujours marchant, s'écrioit :

« J'ai vu Elie, j'ai vu Jean dans le désert, j'ai vu Paul dans un paradis! »

» Il passa , et j'attendis son retour toute la journée. Il ne revint que le jour suivant. Des pleurs couloient de ses yeux.

« Mon fils, s'écria-t-il en s'approchant de moi , le Séraphin n'est plus sur la terre. A peine hier m'étois-je éloigné de vous, que je vis au milieu d'un chœur d'Anges et de Prophètes, Paul tout éclatant d'une blancheur pure, monter au ciel. Je courus au haut de la montagne , j'aperçus le saint les genoux en terre, la tête levée et les bras étendus vers le ciel. Il sembloit encore prier , et il n'étoit plus ! Deux lions qui sortirent des rochers voisins , m'ont aidé à lui creuser un tombeau, et sa tunique de feuilles de palmier est devenue mon héritage. »

» Ce fut ainsi qu'Antoine me raconta la mort du premier des anachorètes. Nous nous mîmes en route, et nous arrivâmes au monastère où déjà se formoit sous la direction d'Antoine cette milice dont Paul m'avoit annoncé les conquêtes. Un solitaire me conduisit à Arsinoé. J'en partis bientôt avec les marchands de Ptolémaïs. En traversant l'Asie, je m'arrêtai aux Saints Lieux, où je connus la pieuse Hélène, épouse de Constance, m généreux protecteur, et mère de Constantin, mon illustre ami. Je vis ensuite les sept Eglises instruites par le prophète de Pat-mos, la patiente Ephèse, Smyrne l'affligée, Pergame remplie de foi, la charitable Thya-tire, Sardes mise au rang des morts, Lao-dicée qui doit acheter des habits blancs, et Philadelphie aimée de celui qui possède la clef de David. J'eus le bonheur de rencontrer à Byzance le jeune prince Constantin, qui daigna me presser dans ses bras, et me con-fier ses vastes projets. Je vous revis enfin, ô mes parens, après dix années d'absence et de malheurs ! Si le ciel exauçoit mes vœux, je ne quitterois plus les vallons de l'Arcadie : heureux d'y passer mes jours dans la péni-tence, et d'y dormir après ma mort dans le tombeau de mes pères. »

Ces dernières paroles mirent fin au récit d'Eudore : les vieillards qui l'écoutoient demeurèrent quelque temps en silence. Las-thénès remercioit Dieu au fond du cœur de lui avoir donné un tel fils; Cyrille n'avoit plus rien à dire à un jeune homme qui avouoit ses fautes avec tant de candeur; il

le regardoit même avec un mélange de respect et d'admiration, comme un confesseur
appelé par le ciel aux plus hautes destinées;
Démodocus étoit presque effrayé du langage
inconnu et des vertus incompréhensibles
d'Eudore. Les trois vieillards se lèvent avec
majesté, comme trois rois, et rentrent au
foyer de Lasthénès. Cyrille, après avoir offert
pour Eudore le redoutable sacrifice, prend
congé de ses hôtes et retourne à Lacédémone.
Eudore se retire dans la grotte témoin de sa
pénitence. Démodocus, resté seul avec sa fille,
la serre tendrement dans ses bras, et lui dit
avec un pressentiment triste:

« Fille de Démodocus, tu seras peut-être
aussi malheureuse à ton tour, car Jupiter
dispose de nos destinées. Mais tu imiteras
Eudore. L'adversité a augmenté les vertus
de ce jeune homme. Les vertus les plus rares
ne sont pas toujours le résultat de cette lente
maturité que l'âge amène: la grappe encore
verte, tordue par la main du vigneron, et
flétrie sur le cep avant l'automne, donne le
plus doux vin aux bords de l'Alphée, et
sur les coteaux de l'Erymanthe. »

FIN DU LIVRE ONZIÈME.

REMARQUES

SUR LE ONZIÈME LIVRE.

PREMIÈRE REMARQUE.

(Pag. 201. La grande époque de ma vie.)

Voilà qui lie absolument le récit à l'action, en amenant le repentir et la pénitence d'Eudore, et ce qui rentre dans les desseins de Dieu ; desseins qui sont expliqués dans le livre du Ciel.

IIᵉ.

(Pag. 202. Il me nomma préfet du prétoire des Gaules.)

J'ai dit plus haut qu'Ambroise étoit le fils du préfet du prétoire des Gaules ; mais je suppose à présent que le père d'Ambroise étoit mort, ou qu'il ne possédoit plus cette charge.

IIIᵉ.

(Pag. 203. Je m'embarquai au port de Nismes.)

Voyez la Préface.

IVᵉ.

(Pag. 203. Marcellin m'admit au repentir.)

Pour les erreurs du genre de celle d'Eudore

l'expiation étoit de sept ans : ainsi Marcellin fait une grâce au coupable, en ne le laissant que cinq ans hors de l'Eglise. Les premières éditions des Martyrs donnoient sept ans à la pénitence du fils de Lasthénès ; ce qui étoit la totalité du temps cano- nique.

V^e.

(Pag. 203. Il étoit encore en Egypte.)

On se souvient que, lorsqu'Eudore partit pour les Gaules, Dioclétien étoit allé pacifier l'Egypte, soulevée par un tyran qui prétendoit à la pourpre. Voyez liv. V et liv. IX.

VIe.

(Pag. 203. Môle de Marc-Aurèle.)

Peut-être Civita-Vecchia.

VIIe.

(Pag. 204. Porter du blé destiné au sou- lagement des pauvres.)

On lisoit dans les éditions précédentes : « Cher- cher du blé. » Voyez la *Vie de saint Jean l'Au- mônier,* dans la *Vie des Pères du Désert,* traduct. d'Arnaud Dandilly, pag. 350.

VIIIe.

(Pag. 205. Utique... Carthage... Marius, Caton, etc.)

Voici un ciel, un sol, une mer, des souvenirs bien différens de ceux des Gaules. J'ai parcouru cette route d'Eudore : si le récit de mon héros fa- tigue, ce ne sera pas faute de variété.

IXe.

(Pag. 206. A la vue de la colline où fut le palais de Didon.)

En doublant la pointe méridionale de la Sicile, et rasant la côte de l'Afrique pour aller en Egypte, on pouvoit apercevoir Carthage. J'aurois beaucoup de choses à dire sur les ruines de cette ville, ruines plus considérables qu'on ne le croit généralement ; mais ce n'est pas ici le lieu.

X^e.

(Pag. 206. Une colonne de fumée.)

Mœnia respiciens , quæ jam infelicis Elisæ
Collucent flammis. Quæ tantum accenderit ignem
Causa latet.

XIe.

(Pag. 206. Je n'étois pas comme Enée.)

Mais Eudore étoit le descendant de Philopœmen, et le dernier représentant des grands hommes de la Grèce.

XIIe.

(Pag. 206. Je n'avois pas comme lui...... l'ordre du ciel.)

Eudore se trompe, il suit les ordres du ciel, et l'Empire romain lui devra son salut, puisque c'est par sa mort que le Christianisme va monter sur le trône des Césars ; mais le fils de Lasthénès ignore ses hautes destinées, et les maux qu'il a causés humilient son cœur.

XIIIe.

(Pag. 206. Le promontoire de Mercure, et le cap où Scipion, etc.)

Le promontoire de Mercure, aujourd'hui le cap

2. 16

Bon, selon le docteur Shaw et d'Anville. Scipion, passant en Afrique avec son armée, aperçut la terre, et demanda au pilote comment cette terre s'appeloit. « C'est le cap Beau, répondit le pilote. » Scipion fit tourner la proue vers ce côté. Tit.-Liv., lib. X.

XIVᵉ.

(Pag. 206. Poussés par les vents vers la petite Syrte.)

Je passai cinq jours à l'ancre dans la petite Syrte, précisément pour éviter le naufrage que les anciens trouvoient dans ce golfe. Le fond de la petite Syrte va toujours s'élevant jusqu'au rivage; de sorte qu'en marchant la sonde à la main on vient mouiller sur un bon fond de sable, à telle brasse que l'on veut. Le peu de profondeur de l'eau y rend la mer calme au milieu des plus grands vents; et cette Syrte, si dangereuse pour les barques des anciens, est une espèce de port en pleine mer pour les vaisseaux modernes.

XVᵉ.

(Pag. 206. La tour qui servit de retraite au grand Annibal.)

« Une péninsule, dit d'Anville, où se trouve une
» place que les Francs nomment Africa, paroît
» avoir été l'emplacement de *turris Annibalis,* d'où
» ce fameux Carthaginois, toujours redouté des
» Romains, partit en quittant l'Afrique pour se re-
» tirer en Asie. »

XVIᵉ.

(Pag. 206. Je croyois voir ces victimes de Verrès.)

Allusion à ce beau passage de la Vᵉ Verrine, chap. CLVIII, où Cicéron montre un citoyen romain expirant sur la croix, par les ordres de Verrès, à la vue des côtes de l'Italie.

XVIIe.

(Pag. 207. L'île délicieuse des Lotophages.)

Probablement aujourd'hui Zerbi. On mange encore le lotus sur toute cette côte. Pline distingue
deux sortes de lotus. Liv. XIII, chap. XVII. Voyez
aussi *l'Odyssée*.

XVIIIe.

(Pag. 207. Les autels des Philènes, et
Leptis, patrie de Sévère.)

Pour l'ordre, il auroit fallu Leptis et les autels
des Philènes; mais l'oreille s'y opposoit. « *Phile-*
» *norum aræ*, monument consacré à la mémoire
» de deux frères carthaginois, qui s'étoient exposés
» à la mort pour étendre jusque-là les dépendances
» de leur patrie. » D'ANVILLE.
Leptis, une des trois villes, d'où la province de
Tripoli prit son nom. Sévère et saint Fulgence
étoient de Leptis. Il existe encore des ruines de cette
ville, sous le nom de Liba.

XIXe.

(Pag. 207. Une haute colonne attira bientôt nos regards.)

En revenant en Europe, je suis demeuré plusieurs
jours en mer, à la vue de la colonne de Pompée,
et certes je n'ai eu que trop le temps de remarquer
son effet à l'horizon. Ici commence la description
de l'Egypte. Je prie le lecteur de la suivre pas à
pas, et d'examiner si on y trouve de l'enflure, du
galimatias, et le moindre désir de produire de l'effet
avec de grands mots : je puis me tromper, car je ne
suis pas aussi habile que les critiques; mais je suis
bien sûr de ce que j'ai vu de mes yeux, et mal-
heureusement je vois les choses comme elles sont.

16 *

XXe.

(Pag. 207. Par Polion, préfet d'Egypte.)

C'est ce que porte l'inscription lue par les Anglais,
au moyen du plâtre qu'ils appliquèrent sur la base
de la colonne. Je crois avoir été le premier ou un
des premiers qui ait fait connoître cette inscription
en France. Je l'ai rapportée dans un numéro du
Mercure, lorsque ce journal m'appartenoit.

XXIe.

(Pag. 208. Le savant Didyme.)

Il y a eu deux Didymes, tous deux savans : le
second, qui vivoit dans le 4e siècle, étoit Chrétien, et versé également dans l'antiquité profane et
sacrée. On peut supposer sans inconvénient que le
second Didyme est l'auteur du Commentaire sur
Homère. Il occupa la chaire de l'école d'Alexandrie :
c'est pourquoi je l'appelle successeur d'Aristarque,
qui corrigea Homère, et qui fut gouverneur du fils
de Ptolomée Lagus. J'ai voulu seulement rappeler
deux noms chers aux lettres.

XXIIe.

(Pag. 208. Arnobe.)

Continuation du tableau des grands hommes de
l'Eglise, à l'époque de l'action : ce sont à présent ceux de l'Eglise d'Orient. Il y a ici de légers
anachronismes ; encore pourrois-je les défendre et
chicaner sur les temps ; mais ce n'est point de cela
qu'il est question.

XXIIIe.

(Pag. 209. Dépôt des remèdes et des poi-
sons de l'ame.)

On connoît la fameuse inscription de la bibliothèque de Thèbes en Egypte : ψυχῆς ἰατρεῖον. N'est-

elle pas plus juste pour nous , avec le mot que j'y ai ajouté?

XXIVe.

(Pag. 209. Du haut d'une galerie de marbre je regardois Alexandrie, etc.)

J'ai souvent aussi contemplé Alexandrie , du haut de la terrasse qui règne sur la maison du consul de France : je n'apercevois qu'une mer nue qui se brisoit sur des côtes basses encore plus nues , des ports vides , et le désert libyque s'enfonçant à l'horizon du midi. Ce désert sembloit, pour ainsi dire , accroître et prolonger la surface jaune et aplanie des flots ; on auroit cru voir une seule mer, dont une moitié étoit agitée et bruyante , et dont l'autre moitié étoit immobile et silencieuse. Partout la nouvelle Alexandrie mêlant ses ruines aux ruines de l'ancienne cité ; un Arabe galopant au loin sur un âne, au milieu des débris ; quelques chiens maigres dévorant des carcasses de chameaux , sur une grève désolée ; les pavillons des divers consuls européens flottant au-dessus de leurs demeures , et déployant au milieu des tombeaux des couleurs ennemies : tel étoit le spectacle.

Je vais citer un long morceau de Strabon, qui renferme une description complète d'Alexandrie , et qui servira d'autorité pour tout ce que je dis dans mon texte sur les monumens de cette ville , sur le cercueil de verre d'Alexandre, etc. etc. Comme les savans ennemis des Martyrs, qui ont tout lu sur l'Egypte, sont sans doute très-versés dans l'antiquité , ils seront bien aises de trouver ici l'original de ma description. Je ne leur ferai pas l'injure de traduire le morceau ; mais j'espère alors qu'ils tanceront le géographe grec, pour son ignorance et la fausseté de ses assertions.

Ἔςι δὲ χλαμυδοειδὲς τὸ σχῆμα τοῦ ἐδάφεις τῆς πόλεως· οὗ τὰ μὲν ἐπὶ μήκεις πλευρά ἔςι τὰ ἀμφίκλυςα, ὅσον

τριάκοντα ςαδίων ἔχοντα διάμετρον, τὰ δὲ ἐπὶ πλάτος
οἱ ἰσθμοὶ, ἐπτὰ ἢ ὀκτὼ ςαδίων ἑκάτερος σφιγγόμενος,
τῇ μὲν ὑπὸ θαλάτης, τῇ δ' ὑπὸ τῆς λίμνης. Ἅπασα μὲν
ὁδοῖς κατατέτμηται, ἱππηλάταις καὶ ἀρματηλάταις,
δυσὶ δὲ πλατυτάταις, αἳ δὴ δίχα καὶ πρὸς ὀρθὰς
τέμνυσιν ἀλλήλας. Ἔχει δ' ἡ πόλις τεμένη, τά τε κοινὰ
κάλλιςα καὶ τὰ βασίλεια, τέταρτον, ἢ καὶ τρίτον τοῦ
παντὸς περιβόλυ μέρος. Τῶν γὰρ βασιλέων ἕκαςος ὥσπερ
τοῖς κοινοῖς ἀναθήμασι προσεφιλοκάλει τινὰ κόσμον, ὕτω
καὶ οἴκησιν ἰδίᾳ περιεβάλλετο πρὸς ταῖς ὑπαρχύσαις,
ὥςε νῦν τὸ τῦ ποιητοῦ, ἐξ ἑτέρων ἕτερ' ἐςίν. Ἅπαρτα μὲν συ-
ναφῆ καὶ ἀλλήλαις καὶ τῷ λιμένι, καὶ ὅσα ἔξω αὐτοῦ.
Τῶν δὲ βασιλείων μέρος ἐςὶ, καὶ τὸ Μουσεῖον, ἔχον περί-
πατον καὶ ἐξέδραν, καὶ οἶκον μέγαν, ἐν ᾧ τὸ συσσίτιον
τῶν μετεχόντων τοῦ Μυσείυ φιλολόγων ἀνδρῶν. Ἔςι δὲ
τῇ συνόδῳ ταύτῃ καὶ χρήματα κοινὰ, καὶ ἱερεὺς ὁ ἐπὶ
τῷ Μυσείῳ τεταγμένος, τότε μὲν ὑπὸ τῶν βασιλέων, νῦν
δ' ὑπὸ Καίσαρος. Μέρος δὲ τῶν βασιλείων ἐςὶ καὶ τὸ καλύ-
μενον Σῶμα, ὃ περίβολος ἦν, ἐν ᾧ αἱ τῶν βασιλέων
ταφαὶ καὶ ἡ Ἀλεξάνδρυ. Ἔφθη γὰρ τὸ σῶμα ἀφελόμενος
Περδίκαν ὁ τοῦ Λάγυ Πτολεμαῖος, κατακομίζοντα ἐκ τῆς
Βαβυλῶνος, καὶ ἐκτρεπόμενον ταύτῃ κατὰ πλεονεξίαν
καὶ ἐξιδιασμὸν τῆς Αἰγύπτυ. Καὶ δὴ καὶ ἀπώλετο διαφ-
θαρεὶς ὑπὸ τῶν ςρατιωτῶν, ἐπελθόντος τοῦ Πτολεμαίυ,
καὶ κατακλείσαντος αὐτὸν ἐν νήσῳ ἐρήμῃ. Ἐκεῖνος μὲν ὖν
ἀπέθανεν ἐμπεριπαρεὶς ταῖς σαρίσσαις, ἐπελθόντων ἐπ'
αὐτῷ τῶν ςρατιωτῶν. Σὺν αὐτῷ δὲ καὶ οἱ βασιλεῖς, Ἀρι-
δαῖός τὲ καὶ τὰ παιδία τὰ Ἀλεξάνδρου, καὶ ἡ γυνὴ
Ῥωξάνη ἀπῆρεν εἰς Μακεδονίαν. Τὸ δὲ σῶμα τοῦ Ἀλεξάνδρου κομίσας ὁ Πτολεμαῖος ἐκήδευσεν ἐν τῇ Ἀλεξανδρείᾳ
ὅπου νῦν κεῖται, ὐ μὴν ἐν τῇ αὐτῇ πυέλῳ, ὑαλίνη γὰρ
αὕτη, ἐκεῖνος δ' ἐν χρυσῇ κατέθηκεν. Ἐσύλησε δ' αὐτὸν ὁ
Κόκκης καὶ Παρείσακτος ἐπικληθεὶς Πτολεμαῖος, ἐκ τῆς
Συρίας ἐπελθὼν, καὶ ἐκπεσὼν εὐθὺς, ὥς' ἀνόνητα αὐτῷ τὰ
σῦλα γενέσθαι. Ἔςι δ' ἐν τῷ μεγάλῳ λιμένι κατὰ μὲν τὸν
εἴσπλυν ἐν δεξιᾷ ἡ νῆσος καὶ ὁ πύργος ὁ Φάρος. Κατὰ δὲ
τὴν ἑτέραν χεῖρα αἵ τε χοιράδες, καὶ ἡ λοχιὰς ἄκρα,
ἔχουσα βασίλειον. Εἰσπλεύσαντι δ' ἐν ἀρισερᾷ, ἐςὶ συνε-
χῆ τοῖς ἐν τῇ λοχιάδι, τὰ ἐνδοτέρω βασίλεια, πολλὰς

καὶ ποικίλας ἔχοντα διαίτας καὶ ἄλση. Τύτοις δ᾽ ὑπό-
κειται ὅ, τε κρυπ]ὸς λιμὴν καὶ κλεισὸς ἴδιος τῶν βασιλέων,
καὶ ἡ Ἀντίροδος νησίον προκείμενον τοῦ ὀρυκτοῦ λιμένος,
βασίλειον ἅμα καὶ λιμένιον ἔχον. Ἐκάλεσαν δ᾽ ὕτως, ὡς
ἂν τῇ Ῥόδῳ ἐνάμιλλον. Ὑπέρκειται δὲ τύτῳ τὸ θέατρον.
Εἶτα τὸ Ποσείδιον, ἀγκὼν τὶς ἀπὸ τοῦ ἐμπορίου κα-
λυμένου προπεπ]ωκός, ἔχων ἱερὸν Ποσειδῶνος. Ὧι προσ-
θεὶς χῶμα Ἀντώνιος ἔτι μᾶλλον προνεῦον εἰς μέσον τὸν
λιμένα, ἐπ᾽ τῷ ἄκρῳ κατεσκεύασε δίαιταν βασιλικὴν, ἢν
Τιμών ον προσηγόρευσε. Τοῦτο δ᾽ ἔπραξε τὸ τελευταῖον
ἡνίκα προκληθεὶς ὑπὸ τῶν φίλων ἀπῆρεν εἰς Ἀλεξάν-
δρειαν μετὰ τὴν ἐν Ἀκτίῳ κακοπραγίαν, Τιμώνιον
αὑτῷ κρίνας τὸν λοιπὸν βίον, ὃν διάξειν ἔμελλεν ἔρημος τῶν
τοσύτων φίλων. Εἶτα τὸ Καισάριον καὶ τὸ ἐμπορεῖον, καὶ
ἀποστάσεις, μετὰ ταῦτα τὰ νεώρια, μέχρι τοῦ Ἑπ]ασα-
δίυ. Ταῦτα μὲν τὰ περὶ τὸν μέγαν λιμένα. Ἑξῆς δ᾽
Εὐνόστυ λιμὴν μετὰ τὸ Ἑπ]ασάδιον, καὶ ὑπὲρ τύτυ
ὀρυκτός, ὃν καὶ Κιβωτὸν καλῦσιν, ἔχων καὶ αὐτὸς νεώρια.
Ἐνδοτέρω δὲ τύτυ διῶρυξ πλωτὴ μίχρι τῆς λίμνης τετα-
μένη τῆς Μαραιώτιδος. Ἔξω μὲν ὖν τῆς διώρυγος μικρὸν ἔτι
λείπεται τῆς πόλεως, εἶθ᾽ ἡ Νεκρόπολις. Καὶ τὸ προάσειον
ἐν ᾧ κῆπ]οί τε πολλοὶ καὶ ταφαὶ καὶ καταγωγαὶ, πρὸς
τὰς ταριχείας τῶν νεκρῶν ἐπιτήδειαι. Ἐντὸς δὲ τῆς διώρυγος τότε Σαράπιον καὶ ἄλλα τε μὲν ἀρχαῖα ἐκλελειμ ένα
πως διὰ τὴν τῶν νεῶν κατασκευὴν τῶν ἐν Νικοπόλει.

XXVᵉ.

(Pag. 209. Comme une cuirasse macédo-nienne.)

Comment ai-je pu traduire le mot *chlamydes* de
l'original par *cuirasse?* Voilà bien ce qui prouve
que mes descriptions ne sont bonnes que pour ceux
qui n'ont rien lu sur l'Egypte. Aurois-je par hasard
quelqu'autorité que je me plaise à cacher, ou n'ai-je
eu l'intention que d'arriver à l'image tirée des armes
d'Alexandre? C'est ce que la critique nous dira.

XXVIe.

(Pag. 210. Ces vaillans qui sont tombés morts.)

Et non dormient, cum fortibus cadentibus........ Qui posuerunt gladios suos sub capitibus suis. ÉZÉCHIEL, cap. XXXII, v. 27.

XXVIIe.

(Pag. 212. Qui vient de se baigner dans les flots du Nil.)

Voyez l'Examen pour cette comparaison : *Vitula elegans atque formosa Egyptus.* Les eaux du Nil, pendant le débordement, ne sont point jaunes, ainsi qu'on l'a dit ; elles ont une teinte rougeâtre, comme le limon qu'elles déposent : c'est ce que tout le monde a pu observer aussi bien que moi.

XXVIIIe.

(Pag. 213. Un sol rajeuni tous les ans.)

Voilà toute la description de l'Egypte : il me semble que je ne dis rien ici d'extraordinaire ni d'étranger à la pure et simple vérité. L'expression sans doute est à moi ; mais si j'en crois d'assez bons juges, je ne dois avoir nulle inquiétude sur ce point.

XXIXe.

(Pag. 213. Pharaon est là avec tout son peuple, et ses sépulcres autour de lui.)

Je ne sais si l'on avoit remarqué avant moi ce passage des Prophètes qui peint si bien les Pyramides. J'avois ici un vaste sujet d'amplification, et pourtant je me suis contenté de peindre rapidement cet imposant spectacle ; il faut se taire, après Bossuet, sur ces grands tombeaux. En remontant le Nil pour aller au Caire, lorsque j'aperçus les Pyramides, elles me présentèrent l'image exprimée dans le texte. La beauté du ciel ; le Nil, qui ressembloit alors à une petite mer ; le mélange des sables du désert, et des tapis de la plus fraîche verdure ; les palmiers, les dômes des mosquées, et les minarets du Caire ; les Pyramides lointaines de Saccara, d'où le fleuve sembloit sortir comme de ses immenses réservoirs, tout cela formoit un tableau qui n'a point son égal dans le reste du monde. Si j'osois comparer quelque chose à ces sépulcres des rois d'Egypte, ce seroit les sépulcres des sauvages, sur les rives de l'Ohio. Ces monumens, ainsi que je l'ai dit dans Atala, peuvent être appelés les Pyramides des Déserts, et les bois qui les environnent sont les palais que la main de Dieu éleva à l'homme-roi enseveli sous le Mont du Tombeau.

XXXe.

(Pag. 213. Baignée par le lac Achéruse où Charon passoit les morts.)

« Ces plaines heureuses qu'on dit être le séjour
» des justes morts, ne sont à la lettre que les belles
» campagnes qui sont aux environs du lac d'Aché-
» ruse, auprès de Memphis, et qui sont partagées
» par des champs et par des étangs couverts de blé
» ou de lotos. Ce n'est pas sans fondement qu'on a
» dit que les morts habitent là ; car c'est là qu'on
» termine les funérailles de la plupart des Egyptiens,
» lorsqu'après avoir fait traverser le Nil et le lac
» d'Achéruse à leurs corps, on les dépose enfin
» dans des tombes qui sont arrangées sous terre en
» cette campagne. Les cérémonies qui se pratiquent
» encore aujourd'hui dans l'Egypte conviennent à
» tout ce que les Grecs disent de l'Enfer, comme à
» la barque qui transporte les corps, à la pièce de
» monnoie qu'il faut donner au nocher nommé

» Charon en langue égyptienne ; au temple de la té-
» nébreuse Hécate, placé à l'entrée de l'Enfer ; aux
» portes du Cocyte et du Léthé, posées sur des
» gonds d'airain ; à d'autres portes, qui sont celles
» de la Vérité et de la Justice qui est sans tête. »
DIODORE, liv. I, traduct. de Terrasson.

XXXIe.

(Pag. 214. Je visitai Thèbes aux cent
portes.)

« Busiris rendit la ville de Thèbes la plus opu-
» lente, non-seulement de l'Egypte, mais du monde
» entier. Le bruit de sa puissance et de ses richesses
» s'étant répandu partout, a donné lieu à Homère
» d'en parler en ces termes :

Non, quand il m'offriroit, pour calmer mes transports'
Ce que Thèbes d'Egypte enferme de trésors ;
Thèbes qui dans la plaine envoyant ses cohortes,
Ouvre à vingt mille chars ses cent fameuses portes.

» Néanmoins, selon quelques auteurs, Thèbes n'a-
» voit point cent portes ; mais, prenant le nombre
» de cent pour plusieurs, elle étoit surnommée Hé-
» catompyle, non peut-être de ses portes, mais des
» grands vestibules qui étoient à l'entrée de ses
» temples. » DIODORE, liv. I, sect. II, traduct. de
Terrasson.

XXXIIe.

(Pag. 214. Tentyra aux ruines magnifiques.)

Aujourd'hui Dendera. Je la suppose ruinée au
temps d'Eudore, et telle qu'elle l'est aujourd'hui.
Une foule de villes égyptiennes n'existoient déjà
plus du temps des Grecs et des Romains, et ils
alloient comme nous en admirer les ruines. Je donne
ici mille cités à l'Egypte, Diodore en compte trois
mille ; et, selon le calcul des prêtres, elles s'étoient élevées au nombre de dix-huit mille. Si l'on en croyoit

Théocrite, ce nombre eût été encore beaucoup plus considérable. Dioclétien lui-même détruisit plusieurs villes de la Thébaïde, en étouffant la révolte d'Achillée.

XXXIIIe.

(Pag. 214. Qui donna Cécrops et Inachus à la Grèce, qui fut visitée, etc.)

Cécrops fonda Athènes ; Inachus, Argos.

Parmi les sages qui ont visité l'Egypte, Diodore compte, d'après les prêtres égyptiens, Orphée, Musée, Mélampe, Dédale, Homère, Lycurgue, Solon, Platon, Pythagore, Eudoxe, Démocrite, OEnopidès. J'ai ajouté les grands personnages de l'Ecriture. DIODORE, liv. I.

XXXIVe.

(Pag. 214. Cette Egypte où le peuple jugeoit ses rois, etc.)

Je citerai Rollin, tout à fait digne de figurer auprès des historiens antiques : « Aussitôt qu'un » homme étoit mort, on l'amenoit en jugement. » L'accusateur public étoit écouté. S'il prouvoit » que la conduite du mort eût été mauvaise, on » en condamnoit la mémoire, et il étoit privé » de sépulture. Le peuple admiroit le pouvoir des » lois, qui s'étendoit jusqu'après la mort ; et chacun, » touché de l'exemple, craignoit de déshonorer sa » mémoire et sa famille. Que si le mort n'étoit con- » vaincu d'aucune faute, on l'ensevelissoit honora- » blement.

» Ce qu'il y a de plus étonnant dans cette en- » quête publique établie contre les morts, c'est que » le trône même n'en mettoit pas à couvert. Les rois » étoient épargnés pendant leur vie, le repos public » le vouloit ainsi ; mais ils n'étoient pas exempts du » jugement qu'il falloit subir après la mort, et quel-

» ques–uns ont été privés de sépulture. » ROLLIN ,
Hist. des Egypt.

XXXVe.

(Pag. 214. Où l'on empruntoit en livrant
pour gage le corps d'un père.)

« Sous le règne d'Asychis , comme le commerce
» souffroit de la disette d'argent , il publia , me
» dirent–ils , une loi qui défendoit d'emprunter , à
» moins qu'on ne donnât pour gage le corps de son
» père. On ajouta à cette loi que le créancier auroit
» aussi en sa puissance la sépulture du débiteur , et
» que , si celui–ci refusoit de payer la dette pour la-
» quelle il auroit hypothéqué un gage si précieux ,
» il ne pourroit être mis , après sa mort , dans la
» sépulture de ses pères , ni dans quelqu'autre , et
» qu'il ne pourroit , après le trépas d'aucun des
» siens , leur rendre cet honneur. » HÉRODOTE ,
liv. II , traduct. de M. Larcher.

XXXVIe.

(Pag. 214. Où le père qui avoit tué son
fils , etc.)

« On ne faisoit pas mourir les parens qui avoient
» tué leurs enfans ; mais on leur faisoit tenir leurs
» corps embrassés trois jours et trois nuits de suite ,
» au milieu de la garde publique qui les environ-
» noit. » DIODORE , liv. I , sect. II , traduction de
Terrasson.

XXXVIIe.

(Pag. 214. Où l'on promenoit un cercueil
autour de la table du festin.)

« Aux festins qui se font chez les riches , on porte
» après le repas , autour de la salle , un cercueil
» avec une figure en bois , si bien travaillée et si
» bien peinte qu'elle représente parfaitement un

» mort. Elle n'a qu'une coudée ou deux au plus.
» On la montre à tous les convives tour à tour, en
» leur disant : « Jetez-les yeux sur cet homme ;
» vous lui ressemblerez après votre mort : buvez
» donc maintenant, et vous divertissez. » HÉROD.,
liv. II, traduct. de M. Larcher.

XXXVIIIe.

(Pag. 214. Où les maisons s'appeloient des
hôtelleries, et les tombeaux des maisons.)

« Tous ces peuples regardant la durée de la vie
» comme un temps très-court et de peu d'impor-
» tance, font au contraire beaucoup d'attention à
» la longue mémoire que la vertu laisse après elle.
» C'est pourquoi ils appellent les maisons des vi-
» vans des hôtelleries par lesquelles on ne fait que
» passer ; mais ils donnent le nom de demeures éter-
» nelles aux tombeaux des morts, d'où l'on ne sort
» plus. Ainsi, les rois ont été comme indifférens sur
» la construction de leurs palais, et ils se sont épui-
» sés dans la construction de leurs tombeaux. »
DIOD., liv. I, sect. II, traduct. de Terrasson.

XXXIXe.

(Pag. 214. Leurs symboles bizarres ou effrontés.)

Non-seulement j'ai lu quelque chose sur l'Egypte,
comme on vient de le voir, mais j'en connois assez
bien les monumens ; et quand je dis qu'il y avoit des
symboles effrontés à Thèbes, à Memphis et à Hiéro-
polis, je ne fais que rappeler ce que la gravure a
rappelé depuis Pococke, et rappellera sans doute encore. Cette note XXXIXe termine la description de
l'Egypte idolâtre : il n'y a, comme on le voit, pas
une phrase, pas un mot qui ne soit appuyé sur une
puissante autorité, et l'on peut remarquer que j'ai
renfermé en quelques lignes toute l'histoire de

l'Egypte ancienne, sans omettre un seul fait essen=
tiel. Dans la description de l'Egypte chrétienne qui
va suivre, dans la peinture du désert, j'aurois pu
m'en rapporter à mes propres yeux, et mon témoignage suffisoit, comme celui de tout autre voyageur. On verra pourtant que mes récits sont confirmés par les relations les plus authentiques. Franche-
ment, je suis plus fort que mes ennemis en tout
ceci ; et puisqu'ils m'y ont forcé par l'attaque la plus
bizarre, je suis obligé de leur prouver qu'ils ont
parlé de choses qu'ils n'entendent pas.

XLe.

(Pag. 215. Il venoit de conclure un traité
avec les peuples de Nubie.)

Par ce traité, Dioclétien avoit cédé aux Ethio-
piens le pays qu'occupoient les Romains au-delà
des Cataractes.

XLIe.

(Pag. 217. Figurez-vous, seigneurs, des
plages sablonneuses, etc.)

« Nous partîmes de Benisolet, dit le Père Siccard,
» le 25, pour aller au village de Baiad, qui est à
» l'orient du fleuve. Nous prîmes dans ce village des
» guides pour nous conduire au désert de Saint-
» Antoine. Nous sortîmes de Baiad le 26 mai, mon-
» tés sur des chameaux, et escortés de deux chame-
» liers. Nous marchâmes au nord le long du Nil,
» l'espace d'une ou deux lieues, et ensuite nous
» tirâmes à l'est pour entrer dans le célèbre désert de
» Saint-Antoine, ou de la basse Thébaïde..............
» Une plaine sablonneuse s'étend d'abord jusqu'à
» la gorge de Gebeï......... Nous montâmes jus-
» qu'au sommet du mont Gebeï. Nous découvrîmes
» alors une plaine d'une étendue prodigieuse. . . .
» Son terrain est pierreux et stérile. Les pluies, qui
» y sont fréquentes en hiver, forment plusieurs tor-

» rents ; mais leur lit demeure sec pendant tout
» l'été.......... Dans toute la plaine., on ne voit
» que quelques acacias sauvages , qui portent autant
» d'épines que de feuilles. Leurs feuilles sont si mai-
» gres , qu'elles n'offrent qu'un médiocre secours à
» un voyageur qui cherche à se mettre à l'abri du
» soleil brûlant. » (*Lettr. édif.* , tom. V, pag. 191
et suiv.) Jusqu'ici , comme on le voit, je n'ai rien
imaginé ; et le Père Siccard , qui passa tant d'années
en Egypte , ce Missionnaire qui savoit le grec , le
cophte , l'hébreu , le syriaque , l'arabe , le latin , le
turc , etc. , n'avoit peut-être rien lu sur l'Egypte ,
ni rien vu dans ce pays. J'ai substitué seulement le
nopal à l'acacia , comme plus caractéristique des
lieux. Me permettra-t-on de dire que j'ai rencontré
le nopal aux environs du Caire , d'Alexandrie , et en
général dans tous les déserts de ces contrées? Cependant, si on ne veut pas qu'il y ait de nopals en
Orient , malgré moi et malgré presque tous les
voyageurs, je capitulerai sur ce point.

   Il faut pourtant que j'apprenne à la critique une
chose qu'elle ne sait peut-être pas , et le moyen de
m'attaquer. A l'époque où je place des nopals en
Orient il y a anachronisme en histoire naturelle.
Les cactus sont américains d'origine. Transportés
ensuite en Afrique et en Asie, ils s'y sont tellement
multipliés, que la chaîne de l'Atlas en est aujour-
d'hui remplie. Quelques botanistes doutent même
si ces plantes ne sont point naturelles aux deux con-
tinens. Un seul végétal, introduit dans une contrée,
suffit pour changer l'aspect d'un paysage. Le peuplier d'Italie , par exemple , a donné un autre caractère à nos vallées. J'ai peint et j'ai dû peindre
ce que je voyois en Orient , sans égard à la chro-
nologie de l'histoire naturelle.

XLIIe.

(Pag. 217. Des débris de vaisseaux pétrifiés.)

« Sur le dos de la plaine, dit le père Siccard, on
» voit de distance en distance des mâts couchés par
» terre, avec des pièces de bois flotté qui paroissent
» venir du débris de quelque bâtiment; mais quand
» on y veut porter la main, tout ce qui paroissoit
» bois se trouve être pierre. » (*Lettr. édif.* ; tom. V,
pag. 48.) Me voilà encore à l'abri. Il est vrai que le
Père Siccard raconte cette particularité du désert de
Scété et de la *mer sans eau*, et moi je la place dans
le désert de la basse Thébaïde ; mais un autre
voyageur dit avoir rencontré les mêmes pétrifications en allant du Caire à Suez : il diffère seulement d'opinion avec le Missionnaire sur la nature
de ces pétrifications.

XLIIIe.

(Pag. 217. Des monceaux de pierres élevés de loin à loin.)

« Nous traversâmes, dit encore le Père Siccard,
» le chemin des *Anges ;* c'est ainsi que les Chrétiens
» appellent une longue traînée de petits monceaux
» de pierres dans l'espace de plusieurs journées de
» chemin : cet ouvrage.......... servoit autrefois pour
» diriger les pas des anachorètes....... car le sable
» de ces vastes plaines, agité par les vents, ne laisse
» ni sentier, ni trace marquée. » *Lettr. édif.*,
tome V, pag. 29.)

XLIVe.

(Pag. 217. L'ombre errante de quelques
troupeaux de gazelles, etc.; jusqu'à l'alinéa.)

« Les vestiges de sangliers, d'ours, d'hyènes, de
» bœufs sauvages, de gazelles, de loups, de cor-

» neilles, paroissent tous les matins fraîchement
» imprimés sur le sable. » (P. Sicc., *Lettr. édif.*,
tom. V, pag. 41.) J'ai souvent entendu la nuit le
bruit des sangliers qui rongeoient des racines dans le
sable : ce bruit est assez étrange pour m'avoir fait plus
d'une fois interroger mes guides. Quant au chant du
grillon, c'est une petite circonstance si distinctive de
ces affreuses solitudes, que j'ai cru devoir la conserver. C'est souvent le seul bruit qui interrompe le
silence du désert libyque et des environs de la mer
Morte : c'est aussi le dernier son que j'aie entendu
sur le rivage de la Grèce, en m'embarquant au cap
Sunium pour passer à l'île de Zéa. Peindre à la
mémoire le foyer du laboureur, dans ces plaines
où jamais une fumée champêtre ne vous appelle à
la tente de l'Arabe ; présenter au souvenir le contraste du fertile sillon et du sable le plus aride,
ne m'ont point paru des choses que le goût dût
proscrire ; et les critiques que j'ai consultés ont tous
été d'avis que je conservasse ce trait.

XLVe.

(Pag. 218. Il enfonçoit ses nazeaux dans
le sable.)

x Tous les voyageurs ont fait cette remarque, Pococke, Shaw, Siccard, Niebhur, M. de Volney, etc.
J'ai vu souvent moi-même les chameaux souffler
dans le sable sur le rivage de la mer, à Smyrne, à
Jaffa et à Alexandrie.

XLVIe.

(Pag. 218. Par intervalle, l'autruche poussoit des sons lugubres.)

Sorte de cri attribué à l'autruche par toute l'Écri-
ture. Voy. Job et Micher.

XLVIIᵉ.

(Pag. 219. Le vent de feu.)

C'est le kamsin. Il n'y a point d'ouvrage sur l'E-
gypte et sur l'Arabie qui ne parle de ce vent terrible.
Il tue quelquefois subitement les chameaux, les chevaux et les hommes. Les anciens l'ont connu,
comme on peut le remarquer dans Plutarque.

XLVIIIᵉ.

(Pag. 219. Un acacia.)

Voyez la note XLIᵉ.

XLIXᵉ.

(Pag. 220. Le rugissement d'un lion.)

On prétend qu'on ne trouve pas de lions dans les
déserts de la basse Thébaïde : cela peut être. On
sait, par l'autorité d'Aristote, qu'il y avoit autrefois
des lions en Europe, et même en Grèce. J'ai suivi
dans mon texte l'Histoire des Pères du désert ; et je
le devois, puisque c'étoit mon sujet. On lit donc
dans cette Histoire que ces grands solitaires appri-
voisoient des lions, et que ces lions servoient quelquefois de guides aux voyageurs. Ce furent deux
lions qui, selon saint Jérôme, creusèrent le tombeau de saint Paul. Le Père Siccard assure qu'on
voit *rarement* des lions dans la basse Thébaïde,
mais qu'on y voit beaucoup de tigres, de chamois, etc. *Lettr. Edif.*, tom. V, pag. 219.

Lᵉ.

(Pag. 221. Un puits d'eau fraîche.)

« L'aurore, dit le Père Siccard, nous fit décou-
» vrir une touffe de palmiers éloignée de nous d'en-
» viron quatre ou cinq milles. Nos conducteurs
» nous dirent que ces palmiers ombrageoient un

» petit marais dont l'eau, quoiqu'un peu salée,
» étoit bonne à boire. » *Lettr. édif.*, tom. V,
pag. 196.

LIe.

(Pag. 221. Je commençai à gravir des rocs
noircis et calcinés.)

« Le monastère de Saint-Paul, où nous arri-
» vâmes, est situé à l'orient, dans le cœur du mont
» Colzim. Il est environné de profondes ravines et
» de coteaux stériles, dont la surface est noire. »
P. Sicc., *Lettr. Édif.*, tom. V, pag. 220.

LIIe.

(Pag. 223. Au fond de la grotte.)

« Il (Paul) trouva une montagne pierreuse, au-
» près du pied de laquelle étoit une grande caverne
» dont l'entrée étoit fermée avec une pierre, laquelle
» ayant levée pour y entrer, et regardant atten-
» tivement de tous côtés, par cet instinct naturel
» qui porte l'homme à désirer de connoître les choses
» cachées, il aperçut au-dedans comme un grand
» vestibule qu'un vieux palmier avoit formé de ses
» branches en les étendant et les entrelaçant les unes
» dans les autres, et qui n'avoit rien que le ciel au-
» dessus de soi. Il y avoit là une fontaine d'eau très-
» claire d'où sortoit un ruisseau, qui à peine com-
» mençoit à couler, qu'on le voyoit se perdre dans
» un petit trou, et être englouti par la même terre
» qui le produisoit. » *Vie des Pères du Désert*,
traduct. d'Arnaud d'Andilly, tom. I, pag. 5.

LIIIe.

(Pag. 223. Comment vont les choses du
monde.)

« Ainsi Paul, en souriant, lui ouvrit la porte ; et
» alors s'étant embrassés diverses fois, ils se saluè-

17 *

» rent, et se nommèrent tous deux par leurs pro-
» pres noms. Ils rendirent ensemble grâces à Dieu ;
» et après s'être donné le saint baiser, Paul s'étant
» assis auprès d'Antoine, lui parla de cette sorte :
    » Voici celui que vous avez cherché avec tant de
» peine, et dont le corps, flétri de vieillesse, est
» couvert par des cheveux blancs tout pleins de
» crasse. Voici cet homme qui est sur le point d'être
» réduit en poussière. Mais puisque la charité ne
» trouve rien de difficile, dites-moi, je vous sup-
» plie, comme va le monde ?. Fait-on de nouveaux
» bâtimens dans les anciennes villes ? Qui est celui
» qui règne aujourd'hui ?» *Vie des Pères du désert*,
traduct. d'Arnaud d'Andilly, tom. I, pag. 10.

LIVe.

(Pag. 223. Il y a cent treize ans que j'habite cette grotte.)

    « Y ayant déjà cent treize ans que le bienheureux
» Paul menoit sur la terre une vie toute céleste ; et
» Antoine, âgé de quatre-vingt-dix ans (comme il
» l'assuroit souvent) demeurant dans une autre soli-
» tude, il lui vint en pensée que nul autre que lui
» n'avoit passé dans le désert la vie d'un parfait et
» véritable solitaire. » *Vie des Pères du Désert*,
traduct. d'Arn. d'Andilly, tom. I, pag. 6.

LVe.

(Pag. 224. Paul alla chercher dans le trou
d'un rocher un pain.)

    Allusion à l'histoire du corbeau de saint Paul. J'ai
écarté tout ce qui pouvoit blesser le goût dédai-
gneux du siècle, sans pourtant rien omettre de
principal. Il ne faut pas d'ailleurs que les partisans
de la mythologie crient si haut contre l'histoire de
nos saints : il y a des corbeaux et des corneilles qui
jouent des rôles forts singuliers dans les fables

d'Ovide. Ne sait-on pas comment Lucien s'est moqué des dieux du paganisme, et combien en effet on peut les rendre ridicules ? Tout cela est de la mauvaise foi. On admire dans un poëte grec ou latin ce que l'on trouve bizarre et de mauvais goût dans la vie d'un solitaire de la Thébaïde. Il est très-aisé, en élaguant quelque circonstance, de faire de la vie de nos saints des morceaux pleins de naïveté, de poésie et d'intérêt.

LVIᵉ.

(Pag. 224. Eudore, me dit-il, vos fautes ont été grandes.)

Cette scène a été préparée dans le livre du Ciel. Elle achève de confirmer mon héros dans la péni- tence, elle lui apprend ses destinées, et lui donne le courage du martyr. Ainsi le récit se termine pré- cisément au moment où Eudore est devenu capable des grandes actions que Dieu attend de lui.

LVIIᵉ.

(Pag. 227. Un horizon immense.)

« Etant parvenus à l'endroit le plus haut du mont
» Colzim, nous nous y arrêtames pendant quelque
» temps pour contempler avec plaisir la mer Rouge,
» qui étoit à nos pieds, et le célèbre mont Sinaï,
» qui bornoit notre horizon. » *Lettr. édif.*, tom. V,
pag. 214.

LVIIIᵉ.

(Pag. 227. Une caravane.)

L'établissement des caravanes est de la plus haute antiquité. La première que l'on remarque dans l'Histoire romaine, remonte au temps d'Auguste, lors de l'expédition des légions pour découvrir les aromates de l'Arabie.

LXIXe.

(Pag. 227. Des vaisseaux chargés de parfums et de soie.)

Les parfums de l'Orient et les soies des Indes, venoient aux Romains par la mer Rouge. Les philosophes grecs alloient quelquefois étudier aux Indes la sagesse des Brachmanes.

LXe.

(Pag. 228. Confesseur de la foi.)

Ce morceau achève la peinture du Christianisme. Il fait voir la suite et les conséquences de l'action ; il montre Eudore récompensé, les persécuteurs punis, et les nations modernes se faisant chrétiennes sur les débris du monde ancien et les ruines de l'idolâtrie.

LXIe.

(Pag. 228. Grande rebellion tentée par leurs pères.)

C'est la révolte d'Adam et la chute de l'homme. Le reste du passage touchant la morale écrite, les révoutions de l'Orient, etc., n'a pas besoin de commentaires. Je suppose, avec quelques auteurs, que l'Egypte a porté ses dieux dans les Indes comme elle les a certainement portés dans la Grèce. Toutefois, l'opinion contraire pourroit être la véritable, et ce sont peut-être les Indiens qui ont peuplé l'Egypte. *Mundum tradidit disputationibus eorum.*

LXIIe.

(Pag. 229. Vous avez vu le Christianisme pénétrer, etc.)

Ceci remet sous les yeux le récit, et le but du récit.

LXIIIe.

(Pag. 231. Le grand Dragon de l'Egypte.)

Ecce ego ad te, Pharao rex Egypti, draco magne, qui cubas in medio fluminum tuorum, et dicis! Meus est fluvius. EZECHIEL, **XXIX**.

LXIVe.

(Pag. 231. Les Démons de la volupté, etc.)

Allusion aux tentations des saints dans la solitude, et aux miracles que Dieu fit en faveur des pieux habitans du désert.

LXVe.

(Pag. 232. La pyramide de Chéop jusqu'au tombeau d'Orsymandué.)

La pyramide de Chéop est la grande pyramide près de Memphis; le tombeau d'Orsymandué étoit à Thèbes. On peut voir dans Diodore (livre I, sect. II) la description de ce superbe tombeau; elle est trop longue pour que je la rapporte ici.

LXVIe.

(Pag. 232. La terre de Gessen.)

Dixit itaque rex ad Joseph..... In optimo loco fac eos habitare, et trade eis terram Gessen.

LXVIIe.

(Pag. 233. Ils se sont remplis du sang des Martyrs, comme les coupes et les cornes de l'autel.)

Fecit et altare holocausti...... Cujus cornua de angulis procedebant...... Et in usus ejus paravit ex ære vasa diversa. EXOD. cap. **XXVII**.

LXVIIIe.

(Pag. 233. D'où viennent ces familles fugitives, etc.)

Saint Jérôme, étant retiré dans sa grotte à Bethléem, survécut à la prise de Rome par Alaric, et
vit plusieurs familles romaines chercher un asile
dans la Judée.

LXIXe.

(Pag. 233. Enfans impurs des Démons et
des sorcières de la Scythie.)

Jornandès raconte que des sorcières chassées loin
des habitations des hommes dans les déserts de la
Scythie, furent visitées par des démons, et que de
ce commerce sortit la nation des Huns.

LXXe.

(Pag. 233. Leurs chevaux sont plus légers
que les léopards; ils assemblent des troupes
de captifs comme des monceaux de sable!)

*Leviores pardis equi ejus...... Et congregabit
quasi arenam captivitatem.* HABAC., ch. I, v. 8 et 9.

LXXIe.

(Pag. 233. La tête couverte d'un chapeau
barbare.)

C'est encore Jornandès qui forme ici l'autorité. Il
donne ce chapeau à certains prêtres et chefs des
Goths.

LXXIIe.

(Pag. 234. Les joues peintes d'une couleur
verte.)

« Le Lombard se présente : ses joues sont peintes
d'une couleur verte, on diroit qu'il a frotté son vi-

avec le suc des herbes marines qui croissent au fond de l'Océan, dont il habite les bords. » SIDON. APOLL., lib. VIII, *epist.* IX, *ad Lampr.*

LXXIIIe.

(Pag. 234. Pourquoi ces hommes nus égorgent-ils les prisonniers.)

Voy. la note LXIXe du liv. VI.

LXXIVe.

(Pag. 234. Ce monstre a bu le sang du Romain qu'il avoit abattu.)

Gibbon cite ce trait dans son Hist. de la Chute de l'Emp. Rom.

LXXVe.

(Pag. 234. Tous viennent du désert d'une terre affreuse.)

Onus deserti maris. Sicut turbines ab Africo veniunt, de deserto venit, de terrâ horribili. ISAI., cap. XXI, v. 1.

LXXVIe.

(Pag. 235. Il vient couvrir ce pauvre corps.)

« Mais parce que l'heure de mon sommeil est » arrivée....... Notre Seigneur vous (Antoine) a » envoyé pour couvrir de terre ce pauvre corps, » ou, pour mieux dire, pour rendre la terre à la » terre. » *Vie des Pères du Désert,* trad. d'Arnaud d'Andilly, tom. I, pag. 12.

LXXVIIe.

(Pag. 235. Il tenoit à la main la tunique d'Athanase.)

« Je vous (Antoine) supplie d'aller quérir le

» manteau que l'évêque Athanase vous donna, et
» de me l'apporter pour m'ensevelir. » *Vie des
Pères du Désert* , trad. d'Arnaud d'Andilly ,
tom. I , pag. 12.

LXXVIIIe.

(Pag. 235. J'ai vu Elie , etc.)

« J'ai vu Elie , j'ai vu Jean dans le désert ; et,
» pour parler selon la vérité, j'ai vu Paul dans un
» Paradis. » *Vie des Pères du Désert,* trad. d'Arnaud d'Andilly, tom. I , pag. 13.

LXXIXe.

(Pag. 236. Je vis au milieu d'un chœur d'Anges.)

« Il (Antoine) vit au milieu des troupes des
» Anges, et entre les chœurs des Prophètes et des
» Apôtres , Paul tout éclatant d'une blancheur pure
» et lumineuse, monter dans le Ciel.... Il y vit le
» corps mort du saint qui avoit les genoux en terre,
» la tête levée et les mains étendues vers le ciel. Il
» crut d'abod qu'il étoit vivant, et qu'il prioit. »
Vie des Pères du Désert , trad. d'Arnaud d'Andilly , tom. I , pag. 14.

LXXXe.

(Pag. 236. Deux lions.)

Voy. ci-dessus , note XLIXe.

LXXXIe.

(Pag. 236. Ptolémaïs.)

Saint-Jean-d'Acre.

LXXXIIe.

(Pag. 236. Je m'arrêtai aux Saints Lieux où je connus la pieuse Hélène.)

Préparation au voyage de Cymodocée à Jérusalem.

LXXXIIIe.

(Pag. 237. Je vis ensuite les sept Eglises.)

Complément de la peinture de l'Eglise sur toute la terre. *Angelo Ephesi ecclesiæ scribe...... Scio opera, tua et laborem, et patientiam tuam.* Smyrne : *Scio tribulationem tuam.* Pergame : *Tenes nomen meum, et non negasti fidem meam.* Thyatire : *Novi..... charitatem tuam.* Sardes : *Scio opera tua, quia nomen habes quod vivas, et mortuus es.* Laodicée : *Suadeo tibi emere à me aurum.... ut vestimentis albis induaris.* Philadelphie : *Hæc dicit sanctus et verus qui habet clavem David..... Ego dilexi te. Apocal.*, cap. II et III.

LXXXIVe.

(Pag. 237. J'eus le bonheur de rencontrer à Byzance le jeune prince Constantin, qui.... daigna me confier ses vastes projets.)

Regard jeté sur la fondation de Constantinople, que saint Augustin appelle magnifiquement la compagne et l'héritière de Rome. *De Civ. Dei.*

FIN DES REMARQUES DU LIVRE ONZIÈME.

SOMMAIRE DU LIVRE DOUZIÈME.

Invocation à l'Esprit-Saint. Conjuration des Démons contre l'Eglise. Dioclétien ordonne de faire le dénombrement des Chrétiens. Hiéroclès part pour l'Achaïe. Amour d'Eudore et de Cymodocée.

LIVRE XII.

Esprit-Saint, qui fécondas le vaste
abîme en le couvrant de tes ailes, c'est-à-pré-
sent que j'ai besoin de ton secours! Du haut
de la montagne qui voit s'abaisser à ses pieds
les sommets d'Aonie, tu contemples ce mouvement perpétuel des choses de la terre,
cette société humaine où tout change, même
les principes, où le bien devient le mal, où
le mal devient le bien ; tu regardes en pitié
les dignités qui nous enflent le cœur, les
vains honneurs qui le corrompent; tu menaces le pouvoir acquis par des crimes, tu
consoles le malheur acheté par des vertus ;
tu vois les diverses passions des hommes, leurs
craintes honteuses, leurs haines basses, leurs
vœux intéressés, leurs joies si courtes, leurs
ennuis si longs; tu pénètres toutes ces mi-
sères, ô Esprit créateur ! Anime et vivifie
ma parole dans le récit que je vais faire :

heureux, si je puis adoucir l'horreur du tableau, en y peignant les miracles de ton amour!

Placés aux postes désignés par leur chef, les Esprits de ténèbres soufflent de toutes parts la discorde et l'horreur du nom chrétien. Ils déchaînent dans Rome même les passions des chefs et des ministres de l'Empire. Astarté présente sans cesse à Hiéroclès l'image de la fille d'Homère. Il donne à ce fantôme séduisant toutes les grâces qu'ajoutent à la beauté l'absence et le souvenir. Satan réveille secrètement l'ambition de Galérius : il lui peint les Fidèles attachés à Dioclétien, comme le seul appui qui soutient le vieil Empereur sur son trône. Le préfet d'Achaïe, déserteur de la loi évangélique et livré au Démon de la fausse sagesse, confirme le fougueux César dans sa haine contre les adorateurs du vrai Dieu. La mère de Galérius se plaint de ce que les disciples de la Croix insultent à ses sacrifices, et refusent de prier pour son fils les divinités champêtres. Lorsqu'un vautour, sauvage enfant de la montagne, va fondre sur une colombe qui se désaltère dans un courant d'eau, à l'instant où il se précipite, d'autres

vautours arrêtés sur un rocher poussent des
cris cruels, et l'excitent à dévorer sa proie :
ainsi Galérius, qui veut anéantir la religion
de Jésus-Christ, est encore animé au carnage
par sa mère et par l'impie Hiéroclès. Enivré
de ses victoires sur les Parthes, traînant à sa
suite le luxe et la corruption de l'Asie,
nourrissant les projets les plus ambitieux,
il fatigue Dioclétien de ses plaintes et de ses
menaces.

« Qu'attendez-vous, lui dit-il, pour punir
une race odieuse que votre dangereuse clémence laisse multiplier dans l'Empire? Nos
temples sont déserts, ma mère est insultée,
votre épouse séduite. Osez frapper des sujets
rebelles : vous trouverez dans leurs richesses
des ressources qui vous manquent, et vous
ferez un acte de justice agréable aux dieux. »

Dioclétien étoit un prince orné de modé-
ration et de sagesse ; son âge le faisoit encore pencher vers la douceur en faveur des
peuples : tel un vieil arbre, en abaissant ses
rameaux, rapproche ses fruits de la terre.
Mais l'avarice qui resserre le cœur, et la
superstition qui le trouble, gâtoient les
grandes qualités de Dioclétien. Il se laissa

séduire par l'espoir de trouver des trésors chez
les Fidèles. Marcellin, évêque de Rome,
reçut ordre de livrer aux temples des idoles
les richesses du nouveau culte. L'Empereur
se rendit lui-même à l'église où ces trésors
devoient avoir été rassemblés. Les portes
s'ouvrent : il aperçoit une troupe innom-
brable de pauvres, d'infirmes, d'orphe-
lins !

« Prince, lui dit le pasteur des hommes,
voilà les trésors de l'Eglise, les joyaux, les
vases précieux, les couronnes d'or de Jésus-
Christ ! »

Cette austère et touchante leçon fit monter
la rougeur au front du prince. Un monarque
est terrible quand il est vaincu en magnanimité : la puissance, par un instinct sublime,
prétend à la vertu, comme une mâle jeunesse
se croit faite pour la beauté : malheur à celui
qui ose lui faire sentir les qualités ou les
grâces qui lui manquent !

Satan profite de ce moment de foiblesse
pour augmenter le ressentiment de Dioclétien
de toutes les frayeurs de la superstition. Tantôt
les sacrifices sont tout à coup suspendus, et
les prêtres déclarent que la présence des

Chrétiens éloigne les dieux de la patrie ; tantôt le foie des victimes immolées paroît sans tête ; leurs entrailles parsemées de taches livides n'offrent que des signes funestes ; les divinités couchées sur leurs lits, dans les places publiques, détournent les yeux ; les portes des temples se referment d'elles-mêmes ; des bruits confus font retentir les antres sacrés ; chaque moment apporte à Rome la nouvelle d'un nouveau prodige : le Nil a retenu le tribut de ses eaux ; la foudre gronde, la terre tremble, les volcans vomissent des flammes ; la peste et la famine ravagent les provinces de l'orient ; l'occident est troublé par des séditions dangereuses et des guerres étrangères : tout est attribué à l'impiété des Chrétiens.

Dans la vaste enceinte du palais de Dioclétien, au milieu du jardin des Thermes s'élevoit un cyprès qu'arrosoit une fontaine. Au pied de ce cyprès étoit un autel consacré à Romulus. Tout à coup un serpent, le dos marqué de taches sanglantes, sort en sifflant de dessous l'autel ; il embrasse le tronc du cyprès. Parmi le feuillage, sur le rameau le plus élevé, trois passereaux

étoient cachés dans leur nid : l'horrible
dragon les dévore; la mère vole à l'entour
en gémissant; l'impitoyable reptile la saisit
bientôt par les ailes, et l'enveloppe malgré
ses cris. Dioclétien effrayé de ce prodige
fait appeler Tagès, chef des Aruspices.
Gagné secrètement par Galérius, et fanatique
adorateur des idoles, Tagès s'écrie :

« O prince, le dragon représente la religion nouvelle prête à dévorer les deux Césars
et le chef de l'Empire ! Hâtez-vous de détourner les effets de la colère céleste, en pu-
nissant les ennemis des dieux. »

Alors le Tout-Puissant prend dans sa main
les balances d'or où sont pesées les destinées
des rois et des empires : le sort de Dioclétien
fut trouvé léger. A l'instant l'empereur rejeté
sent en lui quelque chose d'extraordinaire :
il lui semble que son bonheur l'abandonne,
et que les Parques, fausses divinités qu'il
adore, filent plus rapidement ses jours. Une
partie de sa prudence accoutumée lui échappe.
Il ne voit plus aussi clairement les hommes
et leurs passions; il se laisse entraîner aux
siennes : il veut que les officiers chrétiens
de son palais sacrifient aux dieux, et il or-

donne qu'il soit fait un dénombrement exact des Fidèles dans tout l'Empire.

Galérius est transporté de joie. Comme un vigneron, possesseur d'un terrain fameux dans les vallons du Tmolus, se promène entre les ceps de sa vigne en fleurs, et compte déjà les flots du vin pur qui rempliront la coupe des rois ou le calice des autels : ainsi Galérius voit couler en espérance les torrens du sang précieux que lui promet le Christianisme florissant. Les proconsuls, les préfets, les gouverneurs des provinces quittent la cour pour exécuter les ordres de Dioclétien. Hiéroclès baise humblement le bas de la toge de Galérius, et faisant un effort, comme un homme qui va s'immoler à la vertu, il ose lever un regard humilié vers César :

« Fils de Jupiter, lui dit-il, prince sublime, amateur de la sagesse, je pars pour l'Achaïe. Je vais commencer à punir ces factieux qui blasphèment ton Eternité. Mais, César, toi qui es ma fortune et mes dieux, permets que je m'explique avec franchise. Un sage, même au péril de ses jours, doit la vérité toute entière à son prince. Le divin Empe-

18 *

reur ne montre point encore assez de fermeté contre des hommes odieux. Oserai-je le
dire sans attirer sur moi ta colère ? Si des
mains affoiblies par l'âge laissent échapper
les rênes de l'Etat, Galérius, vainqueur des
Parthes, n'est-il pas digne de monter sur le
trône de l'univers ? Mais, ô mon héros,
garde-toi des ennemis qui t'environnent! Dorothé, chef du palais, est chrétien. Depuis
qu'un Arcadien rebelle fut introduit à la
cour, l'Impératrice même favorise les impies.
Le jeune prince Constantin, ô honte, ô douleur!.... »

Hiéroclès s'interrompit brusquement ,
versa des pleurs , et parut profondément
alarmé des périls de César. Il rallume ainsi
dans le cœur du tyran ses deux passions
dominantes , l'ambition et la cruauté. Il
jette en même temps les fondemens de sa
grandeur future : car Hiéroclès n'étoit point
aimé de l'Empereur , ennemi des sophistes ,
et il savoit qu'il n'obtiendroit jamais sous
Dioclétien les honneurs qu'il espéroit de
Galérius.

Il vole à Tarente, et monte sur la flotte
qui le doit porter en Messénie. Il brûle de

revoir le rivage de la Grèce : c'est là que res-
pire la fille d'Homère; c'est là qu'il pourra
satisfaire à la fois et son amour pour Cymodocée, et sa haine contre les Chrétiens. Cependant il cache ses sentimens au fond de
son cœur; et, couvrant ses vices du masque
des vertus, les mots de sagesse et d'humanité
sortent incessamment de sa bouche : telle
une eau profonde qui recèle dans son sein
des écueils et des abîmes, embellit souvent sa
surface de l'image et de la lumière des cieux.

Cependant les Démons qui veulent hâter
la ruine de l'Eglise, envoient au proconsul
d'Achaïe un vent favorable. Il franchit rapidement cette mer qui vit passer Alcibiade,
lorsque l'Italie charmée accourut pour contempler le plus beau des Grecs. Déjà Hiéroclès a vu fuir les jardins d'Alcinoüs et les hau-
teurs de Buthrotum : lieux voisins immorta-
lisés par les deux maîtres de la lyre. Leu-
cate où respirent encore les feux de la fille
de Lesbos, Ithaque hérissée de rochers, Zacynthe couverte de forêts, Céphallénie aimée
des colombes, attirent tour à tour les regards
du proconsul romain. Il découvre les Strophades, demeure impure de Céléno, et bien-

tôt il salue les monts lointains de l'Elide. Il
ordonne de tourner la proue vers l'orient.
Il rase le sablonneux rivage où Nestor offroit une hécatombe à Neptune, quand Télé-
maque vint lui demander des nouvelles d'U-
lysse égal aux dieux pour sa sagesse. Il
laisse à sa gauche Pylos, Sphactérie, Mo-
thone, il s'enfonce dans le golfe de Messénie : et son vaisseau rapide abandonnant
les flots amers vient enfin arrêter sa course
dans les eaux tranquilles du Pamisus.

Tandis que semblable à un sombre nuage
levé sur les mers, Hiéroclès s'approche de
la patrie des dieux et des héros, l'Ange des
saintes amours étoit descendu dans la grotte
du fils de Lasthénès : ainsi le fils supposé
d'Ananias s'offrit au jeune Tobie pour le conduire auprès de la fille de Raguel. Lorsque
Dieu veut mettre dans le cœur de l'homme
ces chastes ardeurs d'où sortent des miracles
de vertu, c'est au plus beau des Esprits du
ciel que ce soin important est confié. Uriel
est son nom ; d'une main il tient une flèche
d'or tirée du carquois du Seigneur, de l'autre,
un flambeau allumé au foudre éternel. Sa
naissance ne précéda point celle de l'uni-

vers: il naquit avec Eve, au moment même
où la première femme ouvrit les yeux à la
lumière récente. La puissance créatrice répandit sur le Chérubin ardent un mélange
des grâces séduisantes de la mère des humains, et des beautés mâles du père des
hommes : il a le sourire de la pudeur et le
regard du génie. Quiconque est frappé de
son trait divin ou brûlé de son flambeau céleste, embrasse avec transport les dévoue-
mens les plus héroïques, les entreprises les
plus périlleuses, les sacrifices les plus dou-
loureux. Le cœur ainsi blessé connoît toutes
les délicatesses des sentimens ; sa tendresse
s'accroît dans les larmes et survit aux désirs
satisfaits. L'amour n'est point pour ce cœur
un penchant borné et frivole, mais une passion grande et sévère, dont la noble fin est
de donner la vie à des êtres immortels.

L'Ange des saintes amours allume dans le
cœur du fils de Lasthénès une flamme irrésistible : le Chrétien repentant se sent brûler
sous le cilice, et l'objet de ses vœux est une
Infidèle ! Le souvenir de ses erreurs passées
alarme Eudore : il craint de retomber dans les
fautes de sa première jeunesse ; il songe à

fuir, à se dérober au péril qui le menace : ainsi, lorsque la tempête n'a point encore éclaté, que tout paroît tranquille sur le rivage, que des vaisseaux imprudens osent déployer leurs voiles et sortir du port, le pêcheur expérimenté secoue la tête au fond de sa barque, et appuyant sur la rame une main robuste, il se hâte de quitter la haute mer, afin de se mettre à l'abri derrière un rocher. Cependant un véritable amour s'est glissé pour la première fois dans le sein d'Eudore. Le fils de Lasthénès s'étonne de la timidité de ses sentimens, de la gravité de ses projets, si différentes de cette hardiesse de désirs, de cette légèreté de pensées qu'il portoit jadis dans ses attachemens. Ah, s'il pouvoit convertir à Jésus-Christ cette femme idolâtre ; si, la prenant pour son épouse, il lui ouvroit à la fois les portes du ciel et les portes de la chambre nuptiale! Quel bonheur pour un Chrétien!

Le soleil se plongeoit dans la mer des Atlantides, et doroit de ses derniers rayons les îles Fortunées, lorsque Démodocus voulut quitter la famille chrétienne; mais Lasthénès lui représenta que la nuit est pleine d'em-

bûches et de périls. Le prêtre d'Homère consentit à attendre chez son hôte le retour de
l'aurore. Retirée à son appartement, Cymodocée repassoit dans son esprit ce qu'elle
savoit de l'histoire d'Eudore ; ses joues
étoient colorées, ses yeux brilloient d'un feu
inconnu. La brûlante insomnie chasse enfin
de sa couche la prêtresse des Muses. Elle se
lève : elle veut respirer la fraîcheur de la
nuit, et descend dans les jardins, sur la pente
de la montagne.

Suspendue au milieu du ciel de l'Arcadie,
la lune étoit presque, comme le soleil, un
astre solitaire : l'éclat de ses rayons avoit
fait disparoître les constellations autour d'elle;
quelques-unes seulement se montroient çà
et là dans l'immensité : le firmament, d'un
bleu tendre, ainsi parsemé de quelques
étoiles, ressembloit à un lis d'azur chargé
des perles de la rosée. Les hauts sommets
du Cyllène, les croupes du Pholoé et du
Thelphusse, les forêts d'Anémose et de Pha-
lante, formoient de toutes parts un horizon
confus et vaporeux. On entendoit le concert lointain des torrens et des sources qui
descendent des monts de l'Arcadie. Dans le

vallon où l'on voyoit briller ses eaux, Alphée sembloit suivre encore les pas d'Aré-
thuse, Zéphyre soupiroit dans les roseaux de
Syrinx, et Philomèle chantoit dans les lauriers de Daphné au bord du Ladon.

Cette belle nuit rappelle à la mémoire de
Cymodocée cette autre nuit qui la conduisit
auprès du jeune homme semblable au chasseur Endymion. A ce souvenir, le cœur de
la fille d'Homère palpite avec plus de vitesse.
Elle se retrace vivement la beauté, le courage, la noblesse du fils de Lasthénès ; elle
se souvient que Démodocus a prononcé quelquefois le nom d'époux en parlant d'Eudore. Quoi, pour échapper à Hiéroclès, se
priver des douceurs de l'hyménée, ceindre
pour toujours son front des bandelettes glacées de la vestale ! Aucun mortel, il est vrai,
n'avoit été jusqu'alors assez puissant pour
oser unir son sort au sort d'une vierge désirée
d'un gouverneur impie ; mais Eudore triomphateur, et revêtu des dignités de l'Empire,
Eudore, estimé de Dioclétien, adoré des
soldats, chéri du prince héritier de la pourpre, n'est-il pas le glorieux époux qui peut
défendre et protéger Cymodocée ? Ah, c'est

Jupiter, c'est Vénus, c'est l'Amour, qui ont conduit eux-mêmes le jeune héros aux rivages de la Messénie!

Cymodocée s'avançoit involontairement vers le lieu où le fils de Lasthénès avoit achevé de conter son histoire. Lorsqu'une chevrette des Pyrénées s'est reposée pendant le jour avec le pasteur au fond d'un vallon, si la nuit s'échappant de la crèche, elle vient chercher le pâturage accoutumé, le berger la retrouve le matin sous le cytise en fleurs qu'il a choisi pour abri : ainsi la fille d'Homère monte peu à peu vers la grotte habitée par le chasseur arcadien. Tout à coup elle entrevoit comme une ombre immobile à l'entrée de cette grotte ; elle croit reconnoître Eudore. Elle s'arrête ; ses genoux tremblent sous elle ; elle ne peut ni fuir ni avancer. C'étoit le fils de Lasthénès lui-même ; il prioit environné des marques de sa pénitence : le cilice, la cendre, la tête blanchie d'un martyr excitoient ses larmes et animoient sa foi. Il entend les pas de Cymodocée, il voit cette vierge charmante prête à tomber sur la terre, il vole à son secours, il la soutient dans ses bras, il se défend à peine de la presser sur son cœur. Ce n'est plus ce Chrétien, si grave, si rigide : c'est un homme plein d'indulgence et de tendresse, qui veut attirer une ame à Dieu, et obtenir une épouse divine.

Comme un laboureur porte doucement à la bergerie l'agneau que la ronce a déchiré, ainsi le fils de Lasthénès enlève dans ses bras Cymodocée, et la dépose sur un banc de mousse à l'entrée de la grotte. Alors la fille de Démodocus, d'une voix tremblante :

« Me pardonneras-tu d'avoir encore troublé tes mystères ? Un dieu, je ne sais quel dieu, m'a égarée comme la première nuit. »

« Cymodocée, répondit Eudore aussi tremblant que la prêtresse des Muses, ce Dieu qui vous a égarée est mon Dieu, mon Dieu qui vous cherche et qui veut peut-être vous donner à moi. »

La fille d'Homère répliqua :

« Ta religion défend aux jeunes hommes de s'attacher aux jeunes filles, et aux jeunes filles de suivre les pas des jeunes hommes ; tu n'as aimé que lorsque tu étois infidèle à ton Dieu. »

Cymodocée rougit. Eudore s'écria :

« Ah, je n'ai jamais aimé quand j'offen-
sois ma religion! Je le sens à présent que
j'aime par la volonté de mon Dieu. »

Le baume que l'on verse sur la blessure,
l'eau fraîche qui désaltère le voyageur fatigué,
ont moins de charmes que ces paroles échap-
pées au fils de Lasthénès. Elles pénètrent de
joie le cœur de Cymodocée. Comme deux
peupliers s'élèvent silencieux au bord d'une
source, pendant le calme d'une nuit d'été,
ainsi les deux époux désignés par le ciel
demeuroient immobiles et muets à l'entrée
de la grotte. Cymodocée rompit la première
le silence :

« Guerrier, pardonne aux demandes im-
portunes d'une Messénienne ignorante. Nul
ne peut savoir quelque chose s'il n'a été
instruit par un maître habile, ou si les
dieux eux-mêmes n'ont pris soin d'orner
son esprit. Une jeune fille surtout ne sait
rien, à moins qu'elle ne soit allée broder
des voiles chez ses compagnes, ou qu'elle
n'ait visité les temples et les théâtres. Pour
moi, je n'ai jamais quitté mon père, prêtre
chéri des immortels. Dis-moi, puisqu'on

peut aimer dans ton culte, il y a donc
une Vénus chrétienne ? A-t-elle un char
et des colombes? Les désirs , les querelles
amoureuses, les entretiens secrets, les trom-
peries innocentes, le doux badinage qui sur-
prend le cœur de l'homme le plus sensé, sont-
ils cachés dans sa ceinture, ainsi que le raconte
mon divin aïeul? La colère de cette déesse
est-elle redoutable ? Force-t-elle la jeune fille
à chercher le jeune homme dans la palestre ,
à l'introduire furtivement sous le toit pater-
nel? Ta Vénus rend-elle la langue embarrassée? Répand-elle un feu brûlant, un froid
mortel dans les veines? Oblige-t-elle à recourir à des philtres pour ramener un amant
volage, à chanter la lune, à conjurer le seuil
de la porte ? Toi, Chrétien, tu ignores peut-
être que l'Amour est fils de Vénus, qu'il fut
nourri dans les bois du lait des bêtes féroces,
que son premier arc étoit de frêne, ses premières flèches de cyprès, qu'il s'assied sur
le dos du lion, sur la croupe du centaure,
sur les épaules d'Hercule, qu'il porte des ailes
et un bandeau, et qu'il accompagne Mars et
Mercure , l'éloquence et la valeur? »

« Infidèle, répondit Eudore, ma religion ne favorise point les passions funestes, mais elle sait donner par la sagesse même une exaltation aux sentimens de l'ame, que votre Vénus n'inspirera jamais. Quelle religion est la vôtre, Cymodocée? Rien n'est plus chaste que votre âme, plus innocent que votre pensée, et pourtant à vous entendre parler de vos dieux, qui ne vous croiroit trop habile dans les plus dangereux mystères? Prêtre des idoles, votre père a cru faire un acte de piété en vous instruisant du culte, des effets et des attributs des passions divinisées. Un Chrétien craindroit de blesser l'amour même par des peintures trop libres. Cymodocée, si j'avois pu mériter votre tendresse, si je devois être l'époux choisi de votre innocence, je voudrois aimer en vous moins une femme accomplie, que le Dieu même qui vous fit à son image. Lorsque le Tout-Puissant eut formé le premier homme du limon de la terre, il le plaça dans un jardin plus délicieux que les bois de l'Arcadie. Bientôt l'homme trouva sa solitude trop profonde, et pria le Créateur de lui donner une compagne. L'Eternel tira du côté d'Adam une créature divine ;

il l'appela la femme; elle devint l'épouse
de celui dont elle étoit la chair et le sang.
Adam étoit formé pour la puissance et la
valeur, Eve pour la soumission et les grâces;
la grandeur de l'ame, la dignité du caractère, l'autorité de la raison, furent le partage du premier; la seconde eut la beauté,
la tendresse et des séductions invincibles.
Tel est, Cymodocée, le modèle de la femme
chrétienne. Si vous consentiez à l'imiter, je tâcherois de vous gagner à moi, au nom de tous
les attraits qui gagnent les cœurs; je vous rendrois mon épouse par une alliance de justice,
de compassion et de miséricorde; je règnerois
sur vous, Cymodocée, parce que l'homme
est fait pour l'empire, mais je vous aimerois
comme une grappe de raisin que l'on trouve
dans un désert brûlant. Semblables aux Patriarches, nous serions unis dans la vue de
laisser après nous une famille héritière des
bénédictions de Jacob : ainsi le fils d'Abraham
prit dans sa tente la fille de Bathuel; il en
eut tant de joie qu'il oublia la mort de sa
mère. »

A ces mots Cymodocée verse des larmes
de honte et de tendresse.

« Guerrier, dit-elle, tes paroles sont douces comme du miel et perçantes comme des flèches. Je vois bien que les Chrétiens savent parler le langage du cœur. J'avois dans l'ame tout ce que tu viens de dire. Que ta religion soit la mienne, puisqu'elle enseigne à mieux aimer ! »

Eudore n'écoutant plus que son amour et sa foi :

« Quoi, Cymodocée, vous voudriez devenir Chrétienne, je donnerois un pareil ange au ciel, une pareille compagne à mes jours ! »

Cymodocée baissa la tête, et répondit :

« Je n'ose plus parler avant que tu n'aies achevé de m'enseigner la pudeur : elle avoit quitté la terre avec Némésis ; les Chrétiens l'auront fait descendre du ciel. »

Un mouvement du fils de Lasthénès fit alors rouler à terre un crucifix ; la jeune Messénienne poussa un cri de surprise mêlée d'une sorte de frayeur :

« C'est l'image de mon Dieu, dit Eudore en relevant avec respect le bois sacré, de ce Dieu descendu au tombeau, et ressuscité plein de gloire. »

« C'est donc, repartit la fille d'Homère,

comme le beau jeune homme de l'Arabie,
pleuré des femmes de Byblos, et rendu
à la lumière des cieux par la volonté de
Jupiter ? »

« Cymodocée, répliqua Eudore avec une
douce sévérité, vous connoîtrez quelque
jour combien cette comparaison est impie et
sacrilége : au lieu des mystères de honte et
de plaisir, vous voyez ici des miracles de
modestie et de douleur; vous voyez le fils
du Tout-Puissant, attaché à une croix pour
nous ouvrir le ciel, et pour mettre en honneur sur la terre l'infortune, la simplicité et
l'innocence. Mais au bord du Ladon, sous les
ombrages de l'Arcadie, au milieu d'une nuit
enchantée, dans ce pays où l'imagination
des poëtes a placé l'amour et le bonheur,
comment arrêter l'esprit d'une prêtresse des
Muses sur un objet aussi grave ? Toutefois,
fille de Démodocus, les austères méditations
fortifient dans le cœur du Chrétien les attachemens légitimes; et, en le rendant capable
de toutes les vertus, elles le rendent plus
digne d'être aimé. »

Cymodocée prêtoit une oreille attentive à
ce discours : je ne sais quoi d'étonnant se

passoit au fond de son cœur. Il lui sembloit
qu'un bandeau tomboit tout à coup de ses
yeux, et qu'elle découvroit une lumière
lointaine et divine. La sagesse, la raison,
la pudeur et l'amour s'offroient pour la première fois à ses regards dans une alliance
inconnue. Cette tristesse évangélique que le
Chrétien mêle à tous les sentimens de la vie,
cette voix douloureuse qu'il fait sortir du
sein des plaisirs, achevoient d'étonner et de
confondre la fille d'Homère. Eudore lui pré-
sentant le crucifix :

« Voilà, lui dit-il, le Dieu de charité, de
paix, de miséricorde, et pourtant le Dieu
persécuté! O Cymodocée, c'est sur cette
image auguste que je pourrois seulement
recevoir votre foi, si vous me jugiez digne
de devenir votre époux. Jamais l'autel de vos
idoles, jamais le carquois de votre Amour
ne verront l'adorateur du Christ uni à la
prêtresse des Muses. »

Quel moment pour la fille d'Homère! Passer tout à coup des idées voluptueuses de la
mythologie à un amour juré sur un crucifix!
Ces mains qui n'avoient jamais porté que les
guirlandes des Muses et les bandelettes des

sacrifices, sont chargées pour la première fois du signe redoutable du salut des hommes. Cymodocée que l'Ange des saintes amours a blessée comme Eudore, et qu'un charme irrésistible entraîne, promet aisément de se faire instruire dans la religion du maître de son cœur.

« Et d'être mon épouse, dit Eudore, en pressant les mains de la vierge timide! »

« Et d'être ton épouse, répéta la jeune fille tremblante! »

Doux serment qu'elle prononce devant le Dieu des larmes et du malheur!

Alors on entend sur le sommet des montagnes, un chœur qui commençoit la fête des Lupercales. Il chantoit le Dieu protecteur de l'Arcadie, Pan aux pieds de chèvre, l'effroi des Nymphes, l'inventeur de la flûte à sept tuyaux. Ces chants étoient le signal du lever de l'Aurore; elle éclairoit de son premier rayon la tombe d'Epaminondas, et la cime du bois Pelasgus dans les champs de Mantinée. Cymodocée se hâte de retourner auprès de son père; Eudore va réveiller Lasthénès.

FIN DU LIVRE DOUZIÈME.

REMARQUES

SUR LE DOUZIÈME LIVRE.

L'ACTION recommence dans ce livre au moment où le lecteur l'a laissée à la fin du livre de l'Enfer : l'amour dans Hiéroclès, l'ambition dans Galérius, la superstition dans Dioclétien, sont réveillés à la fois par les Esprits de ténèbres, et ces Esprits conjurés ignorent qu'ils ne font qu'obéir aux décrets de l'Eternel, et concourir au triomphe de la Foi.

PREMIÈRE REMARQUE.

(Pag. 270. La mère de Galérius, etc.)

Voyez pour tout ceci le Ier livre du récit, ou le IVe de l'ouvrage. Voyez aussi les notes de ce même livre.

IIe.

(Pag. 271. Enivré de ses victoires sur les Parthes, etc.)

Voyez livre IX, et la note XVe du même livre.

IIIe.

(Pag. 271. Votre épouse séduite.)

Voyez livre V, à l'aventure des catacombes.

IVᵉ.

(Pag. 272. Voilà les trésors de l'Eglise, etc.)

J'attribue à Marcellin la touchante histoire de
saint Laurent. Celui-ci, sommé par le gouverneur
de Rome de livrer les trésors de l'Eglise, rassem-
bla tous les malheureux de cette grande ville, les
aveugles, les boiteux, les mendians : « Tous, dit
Prudence, étoient connus de Laurent, et ils le connoissoient tous. » Tel fut le trésor qu'il présenta au
persécuteur des fidèles. Voyez PRUD., *in Coron.*, et
Act. Mart.

Vᵉ.

(Pag. 273. Dans la vaste enceinte, etc.)

Καλῇ ὑπὸ πλατανίστῳ, ὅθεν ῥέεν ἀγλαὸν ὕδωρ·
Ἔνθ᾽ ἐφάνη μέγα σῆμα· δράκων ἐπὶ νῶτα δαφοινὸς,
Σμερδαλέος, τὸν ῥ᾽ αὐτὸς Ὀλύμπιος ἧκε φόωσδε,
Βωμοῦ ὑπαΐξας, πρός ῥα πλατάνιστον ὄρουσεν·
Ἔνθα δ᾽ ἔσαν στρουθοῖο νεοσσοὶ, νήπια τέκνα,
Ὄζῳ ἐπ᾽ ἀκροτάτῳ, πετάλοις ὑποπεπτηῶτες,
Ὀκτώ· ἀτὰρ μήτηρ ἐνάτη ἦν, ἣ τέκε τέκνα·
Ἔνθ᾽ ὅγε τοὺς ἐλεεινὰ κατήσθιε τετρηγῶτας·
Μήτηρ δ᾽ ἀμφεποτᾶτο ὀδυρομένη φίλα τέκνα·
Τὴν δ᾽ ἐλελιξάμενος πτέρυγος λάβεν ἀμφιαχυῖαν.

ILIAD. libr. II, 307.

VIᵉ.

(Pag. 274. Les balances d'or.)

Voyez Homère et l'Ecriture.

VIIᵉ.

(Pag. 274. Il veut que les officiers, etc.)

Dioclétien commença en effet la persécution par
forcer les officiers de son palais, et même sa femme
et sa fille, à sacrifier aux dieux de l'Empire.

VIIIe.

(Pag. 275. Du Tmolus.)

Montagne de Lydie. Elle étoit célèbre par ses vins et par la culture du safran:

Nonne vides croceos ut Tmolus odores.

GEORG. I, 56.

IXe.

(Pag. 275. Fils de Jupiter, etc.)

Les formes de l'adulation la plus abjecte étoient en usage à cette époque; on le verra dans les notes du livre XVIe. Eudore a déjà parlé, livre IV, du titre d'Eternel que prenoient les empereurs.

X^e.

(Pag. 277. Il franchit rapidement cette mer qui vit passer Alcibiade, etc.)

Ce fut dans la fatale expédition de Nicias contre Syracuse.

XIe.

(Pag. 277. Les jardins d'Alcinoüs.)

Dans l'île de Schérie, aujourd'hui Corfou. *Odyss.*, libr. VII.

XIIe.

(Pag. 277. Les hauteurs de Buthrotum.)

Aujourd'hui Butrento, en Epire, en face de Corfou:

. . . . *Portuque subimus*
Chaonio, et celsam Buthroti accedimus urbem.

ÆN. III, v. 192.

XIIIe.

(Pag. 277. Où respirent encore les feux de la fille de Lesbos.)

> *Vivuntque commissi calores*
> *Æoliæ fidibus puellæ.*
>
> HORAT. od. IX, libr. 4.

XIVe.

(Pag. 277. Zacynthe couverte de forêts.)

> *Nemorosa Zacynthos.*
>
> ÆN. III, v. 270.

XVe.

(Pag. 277. Céphallénie aimée des colombes.)

C'est l'épithète qu'Homère donne à Thisbe (*Iliad.* lib. II). Je l'ai donnée à Céphallénie, parce qu'en passant près de cette île j'y ai vu voler des troupes de colombes.

XVIe.

(Pag. 277. Il découvre les Strophades, demeure impure de Céléno.)

> . . . . . *Strophades Graio stant nomine dictæ*
> *Insulæ Ionio in magno , quas dira Celæno*
> *Harpyiæque colunt.*
>
> ÆN. III, v. 211.

XVIIe.

(Pag. 278. Il rase le sablonneux rivage où Nestor, etc.)

> Οἱ δὲ Πύλον , Νηλῆος ἐϋκτίμενον πτολίεθρον ,
> Ἷξον, τοὶ δ' ἐπὶ θινὶ θαλάσσης ἱερὰ ῥέζον ,
> Ταύρους παμμέλανας, Ἐνοσίχθονι κυανοχαίτῃ·
>
> ODYSS. libr. III.

XVIIIe.

(Pag. 278. Sphactérie.)

Ile qui ferme le port de Pylos, et fameuse dans
la guerre du Péloponèse par la capitulation des
Spartiates, qui furent forcés de se rendre aux Athé-
niens. Voyez THUCYDIDE.

XIXe.

(Pag. 278. Mothone.)

Aujourd'hui Modon. C'est à Modon que j'ai abordé
pour la première fois les rivages de la Grèce.

XXe.

(Pag. 281. Les hauts sommets du Cyllène.)

Voyez le livre II et les notes. Il n'y a rien ici de
nouveau, excepté l'histoire de Syrinx. Syrinx étoit
fille du Ladon ; Pan l'aima, et la poursuivit au bord
du fleuve. Elle échappa aux embrassemens du dieu
de l'Arcadie, par le secours des nymphes : elle fut
changée en roseau. Le Zéphyr, en balançant ces
roseaux, en fit sortir des plaintes : Pan, frappé de
ces plaintes, arracha les roseaux, et en composa cette
espèce de flûte que les anciens appeloient syrinx.

XXIe.

(Pag. 282. Elle se retrace vivement la beauté, etc.)

Multa viri virtus animo, multusque recursat
Gentis honos: hærent infixi pectore vultus
Verbaque.

ÆN. IV, v. 3.

XXIIe.

(Pag. 286. Les désirs, les querelles amoureuses, etc.)

Ἦ, καὶ ἀπὸ στήθεσφιν ἐλύσατο κεστὸν ἱμάντα,
Ποικίλον· ἔνθα δέ οἱ θελκτήρια πάντα τέτυκτο·
Ἔνθ' ἔνι μὲν φιλότης, ἐν δ' ἵμερος, ἐν δ' ὀαριστὺς,
Πάρφασις, ἥτ' ἔκλεψε νόον πύκα περ φρονεόντων·

ILIAD. libr. XIV. 214.

Teneri sdegni, e placide e tranquille
Repulse, cari nezzi, e liete paci,
Sorrizi, parolette, e dolci stille
Di pianto, e sospir tronchi, e molli baci.

JERUS. canto XVI. st. 25,

XXIIIe.

(Pag. 286. La colère de cette déesse, etc.)

O haine de Vénus! ô fatale colère!

RAC. Phèdre, act. I, sc. 3.

XXIVe.

(Pag. 286. A chercher le jeune homme
dans la palestre.)

Βασεῦμαι ποτὶ τὰν Τιμαγήτοιο παλαίστραν
Αὔριον.

THÉOCR. Idylle 2.

XXVe.

(Pag. 286. La langue embarrassée.)

Je sens de veine en veine une subtile flamme
Courir par tout mon corps, sitôt que je te vois;
Et, dans les doux transports où s'égare mon ame,
Je ne saurois trouver de langue ni de voix.

BOILEAU, traduct. de Sapho.

Mes yeux ne voyoient plus, je ne pouvois parler,
Je sentis tout mon corps et transir et brûler.

RAC. Phèdre, act. I, sc. 3.

XXVIe.

(Pag. 286. A recourir à des philtres, etc.)

Πᾶ μοι ταὶ δάφναι; φέρε Θέστυλι. Πᾶ δὲ τὰ φίλτρα;
. . . . Ἀλλὰ, φιλαῖα,
Φαῖνε καλὸν· Τὶν γὰρ ποτασίσσμαι ἄσυχα, δαῖμον, etc.

Théocr. Idylle 2.

XXVIIe.

(Pag. 286. Qu'il s'assied sur le dos du lion, etc.)

Voyez les mythologues et les sculptures antiques.

XXVIIIe.

(Pag. 287. Quelle religion est la vôtre.)

Voilà ce qui explique l'espèce de contradiction que l'on remarque entre le commencement et la fin du discours de Cymodocée.

XXIXe.

(Pag. 287. Lorsque le Tout-Puissant, etc.)

Formavit igitur Dominus Deus hominem de limo terrae.

...... Plantaverat autem Dominus Deus Paradisum voluptatis à principio, in quo posuit hominem.... Genes., cap. II, v. 7 et 8.

XXXe.

(Pag. 287. L'Éternel tira du côté d'Adam, etc.)

Et aedificavit Dominus Deus costam quam tulerat de Adam, in mulierem.

.... *Hoc nunc, os ex ossibus meis, et caro de carne meâ.* GENES., cap. II, v. 22 et 23.

XXXIe.

(Pag. 288. Adam étoit formé pour la puissance, etc.)

Not equal, as their sex not equal seem'd ;
For contemplation he, and valour form'd ;
For softness she , and sweet attractive grace ,
                    MILT. Parad. Lost. IV.

XXXIIe.

(Pag. 288. Je tâcherois de vous gagner à moi , au nom de tous les attraits , etc.)

In funiculis Adam traham eos, in vinculis charitatis. OSÉE, cap. XI, v. 4.

XXXIIIe.

(Pag. 288. Je vous rendrois mon épouse par une alliance , etc.)

Et sponsabo te mihi in sempiternum , et sponsabo te mihi in justitia et judicio, et in misericordia , et in miserationibus. OSÉE, cap. II , v. 19.

XXIVe.

(Pag. 288. Ainsi le fils d'Abraham, etc.)

Qui introduxit eam in tabernaculum Sarœ matris suœ , et accepit eam uxorem : et in tantum dilexit eam , ut dolorem, qui ex morte matris ejus acciderat, temperaret. GENES., cap. XXIV, v. 67.

XXXVᵉ.

(Pag. 289. Avant que tu n'aies achevé de m'enseigner la pudeur.)

C'est ordinairement là fille vertueuse et innocente qui peut enseigner la pudeur à un jeune homme passionné : la religion chrétienne prouve ici sa puissance, puisqu'elle met le langage chaste dans la bouche d'Eudore, et l'expression hardie dans celle de Cymodocée. Cela est nouveau et extraordinaire, sans doute, mais naturel, par l'effet des deux religions ; et c'eût été blesser la vérité, que de présenter des mœurs contraires.

XXXVIᵉ.

(Pag. 292. Promet aisément de se faire instruire dans la religion du maître de son cœur.)

C'est ici la simple nature, et cela ne blesse point la religion, parce que Cymodocée n'est plus demandée comme une victime immédiate. Voyez le livre du Ciel.

XXXVIIᵉ.

(Pag. 292. La tombe d'Epaminondas, et la cime du bois Pelasgus.

« En sortant de Mantinée par le chemin de Pal-
» lantium, vous trouverez, à trente stades de la
» ville, le bois appelé Pelasgus........ Epaminondas
» fut tué dans ce lieu. Ce grand homme fut enterré
» sur le champ de bataille. » PAUSAN., *in Arcad.*, cap. II.

Ce livre offre le contraste de tout ce que la Mythologie nous a laissé de plus riant et de plus passionné sur l'amour, et de tout ce que l'Ecriture a dit de plus grave et de plus saint sur la tendresse conjugale. Lequel de ces deux amours l'emporte ? C'est au lecteur à prononcer.

FIN DES REMARQUES DU LIVRE DOUZIÈME.

SOMMAIRE DU LIVRE TREIZIÈME.

———

CYMODOCÉE déclare à son père qu'elle veut embrasser la religion des Chrétiens pour devenir l'épouse d'Eudore. Irrésolution de Démodocus. On apprend l'arrivée d'Hiéroclès en Achaïe. Astarté attaque Eudore et est vaincu par l'Ange des saintes amours. Démodocus consent à donner sa fille à Eudore pour éviter les persécutions d'Hiéroclès. Jalousie d'Hiéroclès. Dénombrement des Chrétiens en Arcadie. Hiéroclès accuse Eudore auprès de Dioclétien. Cymodocée et Démodocus partent pour Lacédémone.

LIVRE XIII.

———

DÉJA le prêtre d'Homère offroit une libation au soleil sortant de l'onde. Il saluoit
cet astre dont la lumière éclaire les pas du
voyageur, et touchant d'une main la terre
humide de rosée, il se préparoit à quitter
le toit de Lasthénès. Tout à coup Cymodocée, tremblante de crainte et d'amour,
se présente devant son père. Elle se jette
dans les bras du vieillard. Démodocus
avoit aisément deviné la raison du trouble
qui commençoit à tourmenter la prêtresse
des Muses. Mais comme il ne savoit point
encore que le fils de Lasthénès partageât le
même amour, il cherche à consoler Cymodocée.

« Ma fille, lui dit-il, quelle divinité t'a
frappée ? Tu pleures, toi dont l'âge ne devroit connoître que les ris innocens ! Quelque
peine cachée se seroit-elle glissée dans ton

2.   20

sein ? O mon enfant, ayons recours aux autels des dieux préservateurs, à la compagnie des sages, qui rend à notre ame sa
tranquillité première. Le temple de Junon-
Lacinienne est ouvert de tous côtés, et toutefois les vents ne dispersent point dans son enceinte les cendres du sacrifice : tel doit être
notre cœur : si les souffles des passions y pénètrent, il faut du moins qu'ils ne troublent
jamais l'inaltérable paix de son sanctuaire. »

« Père de Cymodocée, répond la jeune
Messénienne, tu ne sais pas notre bonheur !
Eudore aime ta fille; il veut, dit-il, suspendre
à ma porte les couronnes d'hyménée. »

« Dieu des ingénieux mensonges, s'écria
Démodocus, ne m'as-tu point abusé ? Dois-
je te croire, ô ma fille ! Et la vérité auroit-elle
cessé de veiller à tes lèvres ? Mais pourquoi
m'étonnerois-je de te voir aimée d'un héros ?
Tu disputerois le prix de la beauté aux
Nymphes du Ménale; et Mercure t'auroit
choisie sur le mont Chélydorée. Apprends-
moi donc comment le chasseur arcadien t'a
fait connoître qu'il étoit blessé par le fils de
Vénus ? »

« Cette nuit même, répondit Cymodocée,

je voulois chanter les Muses, pour écarter je ne sais quel souci de mon cœur. Eudore, comme un de ces songes brillans qui s'échappent par les portes de l'Elysée, m'a rencontrée dans l'ombre. Il a pris ma main; il m'a dit : « Vierge, je veux que les enfans de tes enfans soient assis pendant sept générations sur les genoux de Démodocus. » Mais il m'a dit tout cela dans son langage chrétien, bien mieux que je ne te le puis raconter. Il m'a parlé de son Dieu. C'est un Dieu qui aime ceux qui pleurent, et qui bénit les infortunés. Mon père, ce Dieu m'a charmée; nous n'avons point parmi les nôtres de divinités si douces et si secourables. Il faut que j'apprenne à connoître et à pratiquer la religion des Chrétiens, car le fils de Lasthénès ne peut me recevoir qu'à ce prix. »

Lorsque le serein Borée et le vent nébuleux du midi se disputent l'empire des mers, les matelots se fatiguent à présenter tour à tour la voile oblique à la tempête : ainsi Démodocus cède ou résiste aux sentimens contraires qui l'agitent. Il pense avec joie que Cymodocée déposera sur l'au-

20 *

tel de l'hymen le rameau stérile de la
Vestale ; que la famille d'Homère, prête à
s'éteindre, verra refleurir autour d'elle de
nombreux rejetons. Démodocus aperçoit
encore dans le fils de Lasthénès un gendre
illustre et honoré, et surtout un protecteur
puissant contre le favori de Galérius; mais
bientôt il frémit en songeant que sa fille
abandonnera ses dieux paternels, qu'elle
sera parjure aux neuf Sœurs, au culte de
son divin aïeul.

« Ah, ma fille, s'écrioit - il en la serrant
contre son cœur, quel mélange de bonheur
et de larmes ! Que m'as-tu dit ? Comment
te refuser, et comment consentir à ce que
tu demandes ? Tu quitterois ton père pour
suivre un Dieu étranger à nos ancêtres ! Quoi,
nous pourrions avoir deux religions ! Nous
pourrions demander au ciel des faveurs différentes ! Quand nos cœurs ne font qu'un
même cœur, nous cesserions d'avoir un seul
et même sacrifice ! »

« Mon père, dit Cymodocée en l'interrompant, je ne te délaisserai jamais ! Jamais
mes vœux ne seront différens des tiens !
Chrétienne, je vivrai avec toi près de ton

temple, et je redirai avec toi les vers de
mon divin aïeul. »

Le prêtre d'Homère poussant des sanglots, et pressant dans sa main sa barbe
vénérable, échappe aux caresses de sa fille.
Il va seul errer autour de la demeure de
Lasthénès, et demander conseil aux dieux
sur la montagne : tel autrefois l'aigle des
Alpes s'envoloit au milieu des nuées pendant un orage, et, noble augure des destinées romaines, alloit apprendre, au sein de
la foudre, les desseins cachés du ciel. A la
vue de tous ces sommets de l'Arcadie, marqués par le culte de quelque divinité, Démodocus verse des larmes, et la superstition
est prête à l'emporter dans son cœur. Mais
comment refuser Eudore à l'amour de Cymodocée? Comment rendre sa fille éternellement
malheureuse? Dieu qui poursuit ses desseins,
achève de subjuguer Démodocus, et fait servir à la gloire de ses futurs élus la foiblesse
paternelle. Par un effet de sapuissance, ilter-
mine les incertitudes du prêtre d'Homère; il
dissipe ses craintes; il lui présente le mariage
de Cymodocée et d'Eudore sous les auspices
les plus prospères. Démodocus rentre aux

foyers de Lasthénès ; il retrouve sa fille affligée ; il s'écrie :

« Ne pleure point, ô vierge digne de toutes les prospérités ! Que jamais Démodocus ne coûte une larme à des yeux qu'il chérit plus que la lumière du jour ! Deviens l'épouse d'Eudore, et puisse seulement ton nouveau Dieu ne t'arracher jamais à ton père ! »

Eudore, dans ce moment même, révéloit pareillement à Lasthénès le secret de son cœur.

« Mon fils, dit l'époux de Séphora, que Cymodocée soit chrétienne ! Apportez-lui le royaume du ciel en héritage, et souvenez-vous d'être complaisant envers votre épouse. »

Eudore pressé par l'Ange des saintes amours, vole auprès de Démodocus. Il croyoit trouver seul le prêtre d'Homère ; il voit la fille et le père dans les bras l'un de l'autre. Il ne sait si son sort est décidé : il s'arrête. Démodocus l'aperçoit :

« Voilà ton épouse, s'écrie-t-il. »

Des larmes d'attendrissement étouffent la voix du vieillard. Eudore se précipite aux pieds de son nouveau père, et tient en même temps embrassés les genoux de Cymodocée.

Lasthénès, son épouse et ses filles survien-
nent alors. Les jeunes Chrétiennes se jettent
au cou de la prêtresse des Muses. Elles la
comblent de caresses ; elles l'appellent deux
fois leur sœur, et comme servante de Jésus-
Christ, et comme épouse de leur frère.

Cyrille fut choisi d'un commun accord
pour répandre les premières semences de
la foi dans le cœur de la future catéchumène. Les deux familles résolurent de se
rendre à Sparte, afin que le saint évêque
pût multiplier ses leçons, et hâter l'hymen
de Cymodocée.

Mais tandis que le Ciel poursuit ses desseins, l'Enfer accomplit ses menaces. Démodocus et Lasthénès s'étoient à peine liés par
des sermens, que la nouvelle de l'arrivée
d'Hiéroclès vint consterner les habitans de la
Messénie. Vous eussiez vu les mères presser
leurs filles dans leurs bras, les jeux suspendus, comme dans une calamité publique,
l'Église en deuil, les Païens même effrayés :
tel est l'effet de l'apparition du méchant.

Précédé de ses licteurs, le proconsul entre
dans les murs de Messène. Il fait publier aussitôt l'ordre du dénombrement des Chré-

tiens. Lorsqu'un loup ravissant rôde autour
d'une bergerie, son œil s'enflamme à l'aspect du troupeau nombreux nourri dans un
gras pâturage ; la vue de la brebis excite sa
faim, et sa langue sortant de sa gueule
béante, semble déjà teinte du sang dont il
brûle de s'abreuver : ainsi Hiéroclès en proie
à sa haine contre les Fidèles, s'émeut à la
pensée des vierges sans défense, des foibles
enfans; et de la foule des Chrétiens qu'il
va bientôt rassembler au pied de son tribunal.

Cependant, poussé par le plus dangereux des Esprits de l'abîme, il monte au
sommet de l'Ithome. Il cherche des yeux,
dans la forêt d'oliviers, les colonnes du
temple d'Homère. O surprise ! Il ne trouve
point au sanctuaire le gardien de l'autel. Il
apprend que Démodocus et sa fille sont allés
visiter Lasthénès, dont le fils a rencontré
Cymodocée au milieu des bois du Taygète.
A cette nouvelle inattendue, Hiéroclès change
de visage ; mille pensées confuses s'élèvent
dans son sein. Lasthénès est le Chrétien le
plus riche de la Grèce ; il est le père d'Eudore, ennemi puissant d'Hiéroclès. Comment

Eudore a-t-il quitté l'armée de Constance? Quelle fatalité l'a ramené sur ces rivages pour traverser encore les desseins du procon- sul d'Achaïe ? Auroit-il touché le cœur de Cymodocée...? Hiéroclès brûle d'éclaircir ses soupçons, et l'inquiétude qui le dévore ne lui permet aucun retard.

Non loin de la retraite de Lasthénès , près des ruines d'un temple qu'Oreste avoit con- sacré aux Grâces et aux Furies, on voyoit s'élever un magnifique palais. Hiéroclès l'avoit fait bâtir par un des descendans d'Ictinus et de Phidias, lorsqu'il espéroit ravir Cymodocée à son père , et cacher ensuite sa victime dans cette délicieuse demeure. Rappelé à la cour des empereurs, il n'avoit point eu le temps d'exécuter son noir projet. Aujourd'hui il veut se rendre à ce palais; il ordonne que les Chrétiens de l'Arcadie viennent de toutes parts y porter leurs noms. Voisin de la demeure de Lasthénès , il espère ainsi revoir plus tôt Cymodocée, et découvrir quel dessein a pu conduire la prêtresse des Muses chez l'adorateur du Christ.

Plus prompte que l'éclair, la Renom- mée a bientôt publié la nouvelle de l'arrivée d'Hiéroclès, depuis les sommets d'Apésante, montagne respectée des peuples de l'Argolide, jusqu'au promontoire de Malée qui voit les astres fatigués se reposer sur sa cime. Elle raconte en même temps les maux qui menacent les Chrétiens ; Démodocus en frémit. Souffrira-t-il que sa fille embrasse une religion qu'environnent les périls ? Mais peut-il violer ses sermens ? Peut-il désoler Cymodocée , qui s'obstine à vouloir Eudore pour époux ?

Des pensées tumultueuses s'élèvent également au fond du cœur d'Eudore ; les Démons lui livrent un secret combat. Dans l'espoir de le séduire, ils arment contre lui la générosité de ses propres sentimens. Amener une ame à Dieu en dépit de tous les dangers et de tous les obstacles, est le plus grand bonheur du Chrétien ; mais Eudore ne se sent point encore ce zèle ardent , et ce courage sublime. L'Enfer qui veut faire naître des rivalités funestes, mais qui craint de voir Cymodocée passer sous le joug de la Croix, cherche à obscurcir la foi du fils de Lasthénès. Satan appelle Astarté, lui ordonne d'attaquer le jeune Chrétien qu'il a si souvent vaincu, et de l'arracher à la puissance de l'Ange des saintes amours.

Aussitôt le Démon de la volupté se revêt de tous ses charmes. Il prend à la main une torche odorante, et traverse les bois de l'Arcadie. Les Zéphyrs agitent doucement la lumière du flambeau. Le fantôme magique fait naître sur ses pas une foule de prestiges. La nature semble se ranimer à sa présence ; la colombe gémit, le rossignol soupire, le cerf suit en bramant sa légère compagne. Les Esprits séducteurs qui enchantent les forêts de l'Alphée, entr'ouvrent les chênes amollis, et montrent çà et là leurs têtes de nymphes. On entend des voix mystérieuses dans la cime des arbres, tandis que les divinités champêtres dansent avec des chaînes de fleurs autour du Démon de la volupté.

Astarté entre dans la grotte d'Eudore, et commence à lui souffler les pensées d'un amour purement humain.

« Tu peux, lui dit-il tout bas, tu peux mou-
» rir pour ton Dieu, si ton Dieu t'appelle ;
» mais comment précipiter Cymodocée dans
» tes malheurs ? Regarde ces yeux qui lan-
» cent des flammes, ce sein qui fait naître les

» désirs, veux-tu donc courber les grâces
» sous le poids des chaînes? Ah, qu'il seroit
» plus sage d'adoucir ta farouche vertu! Laisse
» à Cymodocée ses fables ingénieuses : le ciel
» prendra - t - il sa foudre, parce que ton
» épouse, ou si tu le voulois, ton amante,
» couvrira de quelques fleurs les autels élé-
» gants des Muses, et chantera les poétiques
» songes d'Homère? Aye pitié de la jeu-
» nesse et de la beauté. Tu n'as pas toujours
» été aussi barbare. »

Telles sont les inspirations dangereuses
de l'Esprit de ténèbres. En même temps,
d'un air enjoué, avec un sourire perfide,
il lance contre Eudore les mêmes dards dont
il perça jadis le plus sage des rois. Mais
l'Ange des saintes amours défend le fils de
Lasthénès. Aux feux des sens, il oppose
les feux de l'ame ; à une tendresse d'un
moment, une tendresse éternelle. Il détourne
d'un souffle pur les traits du Démon de la
volupté, et les flèches impuissantes viennent
s'émousser sur le cilice d'Eudore, comme
sur un bouclier de diamans.

Toutefois le faux honneur du monde,
et un attachement encore timide, l'empor-

tent en ce moment dans le cœur du soldat
pénitent. Il ne veut point avoir surpris la
parole de Démodocus ; il craint d'exposer
Cymodocée.Il va trouver le prêtre d'Homère :

« Je viens, lui dit-il, vous délier de votre
serment. La félicité de mes jours seroit de
voir Cymodocée chrétienne , et de recevoir
sa main à l'autel du véritable Dieu ; mais
on va faire le dénombrement du troupeau
choisi. Quoique ce dénombrement n'annonce
encore rien de funeste , vos sentimens sont
alarmés peut-être , et l'avenir repose dans
le sein de Dieu : que le beau présent que
vous consentiez à me faire soit libre , que
votre volonté seule décide du destin de Cymodocée et du bonheur de ma vie. »

« Mortel généreux, répondit le vieillard
touché jusqu'aux larmes , un dieu mit au
fond de tes entrailles la magnanimité des rois
des premiers temps ; et quand ta mère te
donna le jour au milieu des lauriers et des
bandelettes , ce fut Jupiter même qui plaça
dans ton sein ton noble cœur ! O mon fils,
que veux-tu que je fasse ? Tu sais si ma fille
m'est chère ? Ne pourroit-elle devenir ton
épouse sans embrasser la foi des Chré-

tiens ? Nous serions ainsi délivrés de toutes craintes ; et sans exposer Cymodocée à des périls nouveaux, tu la protégerois contre l'impie Hiéroclès. »

« Démodocus, répondit tristement Eudore, je puis, par un effort plus qu'humain, renoncer à l'amour de votre fille ; mais sachez qu'un Chrétien ne peut recevoir une épouse souillée de l'encens des idoles. Quel ministre voudroit bénir, au pied de la Croix, l'alliance de l'Enfer et du Ciel ? Mon fils entendra-t-il prononcer sur son berceau le nom du Fils de l'homme, et le nom de Jupiter ? Sera-ce la Vierge sans tâche, ou l'impudique Vénus qui donnera des leçons à ma fille ? Démodocus, nos lois nous défendent de nous unir à des femmes étrangères au culte du Dieu d'Israël : nous voulons des épouses qui partagent nos dangers dans cette vie, et que nous puissions retrouver au ciel après notre mort. »

Cymodocée avoit entendu, d'un lieu voisin, la voix confuse de son père, et du fils de Lasthénès. L'Ange des saintes amours l'inspire, et la Mère du Sauveur la remplit de résolutions généreuses : elle vole à l'appartement de Démodocus ; elle tombe aux pieds du vieillard , et joignant des mains suppliantes :

« Mon père , s'écrie-t-elle , les dieux me préservent d'affliger tes vieux ans ! Mais je veux être l'épouse d'Eudore. Je serai Chrétienne sans cesser d'être ta fille soumise et dévouée ! Ne crains point pour moi les périls : l'amour me donnera la force de les surmonter. »

A ces paroles Eudore levant les bras au ciel :

« Dieu de mes pères , qu'ai-je fait pour mériter une pareille récompense ! Toute ma vie j'ai offensé vos lois , et vous me comblez de félicité ! Accomplissez vos décrets éternels ! Achevez d'attirer à vous cet Ange d'innocence. Ce sont ses propres vertus qui la portent dans votre sein ; et non l'amour qu'un Chrétien trop coupable eut le bonheur de lui inspirer ! »

Il dit, et l'on entend les pas précipités d'un messager rapide : les portes s'ouvrent , un esclave de Démodocus paroît ; il arrive du temple d'Homère ; la sueur coule de son front ; ses pieds nus et ses cheveux en

désordre sont couverts de poussière ; il porte
au bras gauche un bouclier fracassé avec
lequel il a brisé les branches des chênes, en
traversant l'épaisseur des bois. Il prononce
ces mots :

« Démodocus, Hiéroclès a paru au temple
de ton aïeul ; sa bouche étoit pleine de menaces.
Fier de la protection de Galérius, il parle
avec fureur de ta Cymodocée, il jure, par
le lit de fer des Euménides, que ta fille
passera dans sa couche, dût le noir chagrin
compagnon des Parques, s'asseoir sur le seuil
de ta demeure pendant le reste de tes jours. »

Une pâleur mortelle se répand sur le
front de Démodocus ; ses genoux tremblans
le supportent à peine, mais ce nouveau malheur fixe ses résolutions. Des ordres sévères
contre les Fidèles ne menaceroient Cymodocée devenue chrétienne que d'un péril incertain et éloigné ; l'amour du proconsul, au con
traire, expose la prêtresse des Muses à des
maux aussi prochains qu'inévitables. Dans ce
pressant danger, la protection d'Eudore semble donc à Démodocus un bonheur inespéré,
et le seul refuge qui reste à Cymodocée contre
les violences d'Hiéroclès.

Le vieillard prend sa fille dans ses bras :

« Mon enfant, lui dit-il, je ne violerai point mes sermens, je serai fidèle à la parole que je t'ai jurée : reste à jamais l'épouse d'Eudore ; c'est maintenant à lui à te défendre, et comme la mère de ses enfans, et comme la compagne de ses jours. Peut-être que les dieux se plairont à exercer ta vertu ; mais, ô Cymodocée, tu ne te laisseras point abattre. S'il est des Muses chrétiennes, elles te prêteront leur secours ; leurs chants pleins de sagesse fortifieront ton cœur contre l'attaque de tes ennemis. »

Lasthénès entra comme Démodocus achevoit de prononcer ces mots.

Eudore posant la main sur son cœur, en signe de reconnoissance et de tendresse, prononça ces paroles avec un grand éclat de voix, et les yeux attachés à la terre :

« Je reçois, ô Démodocus, l'inestimable don que vous faites à Dieu par mes mains. Je défendrai, au prix de tout mon sang, la vierge que vous me confiez : j'en jure par vous, ô Lasthénès, ô mon père ! Je serai fidèle à Cymodocée. »

Après avoir reçu ce serment, le prêtre

des dieux partit avec sa fille, dans le dessein de fermer le temple d'Homère, et de
se rendre ensuite à Lacédémone, où la famille de Lasthénès devoit l'attendre chez
Cyrille.

Démodocus et Cymodocée prennent les
sentiers les plus déserts pour éviter la rencontre de leur persécuteur, mais déjà le proconsul étoit arrivé au palais de l'Alphée. Ces
riantes solitudes, le cristal si pur du Ladon,
les croupes des montagnes couvertes de pins,
la fraîcheur des vallées de l'Arcadie et les
scènes tranquilles que ces doux noms rappellent, rien ne peut calmer le trouble d'Hiéroclès. Ses licteurs vont de toutes parts rassembler les Fidèles, dans les paisibles retraites
où jadis les bergers d'Evandre menoient une
vie moins innocente que celle de ces premiers Chrétiens. Du fond des grottes consacrées à Pan et aux divinités champêtres, on
voit descendre des troupeaux de femmes,
d'enfans et de vieillards, que les soldats chas-
sent devant eux. En face du palais d'Hiéroclès, dans une vaste prairie que bordoient
les eaux du Ladon, s'élevoit le tribunal
du gouverneur Romain. Assis sur sa chaire

d'ivoire, Hiéroclès recevoit les noms qui devoient remplir les listes fatales. Tout à coup
un murmure se fait entendre ; les Chrétiens
tournent la tête, et reconnoissent la famille
puissante de Lasthénès, que l'on amène au
pied du tribunal.

Comme un chasseur des Alpes qui poursuit, avec de grands cris, une troupe de
chamois bondissans parmi les rochers et les
cascades ; si tout à coup un sanglier vient à
s'élever au milieu des faons fugitifs, le chasseur effrayé recule, et reste les yeux fixés
sur le terrible animal qui hérisse son poil et
découvre ses défenses meurtrières : ainsi,
Hiéroclès reste interdit à l'aspect d'Eudore,
qu'il reconnoît au milieu de sa famille. Toute
son ancienne inimitié se réveille ; il ne voit
point, il est vrai, Cymodocée, mais la beauté
du fils de Lasthénès, son air mâle et guerrier,
l'admiration qu'il inspire, augmentent ses
alarmes. Plusieurs soldats de la garde du proconsul, qui avoient fait la guerre sous Eudore,
environnent leur ancien général, et le comblent de bénédictions ; les uns vantent sa
douceur, d'autres sa générosité, tous sa valeur et sa gloire. Ceux-ci rappellent la bataille

21 *

des Francs, où il remporta la couronne civi-
que ; ceux-là parlent de ses victoires sur les
Bretons. On répète de toutes parts : « C'est
ce jeune guerrier couvert de blessures , qui
triompha de Carrausius ; c'est le Maître de la
cavalerie ; c'est le préfet des Gaules ; c'est le
favori de Constance , et l'ami du prince Constantin. » Ces discours font pâlir , sur son trône,
le proconsul indigné : il congédie brusquement l'assemblée , et se renferme dans son
palais.

Hiéroclès ne doute plus que son rival
ne soit aimé de Cymodocée : il juge que l'a-
mour a suivi la gloire. Mille projets sinistres
se présentent à son esprit : il veut enlever
de force la fille de Démodocus, il veut jeter
Eudore au fond des cachots, mais bientôt il
craint la faveur dont le fils de Lasthénès
jouit à la cour. Il n'ose attaquer ouvertement un triomphateur qui fut décoré des
dignités de l'Empire ; il connoît la modéra-
tion de Dioclétien , toujours ennemi de la
violence. Il prend donc un moyen plus lent,
mais plus sûr de satisfaire la haine qu'il nourrit depuis si long - temps contre Eudore : il
écrit à Rome que les Chrétiens de l'Achaïe sont

prêts à se soulever, qu'ils s'opposent au dénombrement, et qu'ils ont à leur tête cet Arcadien
exilé par l'Empereur à l'armée de Constance.

Hiéroclès espère ainsi faire bannir Eudore
de la Grèce, et pouvoir poursuivre, sans obs-
tacle, ses coupables projets sur Cymodocée.
Cependant, il environne son rival d'espions
et de délateurs, et cherche à pénétrer un
secret qui doit causer le malheur de sa vie. Le
fils de Lasthénès ne s'étoit point endormi sur
les dangers de ses frères. Ce n'étoit plus ce
jeune homme incertain dans ses désirs, chi-
mérique dans ses projets, nourri de songes
et d'illusions : c'étoit un homme éprouvé par
le malheur, capable des actions les plus gra-
ves comme les plus hautes, réfléchi, sérieux,
occupé, éloquent au conseil, brave à la
guerre, et conservant des passions d'autant
plus propres à atteindre un but élevé, qu'elles
n'étoient plus mêlées dans son ame aux
petites choses. Il connoissoit l'empire d'Hiéroclès sur Galérius, et de Galérius sur Dioclétien. Il prévoyoit que le sophiste persécuteur de Cymodocée, s'abandonneroit aux
plus noires fureurs contre les Chrétiens,
quand il viendroit à découvrir l'amour et la

conversion de la prêtresse des Muses. Eudore
aperçoit d'un coup d'œil tous les maux dont
l'Eglise est menacée, et il cherche à les détourner : avant de se rendre à Lacédémone
avec sa famille, il fait partir un messager
fidèle, chargé d'instruire Constantin de la
vérité, et de prévenir auprès d'Auguste les
dangereux rapports d'Hiéroclès.

Comme le préfet d'Achaïe descendoit
de son tribunal, Démodocus et sa fille arri-
voient au temple d'Homère. Les feux n'é-
toient point encore éteints sur les autels
domestiques ; Démodocus les fait aussitôt ranimer. On conduit au sanctuaire la génisse aux
cornes dorées ; on apporte au prêtre des
dieux une coupe d'argent ciselé : c'étoit
celle dont se servoient autrefois Danaüs et
le vieux Phoronée, dans leurs sacrifices.
Une main savante avoit représenté sur cette
coupe Ganymède enlevé par l'aigle de Jupiter ; les compagnons du chasseur Phrygien
paroissoient accablés de tristesse, et sa meute
fidèle faisoit retentir, de ses aboiemens dou-
loureux, les forêts de l'Ida. Le père de
Cymodocée remplit cette coupe d'un vin
pur ; il se revêt d'une tunique sans tache, il

couronne sa tête d'une branche d'olivier : on
l'eût pris pour Tirésias, ou pour le devin
Amphiaraüs, prêt à descendre vivant aux
enfers avec ses armes blanches, son char
blanc et ses coursiers blancs. Démodocus répand la libation aux pieds de la statue du
Poëte. La génisse tombe sous le couteau
sacré ; Cymodocée suspend sa lyre à l'autel ;
ensuite adressant la parole au cygne de
Méonie :

« Auteur de ma race, ta fille te consacre
ce luth mélodieux que tu pris soin quelquefois d'accorder pour elle. Deux divinités,
Vénus et l'Hymen, me forcent de passer sous
d'autres lois : que peut une jeune fille contre
les traits de l'Amour et les ordres du Destin ? Andromaque (tu l'as raconté) ne
voyoit dans la superbe Troie qu'Astyanax
et son Hector. Je n'ai point encore de fils,
mais je dois suivre mon époux. »

Tels furent les adieux de la prêtresse des
Muses au chantre de Pénélope et de Nausi-
caa. Les yeux de la jeune vierge étoient humides de larmes : malgré le charme de son
amour, elle regrettoit les héros et les divinités qui faisoient une partie de sa fa-

mille, ce temple où elle retrouvoit à la fois
ses dieux et son père, où elle fut nourrie
du nectar des Muses au défaut du lait ma-
ternel. Tout la rappeloit aux belles fictions
du Poëte, tout étoit dans ces lieux sous
la puissance d'Homère; et la Chrétienne
désignée se sentoit, en dépit d'elle - même,
domptée par le génie du père des fables : ainsi,
lorsqu'un serpent d'or et d'azur roule au sein
d'un pré ses écailles changeantes, il lève une
crête de pourpre au milieu des fleurs, darde
une triple langue de feu, et lance des regards
étincelans, la colombe qui l'aperçoit du haut
des airs, fascinée par le brillant reptile,
abaisse peu à peu son vol, s'abat sur un arbre
voisin, et, descendant de branche en branche, se livre au pouvoir magique qui la fait
tomber des voûtes du ciel.

FIN DU LIVRE TREIZIÈME.

REMARQUES

SUR LE TREIZIÈME LIVRE.

PREMIÈRE REMARQUE.

(Pag. 306. Le temple de Junon-Lacinienne, etc.)

C'est Plutarque qui raconte cette fable dans ses Morales. Ce temple étoit d'ailleurs très-célèbre, et bâti sur le promontoire appelé Lacinius, au fond du golfe de Tarente en Italie. Tite-Live et Cicéron ont parlé de ce temple.

IIᵉ.

(Pag. 306. Le mont Chélydorée.)

Montagne d'Arcadie, particulièrement consacrée à Mercure. Ce dieu trouva sur cette montagne la tortue dont l'écaille lui servit à faire une lyre. PAUSAN., *in Arcad.*, cap. XVII.

IIIᵉ.

(Pag. 307. Eudore, comme un de ces songes brillans, etc.)

Sunt geminæ somni portæ , quarum altera fertur
Cornea, quâ veris facilis datur exitus umbris ;
Altera candenti perfecta nitens elephanto.

ÆN. VI.

IVe.

(Pag. 310. Eudore pressé par l'Ange des saintes amours.)

J'ai retranché ici une comparaison qui m'a paru commune et superflue.

V^e.

(Pag. 311. Et comme épouse de leur frère.)

Encore une phrase inutile retranchée.

VIe.

(Pag. 313. Un temple qu'Oreste avoit consacré aux Grâces et aux Furies.)

Oreste, revenu de sa frénésie, sacrifia aux Furies blanches. Les Arcadiens élevèrent un temple à l'endroit où s'étoit accompli le sacrifice, et ils le dédièrent aux Furies et aux Grâces. Pausanias place ce temple près de Mégalopolis, sur le chemin de la Messénie. Je n'ai pas suivi son texte. PAUSAN., *in Arcad.*, cap. XXXIV.

VIIe.

(Pag. 313. Par un des descendans d'Ictinus.)

Ictinus avoit bâti le Parthénon à Athènes.

VIIIe.

(Pag. 315. Les Zéphyrs agitent doucement la lumière du flambeau.)

Après cette phrase, il y avoit une comparaison; je l'ai retranchée : elle surchargeoit le tableau.

IXe.

(Pag. 315. Dansent avec des chaînes de fleurs, etc.)

Ce tableau est justifié par une grande autorité, celle du Tasse. Ces effets de magie se retrouvent dans le palais d'Armide, où l'on voit des démons nager dans les fontaines sous la forme de nymphes ; des oiseaux chanter, dans un langage humain, la puissance de la Volupté, etc. Un rossignol, qui ne fait que soupirer, est bien loin de l'oiseau des jardins d'Armide. J'ai donc suivi aussi les traditions poétiques : si j'ai tort, j'ai tort avec le Tasse, et même avec Voltaire, qui, dans un sujet *tout à fait* chrétien, n'a pas laissé que de décrire une Idalie et un temple de l'Amour.

X^e.

(Pag. 317. Et quand ta mère te donna le jour au milieu des lauriers et des bandelettes.)

On couvroit le lit des femmes nouvellement accouchées, de fleurs, de lauriers, de bandelettes, et de divers présens.

XIe.

(Pag. 317. Ne pourroit-elle devenir ton épouse sans embrasser, etc.)

Idée fort naturelle dans Démodocus. La réponse d'Eudore est d'un vrai Chrétien : s'il s'est montré foible pour la vie de Cymodocée, l'héroïsme chrétien reparoît ici ; car Eudore, qui n'a pas la force d'exposer les jours d'une femme aimée, a la force beaucoup plus grande de renoncer à l'amour de cette femme. Ce morceau suffisoit seul pour mettre hors de doute l'effet religieux de l'ouvrage, et les principes qui l'ont dicté. C'est ce qu'a remarqué l'auteur de l'excellente brochure que j'ai citée souvent dans l'Examen.

XIIe.

(Pag. 320. Il jure, par le lit de fer des Euménides, que ta fille passera dans sa couche.)

Voilà tout le nœud des Martyrs, et ce que les critiques éclairés auroient autrefois cherché pour applaudir à l'ouvrage ou pour le blâmer, sans se perdre dans des lieux communs sur l'épopée en prose, sur le merveilleux chrétien.

Ce passage, et l'exposition du premier livre, détruisent absolument la critique de ceux qui s'attendrissent sur le compte de Démodocus et de Cymodocée, pour jeter de l'odieux sur les Chrétiens. Ce ne sont point les Chrétiens qui ont fait le malheur de cette famille païenne; le prêtre d'Homère et sa fille auroient été beaucoup plus malheureux par Hiéroclès, qu'ils ne le sont par Eudore : et observez bien que leur malheur étoit commencé avant qu'ils eussent connu le fils de Lasthénès. Qu'on se figure Cymodocée enlevée par le préfet d'Achaïe ; Démodocus repoussé, jeté dans les cachots, ou tué même par les ordres d'un homme puissant et pervers; Cymodocée forcée à se donner la mort, ou à traîner des jours dans l'opprobre et dans les larmes : voilà quel eût été le sort de ces infortunés, s'ils n'avoient pas rencontré les Chrétiens. Il faut remarquer que je raisonne ici *humainement;* car après tout, dans mon sujet et dans mon opinion, Cymodocée et Démodocus ne pouvoient jamais acheter trop cher le bonheur d'embrasser la vraie religion.

XIIIe.

(Pag. 321. Que vous me confiez.)

Il y avoit dans les éditions précédentes : « Que vous confiez à Jésus-Christ; » ce qui étoit très-naturel ; car les Chrétiens devoient parler de Jésus-

Christ aux Païens, comme les Païens leur parloient de Jupiter (Voyez l'Examen). Mais enfin
puisqu'on s'est plu à obscurcir une chose aussi claire,
j'ai effacé le nom de Jésus-Christ ; ensuite j'ai retranché les deux lignes où il étoit question de la
montagne de Nébo , bien que dans ce moment
Eudore s'adressât à Lasthénès ; ce que ne disoit pas
la critique , d'ailleurs pleine de *bonne foi* et de
candeur.

XIVᵉ.

(Pag. 322. Où jadis les bergers d'Evandre.)

On sait qu'Evandre régna sur l'Arcadie. Voyez le
commencement du IVᵉ livre.

XVᵉ.

(Pag. 324. Mais bientôt il craint la faveur
dont le fils de Lasthénès, etc.)

Il n'étoit donc pas inutile de faire voir Eudore
dans son triomphe ; le récit étoit donc obligé. Sans
tous ces honneurs, sans ce crédit acquis par de glorieux services, l'ouvrage n'existoit plus ; car Eudore
eût été alors trop facile à opprimer, et sa lutte contre
Hiéroclès devenoit aussi folle qu'invraisemblable.

XVIᵉ.

(Pag. 327. On l'eût pris pour Tirésias, ou
pour le devin Amphiaraüs, prêt à descendre
vivant aux enfers avec ses armes blanches, etc.)

Ipse habitu niveus : nivei dant colla jugales :
Concolor est albis et cassis et infula cristis.
Stat. Theb. VI.

. . . . . . Ecce altè præceps humus ore profundo
Dissilit , inque vicem timuerunt sidera et umbræ.
Illum ingens haurit specus , et transire parantes
Mergit equos.
Id. Theb. VII.

XVIIe.

(Pag. 328. Ainsi, lorsqu'un serpent, etc.)

Voyez ce que je dis de cette comparaison dans l'Examen.

FIN DES REMARQUES DU LIVRE TREIZIÈME.

SOMMAIRE DU LIVRE QUATORZIÈME.

DESCRIPTION de la Laconie. Arrivée de Démodocus chez Cyrille. Instruction de Cymodocée. Astarté envoie le Démon de la jalousie à Hiéroclès. Cymodocée va à l'Eglise pour être fiancée à Eudore. Cérémonies de l'Eglise primitive. Des soldats, par ordre d'Hiéroclès, dispersent les Fidèles. Eudore sauve Cymodocée et la défend au tombeau de Léonidas. Il reçoit l'ordre de partir pour Rome. Les deux familles se décident à envoyer Cymodocée à Jérusalem pour la mettre sous la protection de la mère de Constantin. Eudore et Cymodocée partent pour s'embarquer à Athènes.

LIVRE XIV.

———

Démodocus ferme, en pleurant, les portes
du temple d'Homère. Il monte sur son char
avec Cymodocée : il traverse de nouveau
la Messénie. Bientôt il arrive à la statue
de Mercure, placée à l'entrée de l'Hermeum,
et pénètre dans les défilés du Taygète.
Des rochers entassés jusqu'au ciel formoient
des deux côtés de grands escarpemens
stériles, au haut desquels croissoient à
peine quelques sapins, comme des touffes
d'herbe sur des tours et des murailles en
ruines. Cachée parmi des genêts à demi
brûlés, et des sauges jaunissantes, l'impor-
tune cigale faisoit entendre son chant monotone sous les ardeurs du midi.

« Ma fille, disoit Démodocus, c'est par le
même chemin que Lyciscus s'échappa comme
moi avec sa fille vers Lacédémone, et sa
fuite donna naissance à la tragique aventure

2.   22

d'Aristomène. Que de générations se sont écoulées pour nous amener à notre tour dans ces lieux solitaires ! Puisse le grand Jupiter nous envoyer quelque signe favorable, et détourner de toi tous les malheurs ! »

A peine avoit-il prononcé ces mots, qu'un vautour à tête chauve tombe de la cime d'un arbre desséché sur une hirondelle ; un aigle fond du sommet des montagnes, il enlève le vautour dans ses serres puissantes : soudain l'éclair brille à l'orient, la foudre éclate, perce d'un trait enflammé le roi des airs, et précipite sur la terre le vainqueur, le vaincu et leur victime. Démodocus effrayé cherche en vain l'arrêt des destinées dans ces jeux incertains du hasard. Cependant le char a franchi le sommet de l'Hermeum, et commence à descendre vers Pillane. Le prêtre d'Homère salue l'Eurotas dont il côtoie les bords ; il touche au tombeau de Ladas ; il découvre bientôt la statue de la Pudeur, qui marque l'endroit où Pénélope, prête à suivre Ulysse, baissa son voile en rougissant. Il laisse derrière lui le monument de Diane Mysienne ; le bois sacré de Carneüs, les sept colonnes, la sépulture du coursier, et tout à coup il arrive au penchant fleuri d'un coteau qui couronnoit le temple d'Achille : Sparte et la vallée de la Laconie se présentent à ses regards. La chaîne des montagnes du Taygète couvert de neige et de forêts, se déployoit à l'occident; d'autres montagnes moins élevées formoient à l'orient un rideau parallèle : elles diminuoient de hauteur par degrès, et se terminoient aux sommets rougis du Ménélaïon. La vallée comprise entre ces deux chaînes de montagnes étoit obstruée, vers le nord, par un amas confus de monticules irréguliers. Ceux-ci s'avançant au midi, venoient former de leurs dernières croupes les collines où Sparte étoit assise. Depuis Sparte jusqu'à la mer on n'apercevoit qu'un terrain uni, fertile, entrecoupé de champs, de vignes et de froment, ombragé de bosquets d'oliviers, de sycomores et de platanes. L'Eurotas promenoit son cours tortueux dans cette riante solitude, et cachoit sous des lauriers roses ses flots d'azur, qu'embellissoient les cygnes de Léda.

Le prêtre des dieux et Cymodocée

ne pouvoient se lasser d'admirer ce tableau que peignoient de mille couleurs
les feux de l'aurore naissante. Qui pourroit fouler impunément la poussière de
Sparte, et contempler sans émotion la patrie
de Lycurgue et de Léonidas? Démodocus
agitoit encore d'étonnement son sceptre au-
gural, que déjà ses coursiers rapides en-
troient dans Lacédémone. Le char traverse
la place publique, franchit le sénat des
Vieillards et le portique des Perses, prend
la route du théâtre adossé à la citadelle, et
monte à la maison de Cyrille, bâtie près
du temple de Vénus armée.

La famille de Lasthénès attendoit chez
l'évêque de Lacédémone l'arrivée de la
nouvelle épouse; le prélat étoit instruit de
tout ce qui s'étoit passé en Arcadie. Pour
mettre Cymodocée à l'abri des entreprises
d'Hiéroclès, et afin qu'Eudore acquît des
droits sur elle, Cyrille se proposoit de la
fiancer au fils de Lasthénès, aussitôt qu'elle
seroit déclarée néophyte; mais la prêtresse
des Muses ne pouvoit devenir l'épouse
d'Eudore qu'après avoir reçu le baptême.
Les vieillards saluèrent l'aimable étrangère

avec une tendresse grave et sainte. Les soins les plus touchans lui furent prodigués par sa nouvelle mère et ses nouvelles sœurs. Ces caresses que Cymodocée n'avoit jamais connues, lui sembloient d'une extrême douceur. Elle ne vit point Eudore qui dans ce moment de bonheur redoubloit de veilles et d'austérités. Dès le soir même, Cyrille commença les instructions de la jeune Infidèle. Elle écoutoit avec candeur et ingénuité ; la morale et la charité évangélique charmoient son cœur. Elle pleuroit abondamment sur le mystère de la Croix, et sur les douleurs du Fils de l'homme ; le culte de la mère du Sauveur la remplissoit d'attendrissement et de délices ; elle se faisoit conter sans cesse, par le vieux martyr, l'histoire de la Crèche, des Bergers, des Anges, des Mages ; elle trouvoit des choses divines dans les mystères confondus de la Vierge, de la Mère et de l'Epouse. Elle répétoit tout bas ces paroles qu'elle avoit apprises : « Je » vous salue, Marie, pleine de grâce. » La grandeur du Dieu des Chrétiens effrayoit un peu Cymodocée ; elle se réfugioit auprès de Marie, qu'elle paroissoit prendre pour sa

mère. Elle expliquoit souvent à Démodocus
quelques-unes des leçons qu'elle avoit reçues;
elle s'asseyoit sur ses genoux, et lui disoit
dans un langage charmant l'heureuse vie des
Patriarches, la tendresse de Nachor pour
Sara sa fille, l'amour du jeune Tobie pour
son épouse étrangère; elle lui parloit d'une
femme qu'un Apôtre fit sortir du tombeau
et rendit à ses parens désolés.

« Crois-tu, ajoutoit-elle, que le Dieu des
Chrétiens, qui me commande d'aimer mon
père afin de vivre longuement, ne vaut pas
bien ces dieux qui ne me parloient jamais
de toi ? »

Rien n'étoit plus touchant que de voir
ainsi ce missionnaire d'une espèce nouvelle,
tour à tour disciple d'un vieillard et maître
d'un autre vieillard, placé comme la grâce
et la persuasion entre ces hommes vénérables
pour faire goûter au prêtre d'Homère les
sérieuses instructions du prêtre d'Israël.

L'ennemi du genre humain voyoit en frémissant de rage cette vierge innocente échapper à son pouvoir. Il en accuse Astarté.

« Foible Démon, s'écrie-t-il, que fais-tu donc

» dans l'abîme ? Tu n'as quitté le ciel qu'en
» gémissant, et maintenant encore te voilà
» vaincu par l'Ange des saintes amours ! »

Astarté répondit :

« O Satan, calme ta colère ! Si je n'ai pu
» l'emporter sur l'Ange qui m'a remplacé
» au séjour du bonheur, ma défaite même
» va servir aux succès de tes desseins. J'ai
» un fils aux Enfers ; mais je n'ose l'approcher,
» car ses fureurs m'intimident. Tu le con-
» nois : descends à sa prison ; ramène-le sur
» la terre ; je vais l'attendre auprès d'Hié-
» roclès, et quand ce mortel sera brûlé de
» mes feux et de ceux de mon fils, tu
» n'auras plus qu'à livrer les Chrétiens au
» Démon de l'homicide. »

Il dit, et Satan se précipite au fond du
gouffre des tourmens. Par delà des marais
croupissans et des lacs de soufre et de bitume,
dans les vastes régions de l'Enfer, s'ouvre
un cachot, séjour du plus infortuné des
habitans de l'abîme. C'est là que le Démon de la jalousie fait entendre ses éternels

hurlemens. Couché parmi des vipères et
d'affreux reptiles, jamais le sommeil n'ap
procha de ses yeux. L'inquiétude, le soup-
çon, la vengeance, le désespoir et unesorte
d'amour féroce agitent ses regards; des chimères occupent et tourmentent son esprit :
il tressaille ; il croit entendre des bruits mystérieux, il croit poursuivre de vains fantômes.
Pour éteindre sa soif brûlante, il boit dans
une coupe d'airain un poison composé de ses
sueurs et de ses larmes. Ses lèvres trem-
blantes respirent l'homicide : au défaut de
la victime qu'il cherche sans cesse, il se
frappe lui-même d'un poignard, oubliant
qu'il est immortel.

Le prince des ténèbres, descendu vers
ce monstre, s'arrête à l'entrée de la caverne.

« Archange puissant, dit-il, je t'ai tou-
» jours distingué des innombrables Esprits de
» mon empire. Aujourd'hui tu peux me
» prouver ta reconnoissance : il faut allumer
» dans le sein d'un mortel cette flamme
» que tu mis autrefois dans le cœur d'Hé-
» rode. Il faut perdre les Chrétiens ; il faut
» reprendre le sceptre du monde : l'entreprise

» est digne de ton courage. Viens, ô mon
» fils, seconde les vastes desseins de ton
» roi ! »

Le Démon de la jalousie retire de sa
bouche la coupe empoisonnée, et essuyant
ses lèvres avec sa chevelure de serpens :

« O Satan, répondit-il avec un profond
» soupir, le poids de l'Enfer ne courbera-t-il
» jamais ton front superbe ? Veux-tu m'ex-
» poser encore aux coups de cette foudre
» qui t'a précipité dans le gouffre des pleurs ?
» Que peux-tu contre la Croix ? Une femme
» a écrasé ta tête orgueilleuse. Je hais la lu-
» mière du ciel. Les chastes amours des Chré-
» tiens ont détruit mon empire sur la terre.
» Poursuis, si tu le veux, tes projets, mais
» laisse-moi jouir en paix de ma rage, et ne
» viens plus troubler mes fureurs. »

Il dit, et, d'une main forcenée, il arrache
les serpens attachés à ses flancs, et les déchire
avec ses dents bruyantes.
Satan frémissant de colère :

« Ange pusillanime, d'où te vient aujour-

» d'hui cette crainte? Le repentir, cette lâche
» vertu des Chrétiens, seroit-il entré dans
» ton cœur? Regarde autour de toi : voilà
» ton éternelle demeure ! A des maux sans
» fin, sache opposer une haine sans terme,
» et bannis d'inutiles regrets. Ose me suivre :
» je ferai bientôt disparoître du monde ces
» chastes amours qui t'épouvantent. Je te
» rendrai ton empire sur l'homme abattu.
» Mais n'attends pas que mon bras te con-
» traigne à m'accorder ce que j'ai daigné
» demander à ton zèle. »

A cette espérance, à cette menace, le
Démon de la Jalousie se laisse entraîner.

Satan, plein de joie, monte aussitôt sur
un char de feu, et fait placer à ses côtés le
monstre qu'il appelle son fils; il l'instruit de
ce qu'il doit faire, et lui nomme la victime
qu'il doit frapper. Pour éviter l'importunité
des Esprits de ténèbres, les deux chefs de
l'Enfer traversent invisibles le séjour de la
douleur. La Mort seule les voit sortir des
portes de l'abîme et les salue par un sourire
affreux. Bientôt ils touchent à la terre et
descendent dans le vallon de l'Alphée. En

proie à son fatal amour, le proconsul d'A-
chaïe étoit alors agité d'un sommeil pénible.
Le Démon de la jalousie se cache sous la
figure d'un vieil Augure, confident des
peines secrètes d'Hiéroclès. Il prend le
visage ridé de l'antique devin, sa voix
sombre, son front chauve et sa pâleur reli-
gieuse. Sa tête est couverte d'un long
voile; les bandelettes sacrées descendent
sur ses épaules : il s'approche du lit de
l'impie comme un songe funeste. Du rameau qu'il tient à la main il touche la poi-
trine d'Hiéroclès :

« Tu dors, lui dit-il, et ton ennemi
» triomphe! Cymodocée, conduite à Lacé-
» démone, embrasse la religion des Chré-
» tiens, et va bientôt devenir l'épouse du
» fils de Lasthénès! Réveille-toi, saisissons
» ta proie; et, pour l'enlever à ton rival,
» perdons, s'il le faut, la race entière des
» Chrétiens. »

En achevant de prononcer ces mots, le
Démon de la jalousie arrache de sa tête le
voile et les bandelettes sacerdotales. Il re-

prend son horrible forme ; il se penche
sur Hiéroclès : il le serre étroitement
dans ses bras, et fait couler sur lui un
sang impur. Rempli de terreur, l'infortuné se débat sous le poids du fantôme,
et se réveille en poussant un cri : tel un homme
enseveli vivant au champ des tombeaux
sort avec effroi de sa léthargie, frappe du
front son cercueil, et fait entendre une
plainte dans le sein de la terre. Tous les
poisons du monstre infernal ont passé dans
l'ame de l'ennemi des Fidèles. Il s'élance de
son lit, les cheveux hérissés. Il appelle ses
gardes : il veut devancer les ordres d'Auguste ; il veut qu'on arrête les Chrétiens,
qu'on disperse leurs assemblées ; il parle de
conspiration, d'un projet fatal à l'Empire.

« Il faut du sang, s'écrie-t-il ! .... Un
feu dévorant coule dans tous les cœurs......
Ne consultons point les entrailles des victimes :
les vœux, les prières les autels ne peuvent
rien pour nous ! »

L'insensé ! Bientôt les délateurs arrivés de
Lacédémone lui confirment la vérité du
songe qui le poursuit.

Eudore, résigné aux décrets de la Pro-

vidence, et désirant avec ardeur la gloire
du martyre, ne croyoit pas toutefois l'orage
si près de sa tête : il s'occupoit à perfection-
ner son ame pour se rendre digne à la fois,
et des destinées que Paul lui avoit prédites,
et de l'épouse que Dieu lui avoit choisie.
Dans une terre dont le maître s'est éloigné,
on voit un arbre de riche espérance devenir stérile; le maître, après quelques années
d'absence, rentre à sa demeure ; il retourne
à son arbre chéri, il coupe les branches
blessées par la chèvre, ou rompues par les
vents; l'arbre reprend une vigueur nouvelle,
et bientôt sa tête s'incline sous le poids de
ses fruits parfumés : ainsi le fils de Lasthénès, abandonné de Dieu, avoit langui faute
de culture ; mais quand le Père de famille
rentra dans son héritage, et donna ses soins
à la plante de son amour, Eudore se cou-
ronna des vertus que son enfance avoit pro-
mises.

Il touchoit à l'accomplissement d'une
partie de ses vœux; il alloit recevoir la foi
de Cymodocée. La nouvelle catéchumène
avoit mérité par son intelligence, sa pureté
et sa douceur, d'être admise aux deux degrés

d'Auditrice et de Postulante. Elle devoit paroître à l'église, pour la première fois, le jour d'une fête consacrée à la mère du Sauveur; fiancée après la célébration des mystères, elle étoit destinée à jurer dans le même moment fidélité à son Dieu et à son époux.

Les premiers Chrétiens choisissoient surtout le silence des ombres, pour accomplir les cérémonies de leur culte. Le jour qui précéda la nuit où Cymodocée triompha de l'Enfer, ce jour se passa dans les méditations et les prières. Vers le soir, Séphora et ses deux filles commencèrent à parer la nouvelle épouse. Elle se dépouilla d'abord des ornemens des Muses ; elle déposa sur un autel domestique, consacré à la reine des Anges, son sceptre, son voile et ses bandelettes: sa lyre étoit restée au temple d'Homère. Ce ne fut pas sans répandre des larmes que Cymodocée se sépara des marques gracieuses de sa religion paternelle. Une tunique blanche, une couronne de lis lui tinrent lieu des perles et des colliers que ne portoient point les Chrétiennes. La pudeur évangélique remplaça sur ses lèvres le sourire des Muses, et lui donna des charmes dignes du ciel.

A la seconde veille de la nuit, elle sortit au milieu des flambeaux, portant un flambeau elle-même. Elle étoit précédée de Cyrille, des prêtres, des veuves et des diaconesses; le chœur des vierges l'attendoit à la porte. Quand elle parut, la foule qu'attiroit cette cérémonie, poussa un cri d'admiration. Les Païens disoient :

« C'est la fille de Tyndare, couronnée
» des fleurs du Plataniste, et prête à passer
» dans le lit de Ménélas ! C'est Vénus,
» lorsqu'elle eut jeté ses bracelets dans
» l'Eurotas, et qu'elle se montra à Lycurgue
» sous les traits de Minerve ! »

Les Chrétiens s'écrioient :

« C'est une nouvelle Eve ! c'est l'épouse,
» du jeune Tobie ! c'est la chaste Suzanne !
» c'est Esther ! »

Ce nom d'Esther, donné par la voix du peuple fidèle, devint aussitôt le nom chrétien de Cymodocée.

Près du Lesché, et non loin des tombeaux

des rois Agides, les Chrétiens de Sparte avoient bâti une église. Eloignée du bruit et de la foule, environnée de cours et de jardins, elle étoit séparée de tout monument profane. Après avoir passé un péristyle décoré de fontaines où les fidèles se purifioient avant la prière, on trouvoit trois portes qui conduisoient à la basilique. Au fond de l'église, à l'orient, on apercevoit l'autel, et derrière l'autel le sanctuaire. Cet autel d'or massif, enrichi de pierreries, couvroit le corps d'un martyr; quatre rideaux d'une étoffe précieuse l'environnoient. Une colombe d'ivoire, image de l'Esprit-Saint, étoit suspendue au-dessus de l'autel, et protégeoit de ses ailes le tabernacle. Les murs étoient décorés de tableaux qui représentoient des sujets tirés de l'Ecriture. Le baptistère s'élevoit isolé à la porte de l'église, et faisoit soupirer l'impatient catéchumène.

Cymodocée s'avance vers les saints portiques. Un contraste étonnant se faisoit remarquer de toutes parts : les filles de Lacédémone, encore attachées à leurs dieux, paroissoient sur la route avec leurs tuniques entr'ouvertes, leur air libre, leurs regards

hardis : telles elles dansoient aux fêtes de Bacchus ou d'Hyacinthe : les rudes souvenirs de
Sparte, la fourberie, la cruauté, la férocité
maternelle se montroient dans les yeux de la
foule idolâtre. Plus loin on découvroit des
vierges chrétiennes chastement vêtues, dignes filles d'Hélène par leur beauté, plus
belles que leur mère par leur modestie. Elles
alloient avec le reste des Fidèles célébrer les
mystères d'un culte qui rend le cœur doux
pour l'enfant, charitable pour l'esclave, et
inspire l'horreur de la dissimulation et du
mensonge. On eût cru voir deux peuples
parmi ces frères : tant la religion peut changer les hommes !

Lorsqu'on fut arrivé au lieu de la fête,
l'évêque, tenant l'Evangile à la main,
monta sur son trône qui s'élevoit au fond
du sanctuaire, en face du peuple. Les
prêtres assis à sa droite et à sa gauche,
remplirent le demi-cercle de l'Abside. Les
diacres se rangèrent debout derrière eux ;
la foule occupoit le reste de l'église ; les
hommes étoient séparés des femmes : les
premiers la tête découverte, les secondes la
tête voilée.

2. 23

Tandis que l'assemblée prenoit ses rangs ;
un chœur chantoit le psaume de l'intro-
duction de la fête. Après ce cantique les
fidèles prièrent en silence. Ensuite l'évêque,
prononça l'oraison des vœux réunis des fidèles.
Le Lecteur monta à l'Ambon, et choisit dans
l'ancien et le nouveau Testament, les textes
qui se rapportoient davantage à la double
fête que l'on célébroit. Quel spectacle pour
Cymodocée ! Quelle différence de cette sainte
et tranquille cérémonie, aux sanglans sacrifices, aux chants impurs des Païens ! Tous les
yeux se tournoient sur l'innocente catéchumène ; elle étoit assise au milieu d'une
troupe de vierges qu'elle effaçoit par sa
beauté. Accablée de respect et de crainte,
à peine osoit-elle lever un regard timide
pour chercher dans la foule celui qui,
après Dieu, occupoit alors uniquement son
cœur.

Le Lecteur fut remplacé par l'évêque dans
la chaire de vérité. Il expliqua d'abord
l'Evangile du jour : il parla de la conversion
des idolâtres, et du bonheur qu'auroit
bientôt une fille vertueuse d'être unie à un
époux chrétien, sous la protection de la mère

du Sauveur. Il termina son discours par ces paroles :

« Habitans de Lacédémone, il est temps que je vous rappelle l'alliance qui vous unit avec Sion. Descendus d'Abraham , comme le peuple fidèle, Arius, votre roi, réclama jadis auprès du pontife Onias les lois de cette parenté sainte. Dans la lettre qu'il adressa au peuple juif , il lui dit : « Nos troupeaux et tous nos biens sont » à vous, et les vôtres sont à nous. » Les Machabées reconnoissant cette commune origine , envoyèrent aux Spartiates une députation amicale. Si donc, n'étant encore que Gentils, vous fûtes distingués du Dieu de Jacob , entre tous les peuples de Javan, de Séthim et d'Elisa, que ne devez-vous pas faire pour le ciel, à présent que vous êtes marqués du sceau de la race élue? Voici l'instant de vous montrer dignes de votre berceau qu'ombragèrent les palmes de l'Idumée. Les grands martyrs Judas, Jonathas et ses frères vous invitent à marcher sur leurs traces. Vous êtes appelés aujourd'hui à la défense de la patrie céleste. Troupeau chéri que le ciel

23 *

a confié à mes soins, c'est peut-être la dernière fois que votre pasteur vous rassemble sous sa houlette ! Combien peu d'entre nous se retrouveront au pied de cet autel, quand il nous sera permis de nous réunir? Servantes de Jésus-Christ, épouses vertueuses, vierges sans tache, c'est aujourd'hui qu'il faut vous glorifier d'avoir quitté les pompes du siècle, afin de ne vous attacher qu'à la pudeur. Ah, qu'il seroit à craindre que des pieds entravés par des bandelettes de soie, ne pussent monter à l'échafaud ! Ces colliers de perles qui entourent un cou trop délicat, laisseroient-ils quelque place à l'épée? Réjouissons-nous donc, mes frères, le temps de notre délivrance approche; je dis délivrance : car, sans doute, vous n'appelez pas esclavage les cachots et les fers dont vous êtes menacés. Pour un Chrétien persécuté la prison n'est point un lieu de souffrances, mais un lieu de délices : quand l'ame prie, le corps ne sent point le poids des chaînes : elle emporte avec soi tout l'homme. »

Cyrille descendit de la chaire. Un diacre s'écria :

« Priez, mes frères! »

L'assemblée se leva, se tourna vers l'orient, et, les mains étendues vers le ciel, pria pour les Chrétiens, pour les Infidèles, pour les persécuteurs, pour les foibles, pour les malades, pour les affligés, pour tous ceux qui pleurent. Alors les diacres firent sortir du lieu saint tous ceux qui ne devoient point assister au sacrifice, les Gentils, les Possédés du Démon, les Pénitens. La mère d'Eudore, assistée de deux veuves, vint chercher la tremblante catéchumène ; elle la conduisit aux pieds de Cyrille. Alors, le martyr lui adressant la parole, lui dit :

« Qui êtes-vous ? »

Elle répondit, selon l'instruction qu'elle avoit reçue :

« Je suis Cymodocée, fille de Démodocus. »

« Que voulez-vous, dit le prélat ? »

« Sortir, repartit la jeune vierge, des ténèbres de l'idolâtrie, et entrer dans le troupeau de Jésus-Christ. »

« Avez-vous, dit l'évêque, bien pensé à votre résolution ; ne craignez-vous ni la prison, ni la mort ? Votre foi en Jésus-Christ est-elle vive et sincère ? »

Cymodocée hésita. Elle ne s'attendoit point
à la première partie de cette question ; elle
vit la douleur de son père, mais elle songea
qu'elle balançoit à accepter le sort d'Eudore ;
elle se décida sur-le-champ, et prononça
d'une voix ferme :

« Je ne crains ni la prison, ni la mort,
et ma foi en Jésus-Christ est vive et sincère. »

Alors l'évêque lui imposa les mains, et la
marqua au front du signe de la Croix. Une
langue de feu parut à la voûte de l'église ;
et l'Esprit-Saint descendit sur la vierge pré-
destinée. Un diacre lui met une palme à
la main, les jeunes Chrétiennes lui jettent
des couronnes ; elle retourne au banc des
femmes, précédée de cent flambeaux , et
semblable à une martyre qui s'envole éclatante vers le ciel.

Le sacrifice commence. L'évêque salue le
peuple, et un diacre s'écrie :

« Embrassez-vous les uns les autres. »

L'assemblée se donne le baiser de paix.
Le prêtre reçoit les dons des Fidèles ; l'autel
est comblé des pains offerts en sacrifice ; Cyrille les bénit. Les lampes sont allumées ;

l'encens fume, les Chrétiens élèvent leur voix : le sacrifice s'accomplit, l'hostie est partagée aux élus, l'agape suit la communion sainte, et tous les cœurs se tournent vers une cérémonie attendrissante.

L'épouse de Lasthénès annonce à Cymodocée qu'elle va promettre sa foi à Eudore. Cymodocée est soutenue dans les bras des vierges qui l'environnent. Mais qui peut dire où est le nouvel époux ? Pourquoi marque-t-il si peu d'empressement ? Quel lieu de ce temple le dérobe aux yeux de la fille d'Homère ? On fait silence ; les portes de l'église s'ouvrent, et l'on entend au-dehors une voix qui disoit :

« J'ai péché devant Dieu et devant » les hommes. A Rome, j'ai oublié ma » religion, et j'ai été rejeté du sein de » l'Eglise ; dans les Gaules, j'ai donné la » mort à l'innocence : priez pour moi mes » frères. »

Cymodocée reconnoît la voix d'Eudore ! Le descendant de Philopœmen, revêtu d'un cilice, la tête couverte de cendres, prosterné sur le pavé du vestibule, accomplissoit sa pénitence, et se confessoit publiquement. Le prélat offre au Seigneur, en faveur du Chrétien humilié, une prière de miséricorde, que répètent tous les Fidèles. Quel nouveau sujet d'étonnement pour Cymodocée! Elle est conduite une seconde fois à l'autel; elle est fiancée à son époux, et répète, de la voix la plus touchante, les paroles que l'évêque récitoit avant elle. Un diacre s'étoit rendu auprès d'Eudore : debout à la porte de l'église, où il ne pouvoit pénétrer, le pénitent prononce de son côté les mots qui l'engagent à Cymodocée. Echangé de l'autel au vestibule, le serment des deux époux est reporté de l'un à l'autre par les prêtres : on eût cru voir l'union de l'innocence et du repentir. La fille de Démodocus consacre à la reine des Anges une quenouille chargée d'une laine sans tache, symbole des occupations domestiques. Pendant cette cérémonie, qui faisoit répandre des larmes à tous les témoins, les vierges de la nouvelle Sion chantoient le cantique de l'épouse :

« Tel est le lis entre les épines, telle est » ma bien-aimée entre les vierges. Que vous

» êtes belle, ô mon amie! votre bouche est
» une grenade entr'ouverte, et vos cheveux
» ressemblent aux rameaux du palmier. L'é-
» pouse s'avance comme l'aurore; elle s'élève
» du désert, comme la fumée de l'encens!
» Filles de Jérusalem, je vous conjure par les
» chevreuils de la montagne de me soutenir
» avec des fruits et des fleurs; car mon ame
» s'est fondue à la voix de mon amie. Vent du
» milieu du jour, répandez les plus doux
» parfums autour de celle qui est les délices
» de l'époux! Ma bien-aimée, vous avez
» blessé mon ame! Ouvrez-moi vos portes de
» cèdre; mes cheveux sont mouillés de la
» rosée de la nuit. Que la myrrhe et l'aloès
» couvrent votre lit embaumé! Que votre
» main gauche soutienne ma tête languis-
» sante; mettez-moi comme un sceau sur votre
» cœur, car l'amour est plus fort que la
» mort. »

A peine les vierges chrétiennes avoient-
elles cessé leur cantique, qu'on entendit au-
dehors d'autres voix et d'autres concerts.
Démodocus avoit rassemblé une troupe de
ses parens et de ses amis, et faisoit chanter

à son tour l'union d'Eudore et de Cymodocée :

« L'étoile du soir a brillé : jeunes hommes,
» abandonnez les tables du festin. Déjà la
» vierge paroît : chantons l'Hymen, chan-
» tons l'Hyménée.

» Fils d'Uranie, cultivateur des collines
» de l'Hélicon, toi qui conduis à l'époux la
» vierge timide, Hymen, viens fouler ces
» tapis au son de ta voix harmonieuse, et
» secoue dans ta main la torche à la che-
» velure d'or.

» Ouvrez les portes de la chambre nup-
» tiale, la vierge s'avance! La pudeur ralen-
» tit ses pas; elle pleure en quittant la mai-
» son paternelle. Viens, nouvelle épouse,
» un mari fidèle se veut reposer sur ton
» sein.

» Que des enfans plus beaux que le jour
» sortent de ce fécond hyménée. Je veux
» voir un jeune Eudore suspendu au sein
» de Cymodocée, tendre ses foibles mains
» à sa mère, et sourire doucement au guer-
» rier qui lui donna le jour!

Ainsi les deux religions se réunissoient

pour célébrer l'union d'un couple qui sembloit heureux, à l'instant même où les plus grands périls menaçoient sa tête. A peine les chants d'allégresse avoient cessé, que l'on entend retentir le pas régulier des soldats, et le bruit des armes. Une rumeur confuse s'élève dans les airs, des hommes farouches entrent dans l'asile de la paix, le fer et la flamme à la main. La foule épouvantée se précipite par toutes les portes de l'église. Étouffés dans les étroits passages de la nef et des vestibules, les femmes, les enfans, les vieillards poussent des cris lamentables ; tout fuit, tout se disperse. Cyrille, revêtu de ses habits pontificaux, et tranquille devant le Saint des Saints, est arrêté à l'autel. Un centurion chargé des ordres d'Hiéroclès, cherche Cymodocée, la reconnoît au milieu de la foule, et veut porter sur elle une main profane. A l'instant, Eudore, cet agneau paisible, devient un lion rugissant. Il se précipite sur le centurion, lui arrache son épée, la brise, et saisissant dans ses bras la fille de Démodocus, il l'emporte à travers les ombres. Le centurion désarmé, appelle ses soldats et poursuit le fils de Lasthénès. Eudore redoublant de vitesse,

touche déjà la tombe de Léonidas ; mais il entend derrière lui la marche précipitée des satellites d'Hiéroclès. Ses forces épuisées trompent
son amour ; il ne peut plus porter son fardeau, il dépose son épouse derrière le monument sacré. Auprès du tombeau s'élevoit le
trophée d'armes des guerriers des Thermo-
pyles. Eudore saisit la lance du roi de Lacédémone : les soldats arrivent. Prêts à s'élan-
cer sur le Chrétien, ils croient voir, à la
lueur de leurs torches, l'ombre magnanime
de Léonidas, qui d'une main tient sa lance,
et de l'autre embrasse son sépulcre. Les yeux
du fils de Lasthénès étincellent ; il secoue
dans la nuit sa noire chevelure ; le fer de sa
lance brise et renvoie en mille éclairs la
lueur des flambeaux : moins terrible parut
aux Perses Léonidas lui-même, dans cette
nuit où, pénétrant jusqu'à la tente de Xerxès,
il remplit de meurtre et d'épouvante le camp
des Barbares. O surprise ! Plusieurs soldats
reconnoissent leur général.

« Romains, s'écrie Eudore, c'est mon
épouse que vous me voulez ravir ; mais vous
ne me l'arracherez qu'avec la vie. »

Touchés par la voix de leur ancien compagnon d'armes, effrayés de son air terrible, les soldats s'arrêtent. Quand une troupe rustique est entrée dans un champ de blé nouveau, les frêles épis tombent sans effort sous la faucille ; mais arrivés au pied d'un chêne qui s'élève au milieu des gerbes, les moissonneurs admirent l'arbre puissant que pourroient seules abattre ou la tempête, ou la cognée : ainsi, après avoir dispersé la foule des Chrétiens, les soldats s'arrêtent devant le fils de Lasthénès. En vain le lâche centurion leur ordonne d'avancer : ils semblent attachés sur le sol par un charme. Dieu leur inspiroit secrètement cet effroi. Il fait plus : il ordonne à l'Ange, protecteur du fils de Lasthénès, de se dévoiler aux yeux de la cohorte. La foudre gronde dans les cieux, l'Ange paroît au côté d'Eudore, sous la forme d'un guerrier couvert d'armes étincelantes ; les soldats jettent leurs boucliers sur leurs dos, et s'enfuient dans les ténèbres, au milieu de la grêle et des éclairs. Eudore profite de cet instant : il enlève de nouveau sa bien-aimée. Suspendue au cou d'Eudore, Cymodocée presse dans ses bras la tête sacrée de son

époux : la vigne s'attache avec moins de
grâce au peuplier qui la soutient, la flamme
embrasse avec moins de vivacité le tronc
du pin qu'elle dévore, la voile est repliée
moins étroitement autour du mât pendant
la tempête. Le fils de Lasthénès, chargé de
son trésor, arrive bientôt chez son père, et
du moins, pour un moment, met à l'abri
la vierge qui vient de lui consacrer ses
jours.

En proie au Démon de la jalousie, Hiéroclès s'étoit porté à cette violence contre
les Chrétiens, dans l'espoir de ravir Cymodocée à Eudore, avant qu'elle eût prononcé
les mots qui l'engageoient à son époux;
mais ses satellites arrivèrent trop tard, et
le courage d'Eudore sauva l'innocente catéchumène. Le messager que le fils de Lasthénès avoit envoyé à Constantin, revint à Lacédémone, la nuit même de ce scandale. Il
apporta des nouvelles à la fois heureuses et
inquiétantes. Dioclétien avoit encore pris un
de ces partis modérés, convenables à son caractère. Sur le faux rapport envoyé par Hiéroclès, l'Empereur avoit ordonné de surveil-
ler les prêtres, et de disperser les assemblées

secrètes; mais, éclairé par Constantin, il n'a-
voit pu croire qu'Eudore se fut mis à la tête
des rebelles, et il se contentoit de le rappeler
à Rome. Constantin ajoutoit dans sa lettre :

« Venez donc auprès de moi; nous au-
» rons besoin de votre secours. J'envoie
» Dorothé à Jérusalem, afin de prévenir
» ma mère du sort qui menace les Fidèles.
» Il doit toucher à Athènes. Si vous choi-
» sissiez le Pyrée pour vous embarquer,
» vous pourriez apprendre, de la bouche
» de votre ancien ami, des choses impor-
» tantes. »

La galère de Dorothé venoit en effet
d'arriver au port de Phalère. La famille de
Lasthénès et celle de Démodocus délibè-
rent sur le parti qui leur reste à prendre.

« Cymodocée, dit Eudore, ne peut de-
meurer dans la Grèce après mon départ,
sans être exposée aux violences d'Hiéroclès;
elle ne peut me suivre à Rome, puisqu'elle
n'est pas encore mon épouse. Il s'offre une
circonstance favorable; Dorothé pourroit
conduire Cymodocée à Jérusalem. Sous la

protection de l'épouse de Constance, elle acheveroit de s'instruire des vérités du salut. Aussitôt que l'Empereur m'en accorderoit la grâce, j'irois au tombeau de Jésus-Christ, réclamer la foi que la fille de Démodocus m'a jurée. »

Les deux familles regardèrent ce dessein comme une inspiration du ciel : ainsi lorsque des marins ont embarqué sur leur galère cet oiseau belliqueux et rustique, qui réveille au matin les laboureurs; si, pendant la nuit, au travers des sifflemens d'une tempête, il fait entendre son cri guerrier et villageois, je ne sais quel doux regret de la patrie pénètre avec un rayon d'espérance dans le cœur du matelot réjoui : il bénit la voix qui rappelant au milieu des mers la vie pastorale semble promettre une terre prochaine. Démodocus lui-même est rassuré par le projet d'Eudore ; sans songer à une séparation douloureuse, il ne voit, au premier moment, qu'un moyen de sauver sa fille : il l'auroit voulu suivre aux extrémités de la terre, mais son âge et ses fonctions de pontife l'enchaînoient au sol de la Grèce.

« Eh bien, dit Lasthénès, que la volonté de Dieu s'accomplisse! Démodocus conduira Cymodocée à Athènes; Eudore s'y rendra de son côté. Les deux époux s'embarque-ront au même moment et au même port, l'un pour Rome, l'autre pour la Syrie. O mes enfans, le temps des épreuves est de peu de durée, et passe comme un courrier rapide! Soyez chrétiens, et l'amour vous restera avec le ciel. »

Le départ fut fixé au jour suivant, dans la crainte de quelque nouvelle fureur du proconsul. Avant de quitter Lacédémone, Eudore écrivit à Cyrille, qu'il ne put voir dans les prisons. Le confesseur, accoutumé aux chaînes, envoya du fond de son cachot sa bénédiction au couple persécuté. Jeunes époux, vous espériez encore le bonheur sur la terre, et déjà le chœur des vierges et des martyrs commençoit pour vous dans le ciel les cantiques d'une union plus durable, et d'une félicité sans fin!

FIN DU LIVRE QUATORZIÈME.

REMARQUES

SUR LE QUATORZIÈME LIVRE.

PREMIÈRE REMARQUE.

(Pag. 337. A l'entrée de l'Hermeum, etc.)

On appeloit Hermeum en Grèce certains défilés de montagnes, où l'on plaçoit des statues de Mercure. Plusieurs Hermeum conduisoient de la Messénie dans la Laconie et dans l'Arcadie. Je fais suivre à Démodocus l'Hermeum que j'ai moi-même traversé.

IIᵉ.

(Pag. 337. Cachée parmi des genêts à demi brûlés.)

Voici un passage de mon Itinéraire :
Route de la Messénie à Tripolizza. — « Après
» trois heures de marche, nous sortîmes de l'Her-
» meum, assez semblable dans cette partie au pas-
» sage de l'Apennin, entre Pérouse et Tarni. Nous
» entrâmes dans une plaine cultivée qui s'étend
» jusqu'à Léontari. Nous étions là en Arcadie,
» sur la frontière de la Laconie. On convient
» généralement que Léontari n'est point Mégalo-
» polis..... Laissant à droite Léontari, nous traver-
» sâmes un bois de vieux chênes, reste vénérable
» d'une forêt sacrée. Nous vîmes le plus beau soleil

24 *

» se lever sur le mont Borée. Nous mîmes pied à
» terre au bas de ce mont, pour gravir un chemin
» taillé perpendiculairement dans le roc. C'étoit un
» de ces chemins appelés chemin de l'Echelle, en
» Arcadie..... Nous nous trouvions dans le voisinage
» d'une des sources de l'Alphée. Je mesurois avide-
» ment des yeux les ravines que je rencontrois : tout
» étoit muet et desséché. Le chemin qui conduit du
» Borée à Tripolizza traverse d'abord des plaines
» désertes, et se plonge ensuite dans une longue
» vallée de pierres. Le soleil nous dévoroit. A quel-
» ques buissons rares et brûlés étoient suspendues
» des cigales qui se taisoient à notre approche. Elles
» recommençoient leurs cris dès que nous étions
» passés. On n'entendoit que ce bruit monotone,
» les pas de nos chevaux et la chanson de notre
» guide. Lorsqu'un postillon grec monte à cheval,
» il commence une chanson qu'il continue pendant
» toute la route. C'est presque toujours une longue
» histoire rimée qui charme les ennuis des descen-
» dans de Linus. Il me semble encore ouïr le chant
» de mes malheureux guides ; la nuit, le jour, au
» lever, au coucher du soleil, dans les solitudes de
» l'Arcadie, sur les bords de l'Eurotas, dans les
» déserts d'Argos, de Corinthe, de Mégare ; beaux
» lieux où la voix des Ménades ne retentit plus,
» où les concerts des Muses ont cessé, où le Grec
» infortuné semble seulement déplorer dans de
» tristes complaintes les malheurs de sa patrie. »

> . . . . . Soli periti cantare
> Arcades !

IIIᵉ.

(Pag. 337. C'est par le même chemin que
Lyciscus, etc.)

Dans la première guerre de Messénie, l'oracle
promit la victoire aux Messéniens, s'ils sacrifioient
une jeune fille du sang d'Epytus. Il y avoit plusieurs

filles de la race des Epytides. On tira au sort, et le sort tomba sur la fille de Lyciscus. Celui-ci préféra sa fille à son pays, et s'enfuit avec elle à Sparte. Aristodème offrit volontairement sa fille, pour remplacer celle de Lyciscus. La fille d'Aristodème étoit promise en mariage à un jeune homme qui, pour la sauver, prétendit qu'il avoit déjà sur elle les droits d'un époux, et qu'elle portoit dans son sein un fruit de son amour. Aristodème plongea un couteau dans les entrailles de sa fille, les ouvrit, et prouva aux Messéniens qu'elle étoit digne de donner la victoire à la patrie.

IVe.

(Pag. 338. Et commence à descendre vers Pillane, etc.)

Cette géographie est tout à fait différente de ce qu'elle étoit dans les premières éditions. Mon exactitude m'avoit fait tomber dans une faute singulière. Je n'avois voulu faire parcourir à Démodocus que le chemin que j'avois moi-même suivi. Mais comme j'allai d'abord à Tripolizza, dans le vallon de Tégée, et que je revins ensuite à Sparte, je ne m'étois pas aperçu que Démodocus se détournoit d'une trentaine de lieues de sa véritable route. Le faire arriver à Sparte par le mont Thornax étoit une chose étrange : voilà ce que la critique n'a pas vu, quoiqu'elle ait doctement déclaré que le tombeau d'Ovide étoit de l'autre côté du Danube. Quant aux monumens dont il est question dans la route actuelle de Démodocus, on peut consulter Pausánias, *in Lacon.*, lib. III, cap. XX et XXI.

V^e.

(Pag. 339. La chaîne des montagnes du Taygète.)

Je suis, je crois, le premier auteur moderne qui

ait donné la description de la Laconie d'après la
vue même des lieux. Je réponds de la fidélité du
tableau. Guillet, sous le nom de son frère la Guilletière, ne nous a laissé qu'un roman, et c'est ce que
Spon a très-bien prouvé. Vernhum, compagnon de
Wheler, avoit visité Sparte, mais il n'en dit qu'un
mot dans sa lettre imprimée parmi les Mémoires de
l'Académie royale de Londres. M. Fauvel m'a dit
avoir fait deux ou trois fois le voyage de la Laconie, mais il n'a encore rien publié. M. Poucque-
ville, excellent pour tout ce qu'il a vu de ses yeux,
paroît avoir eu sur Sparte des renseignemens inexacts.
Wheler, Spon et d'Anville avoient averti que Sparte
n'est point Misitra, et l'on s'est obstiné à voir Lacédémone dans cette dernière ville, d'après Guillet,
Niger et Ortellius. Misitra est à deux lieues de l'Eurotas, ce qui trancheroit la question, si cela pouvoit
en faire une. Les ruines de Sparte sont à Magoula,
tout auprès du fleuve; d'Anville les a très-bien dé-
signées sous le nom de Palæochori, ou la vieille
ville. Elles sont fort reconnoissables, et occupent une grande étendue de terrain. Ce qu'il y a
d'incroyable, c'est que la Guilletière parle de Magoula sans se douter qu'il parle de Sparte.

VIe.

(Pag. 341. Dès le soir même, Cyrille commença les instructions, etc.)

Ce livre a peut-être quelque chose de grave qui
contraste avec la description plus brillante d'A-
thènes, et qui rappelle naturellement au lecteur
la sévère Lacédémone. Il m'a semblé qu'on ver-
roit avec quelque plaisir le Christianisme naissant à Sparte, et la loi de J. C. remplaçant les lois
de Lycurgue.

VIIe.

(Pag. 345. Que peux-tu contre la Croix.)

On voit par ce mot que ce Démon solitaire n'a-voit point assisté à la délibération de l'Enfer.

VIIIe.

(Pag. 349. Aux deux degrés d'Auditrice et de Postulante.)

Pour les différens degrés de catéchumènes, et pour les différens ordres du clergé, des veuves, des diaconesses, etc. Voyez FLÉURY, *Mœurs des Chré-tiens*.

IXe.

(Pag. 351. C'est la fille de Tyndare, cou-ronnée des fleurs du Plataniste, etc.)

Ile et prairie où les filles de Sparte cueillirent les fleurs, dont elles formèrent la couronne nuptiale d'Hélène. Voyez THÉOCRITE.

X[e].

(Pag. 351. Près du Lesché, et non loin des tombeaux des rois Agides.)

« Dans le quartier de la ville appelé le Théome-» lide, on trouve les tombeaux des rois Agides. Le » Lesché touche à ces tombeaux, et les Crotanes » s'assemblent au Lesché. » (PAUSAN., lib. III, cap. XIV.) Les Crotanes formoient une des cohortes de l'infanterie lacédémonienne.

Il y avoit à Sparte un second Lesché, connu sous le nom de Pœcile, à cause des tableaux ou peintures qu'on y voyoit.

Les rois Agides étoient les descendans d'Agis, fils d'Eurysthène et neveu de Proclès, deux frères jumeaux en qui commencent les deux familles qui régnoient ensemble à Sparte.

XIe.

(Pag. 352. Eloignée du bruit et de la foule, etc.)

Citer les autorités pour les Eglises et les cérémonies de l'Eglise primitive, ce seroit répéter mon texte. Il suffira que le lecteur sache que tout cela est une peinture fidèle. Il peut consulter Fleury, *Mœurs des Chrétiens*, et *Histoire Ecclésiastique*.

XIIe.

(Pag. 352. Leurs tuniques entr'ouvertes, etc.)

Le vêtement des femmes de Sparte étoit ouvert depuis le genou jusqu'à la ceinture. Lycurgue, en voulant forcer la nature, avoit fini par faire des Lacédémoniennes les femmes les plus impudiques de la Grèce.

XIIIe.

(Pag. 353. Aux fêtes de Bacchus ou d'Hyacinthe.)

Les fêtes d'Hyacinthe se célébroient à Amyclée avec une grande pompe. Elles duroient trois jours : les deux premiers étoient consacrés aux pleurs, le troisième aux réjouissances.

XIVe.

(Pag. 353. La fourberie, la cruauté, la férocité maternelle, etc.)

Le vol et la dissimulation étoient des vertus à Sparte. On apprenoit aux enfans à voler. On connoît la cryptie, ou la chasse aux esclaves. On sait que les Lacédémoniennes s'applaudissoient de la mort de leurs enfans. Elles disoient à leurs fils par-

tant pour la guerre, en leur montrant un bouclier :
ἢ τὰν, ἢ ἐπὶ τὰν.

XVᵉ.

(Pag. 354. Le Lecteur monta à l'Ambon.)

Le Lecteur étoit un diacre ou sous-diacre, qui faisoit une lecture. L'Ambon étoit une tribune.

XVIᵉ.

(Pag. 355. Habitans de Lacédémone, il est temps que je vous rappelle l'alliance qui vous unit avec Sion.)

On peut voir tout ce passage dans le livre des Machabées.

XVIIᵉ.

(Pag. 355. Entre tous les peuples de Javan, etc.)

Javan, dans l'Ecriture, est la Grèce proprement dite. Séthim est la Macédoine, et Elisa l'Elide ou le Péloponèse.

XVIIIᵉ.

(Pag. 356. Ah, qu'il seroit à craindre, etc.)

Timeo cervicem, ne margaritarum et smaragdorum laqueis occupata, locum spathæ non det. TERTULL. *de Cultu femin.*

XIXᵉ.

(Pag. 356. Pour un Chrétien, etc.)

Auferamus carceris nomen, secessum vocemus. Etsi corpus includitur, etsi caro detinetur, omnia spiritui patent. Vagare spiritu, spatiare spiritu, et non stadia opaca aut porticus longas proponens tibi, sed illam viam quæ ad Deum ducit. Quotiens eam spiritu deambulaveris, totiens in carcere non eris. Nihil crus sentit in nervo, cum animus in cœlo est. Totum hominem animus circumfert, et quò velit transfert. TERTUL. *ad Martyras.*

XXᵉ.

(Pag. 359. Les portes de l'église s'ouvrent, et l'on entend.... une voix , etc.)

« Ceux à qui il étoit prescrit de faire pénitence
» publique, venoient le premier jour du carême se
» présenter à la porte de l'église, en habits pauvres,
» sales et déchirés....... Etant dans l'église, ils rece-
» voient de la main du prélat des cendres sur la tête ,
» et des cilices pour s'en couvrir ; puis demeuroient
» prosternés , tandis que le prélat, le clergé et tout
» le peuple faisoient pour eux des prières à genoux.
» Le prélat leur faisoit une exhortation , pour les
» avertir qu'il alloit les chasser pour un temps de
» l'église , comme Dieu chassa Adam du Paradis
» pour son péché ; leur donnant courage, et les
» animant à travailler , dans l'espérance de la misé-
» ricorde de Dieu. Ensuite , il les mettoit en effet
» hors de l'église, dont les portes étoient aussitôt
» fermées devant eux. » FLEURY, *Mœurs des Chrétiens.*

XXIᵉ.

(Pag. 360. Tel est le lis entre les épines, etc.)

Ce chant est tiré du cantique de Salomon. Le chant
païen qui suit est imité de l'épithalame de Manlius et
de Junie, par Catulle. Ce ne sont point des objets
de comparaison , ce sont des beautés d'un différent
genre. Les images orientales prêtent facilement à la
parodie ; et Voltaire s'est égayé sur le Cantique des
Cantiques. Il suffit d'omettre quelques traits qui
choquent notre goût , pour faire de cette élégie

mystique, ce qu'elle est, un chef-d'œuvre de passion
et de poésie. Au reste, j'ai beaucoup abrégé les
deux imitations dans la présente édition.

XXIIe.

(Pag. 364. La tombe de Léonidas.)

Les os de Léonidas furent rapportés des Ther-
mopyles quarante ans après le fameux combat, et
enterrés au-dessous de l'amphithéâtre, derrière la
citadelle, à Sparte. J'ai cherché long-temps cette
tombe un Pausanias à la main. Il y a dans cet endroit
six grands monumens aux trois quarts détruits. Je
les interrogeois inutilement, pour leur demander
les cendres du vainqueur des Perses. Un silence profond régnoit dans ce désert. La terre étoit couverte
au loin des débris de Lacédémone. J'errois de
ruine en ruine avec le janissaire qui m'accompa-
gnoit. Nous étions les deux seuls hommes vivans au
milieu de tant de morts illustres. Tous deux Barbares, étrangers l'un à l'autre autant qu'à la Grèce,
sortis des forêts de la Gaule et des rochers du
Caucase, nous nous étions rencontrés au fond du
Péloponèse, moi pour passer, lui pour vivre sur
des tombeaux qui n'étoient pas ceux de nos aïeux.

XXIIIe.

(Pag. 367. Cymodocée, dit Eudore, ne peut demeurer dans la Grèce, etc.)

Ainsi la séparation des deux époux, et le voyage
de Cymodocée à Jérusalem sont très-suffisamment
et très-naturellement motivés. Cymodocée est presque Chrétienne et presque épouse d'Eudore; les
Chrétiens sont au moment d'être jugés. A chaque
livre, l'action fait un pas.

XXIVᵉ.

(Pag. 369. Comme un courrier rapide.)

Transierunt omnia illa tanquam umbra et tan-
quam nuncius percurrens. SAP., cap. V, v. 9.

FIN DES REMARQUES DU LIVRE XIVᵉ ET DU DEUXIÈME VOLUME.

www.ingramcontent.com/pod-product-compliance
Lightning Source LLC
Chambersburg PA
CBHW050316030726
47505CB00003B/738